把自己当作自己，
只有珍视自己的人，才会赢得别人的尊重和认可。
祝福湘西诡事，希望大家会喜欢它。

湘西诡事

燕小八◎著

西苑出版社

图书在版编目（CIP）数据

湘西诡事/ 燕小八著.—北京：西苑出版社，2011.8

ISBN 978-7-5151-0064-7

Ⅰ.①湘…　Ⅱ.①燕…　Ⅲ.①长篇小说—中国—当代　Ⅳ.①I247.5

中国版本图书馆CIP数据核字（2011）第167418号

湘西诡事

著　　者　燕小八
出版发行　西苑出版社
通讯地址　北京市海淀区阜石路15号　邮政编码：100143
　　　　　电　　话：010-64210030　传　　真：010-64283954
网　　址　www.xycbs.com　E-mail：xycbs8@126.com
印　　刷　北京龙跃印务有限公司
经　　销　全国新华书店
开　　本　710mm×1000mm　1/16
字　　数　180千字
印　　张　17.5
版　　次　2012年1月第1版
印　　次　2012年1月第1次印刷
书　　号　ISBN 978-7-5151-0064-7
定　　价　28.00元

序

尚武与侠义是每个男人的终极理想

中国人喜好野史，酷爱传奇，这和中国人的文化心理有关，因为正史晦涩枯燥，野史可以想象和杜撰，野史好看，野史是老百姓的故事，武侠是野史中的代表，尚武与侠义，官兵与强盗，构筑着中国特有的武侠文化智慧。

大漠落日、美女奇侠，再加上奇遇，是每一个人都有过的潜在愿望。我儿时也曾经有过这样的愿望：遇到一个高手，被收留做徒弟，长大后进入杀富济贫的行当，被官军追捕，遁入山林，又遇到某个古怪老汉，他有一个如花似玉的女儿……

对于武侠小说，我实属是一个门外汉，武侠小说的读者与评论早已构成一个庞大的文化群落，无数的武侠小说迷，其造诣有的都可以出书立传了。

我在小学三年级的时候，蹲在街头读完了小人书版的《水浒传》，之后和小伙伴们折根木棒在城墙上挥舞，在小树林里呼啸奔走，幻想着自己就是手持哨棒的武松，是鲁提辖。80万禁军教头林冲，那是自己心中最神圣的偶像。带着这种潜藏在基因里的情结，入伍参军，后来又进入警界任职，担当着一个捕快的角色，终日乐此不疲地与盗贼打起交道，演绎着现实版的官兵捉强盗。

当金庸的武侠小说开始流行中国大陆的时候，严格地说，我读得很少，不是对金庸老人家的不屑，实在是太忙，金庸的文笔很流畅，虽然没有什么经典理论，但书好读，故事套路多，好玩。侠与盗、官与兵之间纠缠不清的恩恩怨怨，构成了此类武侠小说的基本套路，在某种意义上也是对匡扶社会正义的一种寄托和诠释，传递着一种老百姓骨子里天生即具有的诉求——杀富济贫！

武侠小说大师的作品中，奇遇和修炼都是必不可少的一道作料，但从学艺再加上打出山门这类过程描述实在太长，一关打过一关，挨打后再经过不断的修炼，再出山获得武功秘笈、一把宝剑之类，实在没有功力去读完。但这不妨碍我对武侠大师仍然充满着崇敬之情。

作者杨阳讲述的是一份尘封150年的盗匪档案，展示的是一个真实的南北两地盗匪传奇。之所以传奇是因为故事的本身真实的张力，诠释着一个侠义的梦想。

中国的武侠故事，无不把一个宝物的归属放在一个重大历史事件的变革之中，一个比摸金符更具有吸引力的“掌眼”令牌，一块失传了上百年的“掌眼”令牌，也就具备了不同凡响的身价。围绕着它，展开了恩怨情仇刀光剑影的传奇。

90后的作者有着他们年代的特点，结构紧凑，文字新颖，节奏快。更加注重读者的阅读习惯，有着蒙太奇的视觉特点。杨阳说书式的写作方式，使这些故事更具传奇性。

实话说，在金庸和梁羽生之后，中国就没有出现过大师级的武侠作家，各种现代媒介对人们文化生活的干预，海量信息的充斥，使得书面语言的位置变得有些落寞，武侠小说面临断代和青黄不接的尴尬局面。杨阳，一个90后的年轻人对武侠有着如此的研究和把握，其背后深厚的功力，我自叹不如。

一个民族需要尚武精神，否则没有脊梁；一个人要有侠肝义肠，否则是行尸走肉。武侠故事造就传奇，也传承着侠义精神。杨阳吾辈的努力，担当着侠义精神承上启下的重任，欣甚。

2011年4月17日

徐晓光于湖北长阳大山

前 言

湘西这块土地，自古就被蒙上了一层神秘色彩。提起湘西，赶尸、苗蛊等一系列具有传奇性的东西，会映入我们的脑海，但实则在湘西这块土地上，最传奇的不是这些，而是曾经在这里活跃的人物。

盗匪不是花拳绣腿的抢劫，不是冷血无情的杀人，而是为民请命，在乱世中谋求生存。恰逢乱世，必有英雄四起，定八方九州大地，广纳英豪。

如今，看湘西好汉陈四爷，大闹乱葬岗，智斗赶尸人，为民请命灭奸臣……

如同陈四爷所说，金山银山也挡不住乱世的冲撞，财大钱多永不如权大势多，要想谋求发展就得左右逢源。

目录

第一卷　乱葬岗

第二卷　赶尸人

第三卷　宋九一

第四卷　燕小八

第五卷　南陈北余

第一卷　乱葬岗

第一章　云台山

话说当年湘西有一云台山，此山名为云台，意为屹立在云彩之间。但事实并不是如此，云台山地势险峻，山脚下就是平州城。

平州城本是一座富城，适逢咸丰年间，清政府无能，战乱四起，夷人入侵，捻军、粤寇为患。地处湘西的平州城就成了一座死城，静悄悄的，死气沉沉。

就在一个月黑风高的夜晚，一个传奇又令人匪夷所思的故事上演了。这故事起因在一落魄之人。当晚，平州城一如既往的死气沉沉，大街上没有一个人影，只能从很远处听见打更人的“天干物燥，小心火烛”。不知道的人进城以后还以为是鬼在叫呢。

抬头一看，天空中的毛月亮闪着微光，这样的月光映衬了今晚的不平凡。怎么不平凡了？既然是天狗吃月了，那想必贪官早就把钱吃光了，要不然这打开平州城富裕的“钥匙”怎么没了呢？

“抢劫。”这一声打破了寂静的夜晚，也吵醒了正在一处破宅子里睡觉的一个人。

“谁他娘的在乱叫啊，连个觉都让人睡不安宁，亏着四爷没睡着，要不然就被你吵醒了。”那人骂骂咧咧地说道。

还没等那人躺下，两个官兵闯了进来。

“刚才是不是你抢劫？”官兵质问道。

“官爷，小人一直在睡觉，都没离开过这儿，怎么分身去抢劫啊？”那人回道。

“还敢狡辩，刚才孙寡妇说有人抢了她十两银子，肯定是你干的，快把银子拿出来。”官兵怒道。

那人心想，孙寡妇的脸皮可够厚的啊，就凭她还拿得出十两银子，真是吹牛不用交税，她什么都敢说了。得，这两个官爷也是为了那十两银子来的。“官”字两个口，看来四爷我是怎么都说不清楚了。

这人趁官兵不备，抽身就跑，既然说不过你，那干脆跑吧，免得一会儿逼我出手，跟你们打起来，打伤官兵这罪名可不小啊！

“一定是他抢了银子，把他抓回来。”两个官兵说着立刻追了上来。

这人是谁啊，此人名叫陈四，祖上是京城高官，说他祖上是“四世三公”，那真是一点都不为过。这要是搁到三国时期，那他就是一代枭雄袁绍。按理说，陈四也是名门之后，总应该有个大名，但是他在这平州城里一向以四爷自居，因此就没人记住他的大名了，都叫他陈四。

陈四的祖父官至兵部尚书。后来夷人入侵，为了巩固海防，朝廷派其下来协助林则徐镇守广东，后来林公被贬，夷人攻陷海防，陈尚书自杀报国。陈尚书死后，陈家家道中落，传至陈四这一代，家中香火便只剩下陈四这一棵独苗。

陈母无力养活陈家后人，便带着陈四辗转来到了湘西。恰巧那年天下名算宋九一正好在湘西。陈母听闻宋九一的大名，便苦苦哀求宋九一，想将陈家唯一的后人过继给他，陈四跟随宋九一总比跟随她一个妇道人家有出息。宋九一行走江湖并无子嗣，便将陈四收为义子。陈母将陈四过继给宋九一时，只求为陈家保留香火，恳求宋九一保留陈姓。宋九一乃是天下名算，又见陈家满门忠义，便答应了陈母的这一要求，之后宋九一便带着陈四云游四海去了。

陈四爷自幼聪慧过人，跟随宋九一学了满身的本事。上知天文，下知地理。不仅如此，陈四跟随宋九一遍访名师，还学得了一身的功夫。

前些年陈四跟着宋九一过了些安稳日子。可惜好景不长，就在陈四爷而立之年，宋九一撒手离去。临死的时候，宋九一留下了一块玉牌送与陈四，并告诉陈四这块玉牌有大用，让他收好。

陈四遵照宋九一的遗言，将玉牌收好了。后来天下大乱，失去宋九一这个靠山的陈四成了孤儿，陈四爷无处安身，便辗转回到了湘西宋家老宅。但是宋家宅院被官府强行霸占，陈四便只好以一处破宅为家。有几次饥肠辘辘时，陈四都想当掉这块玉牌，但想起宋九一之言，便打消了这个念头，一咬牙扛了过来。这宋九一乃是天下名算，又怎会欺骗陈四，况且人之将死，其言也善。所以饥肠辘辘的陈四没有当掉玉牌，而是将它小心收好了。

官兵追出来后，陈四跑到破宅子后面躲了起来。官兵没看见陈四，便傻乎乎地追了出去。经过这么一闹，陈四也睡不着了，点起火坐了起来。这对陈四来说已经是家常便饭了，平州城里的官兵都是见钱眼开的家伙。再说了，眼下兵荒马乱，有银子就是大爷！

坐在火堆旁，陈四想起了宋九一送给他的玉牌，便从怀里掏出来，借着火光看了起来。陈四爷左看右看，看了半天也看不出什么名堂，脾气一急，不禁破口大骂起来。

“这宋老头，临死前也不说清楚这东西有何用，只说有大用，什么大用啊，这不是要伤透四爷的脑子吗。”陈四爷本跟着宋九一学了满身的本事，照现在来说也是受过高等教育的人，可这时候，饭都吃不上了，还哪里顾得上这些啊，因此四爷嘴里的不雅之言也就出来了。

撒完泼之后，陈四又将玉牌收好，这时候陈四爷恨不得自己是上知天文、下知地理的刘伯温，能够掐指算出这块玉牌有何用。

陈四喜欢听说书。有时候饿得没饭吃了，就跑到茶馆去听人说书。他最喜欢的是朱元璋的故事，陈四爷也老是将自己比做朱元璋。说书人把朱元璋讲得是风生水起，陈四爷尤其喜欢朱元璋身边的大将和谋士，刘伯温是陈四爷最欣赏的人，他出谋划策，为朱元璋指点江山。

陈四欣赏朱元璋的魄力，地痞流氓打江山，平民草寇定四方。想他朱元璋不过是一介布衣，当过和尚要过饭，都能成就帝王霸业，我陈四乃是名门之后，又追随宋九一学了满身的本事，难道还不如一个布衣？再说了，当年朱元璋也是穷困潦倒，同我现在如出一辙，但四爷我好歹还有一块玉牌傍身，比他朱元璋强多了。

陈四看了一会儿，便躺在木板上睡了起来。这块破旧的木板就是他的卧榻。这间破宅没人敢住，据说这里以前是一个地主大院，但这个地主为富不仁，欺男霸女，平州城的百姓都恨透了他。老员外死后，便遭到了报应，家里的人一夜之间全死了，这也成了平州城的一个谜案。所以人们都说这个宅子晦气，没人敢买，也没人敢住，就连官府都不敢把它收回来休整，因为实在是太邪门了。也就是咱们陈四爷，艺高人胆大，敢住进这座死人宅子里。

半夜里，外面的一阵吵闹声又惊醒了陈四，陈四偷偷爬起来一看，只见外面一片火把。为首一个胖胖的寡妇骂骂咧咧地说道："老娘看见官兵进来过，一定是他们找到抢劫的人了，他抢了我整整十两银子呢。那个兔崽子，要是让老娘找着了，非扒了他的皮不行。"

"孙寡妇，你就别吹了，就你还能有十两银子？你把你闺女卖了都不值十两。"陈四一看，刚才说话的是钱八。听人传言，钱八以前是个赶尸匠，此人长得孔武有力，据说是拿过豆子的（练过功夫，长习武之人手上老茧厚重，因此称之为拿豆子）。

这个孙寡妇真他娘的能扯蛋，看见官兵追进来，就一口咬定抢劫的人在这里面，脸皮真是比城墙都厚了，要是用你这脸皮去当城墙，只怕夷人是怎么都打不进咱们平州城了。

看来这帮人跟那两个官兵一样，也是为了孙寡妇嘴里说的那十两银子来的。

陈四一看众人举着火把就要往废宅子这边来，便赶紧从后门跑了出去，一连跑了二里地才停下来。本来陈四是"不做亏心事，不怕鬼敲门"，但是孙寡妇居然将官兵都搬了出来，这就不好办了，要是这帮人找不到银子，一咬牙将四爷交给官府可就麻烦了，到那时候真是跳到黄河也洗不清了。

陈四心想，好歹四爷也是名门之后，如果被那帮刁民抓住了，大伙还不得为了孙寡妇说的那十两银子，把我活活打死啊，挨打不要紧，关键是别折煞了四爷的脸。好歹咱祖上也是四世三公啊，这要是传了出去，四爷将来还怎么在平州城混啊。

各位看官可别小看了陈四，这陈四还真不是吹，咱们四爷的确是干大事的料，要论起智谋策略，真是比蜂窝煤的窟窿都多。

跑了一会儿，陈四是跑得上气不接下气。今天真是他娘的丧气，今儿不知道是哪个倒霉蛋抢劫，让四爷背了这黑锅，刚甩开官兵，又被刁民追，要是让四爷抓住他，非抽死他不可。

停下来一看前面，陈四一身冷汗都出来了。前面是片坟地啊，这正是平州城内的乱葬岗，传言这平州城的乱葬岗里千奇百怪，据说晚上经常会有棺材撬动的声音，旁人都说是诈尸。想到这里，陈四倒吸了一口凉气。话说回来，兵荒马乱的年月，人死了哪有什么安息之地，挖个坑给个土馒头就不错了，连棺材都少见。不过平州城里的人就是看热闹不嫌事大，所以，这以讹传讹的事情也就屡见不鲜了。

回头一看，后面拿着火把的人隐约可见。前有坟场，后有刁民啊！

这真是“陈四爷艺高人胆大，孙寡妇脸皮厚城墙”。欲知陈四爷后事如何，且听下回分解。

第二章 刘瘸子

上回书说到，陈四爷被追到了平州城内的乱葬岗，一时间无计可施，前有坟场，后有刁民。遇到此事，真是陈四爷出门没烧高香，神仙大爷们不保佑啊！但事情得分人，要知道这次被追的是咱们陈四爷，陈四爷是谁啊？祖上家世显赫啊，再加上四爷这满身的本事，怎么肯回头啊。

再说了陈四是个好个面子的人，宁肯让死人折腾死了，也不愿名声扫地，被人唾弃，被人诬陷是劫匪。在他看来，没了命不要紧，但不能丢了面子。我陈四穷是穷，但不可被人从门缝里看，让人看扁了！保不齐哪天我陈四就飞黄腾达，到时候让你们这帮刁民刮目相看。

看着眼前的情况，陈四爷想都没想，转身就进了乱葬岗。要说这乱葬岗里有什么啊，有的就是一个个的土馒头，再就是豺狼野兽，这帮畜生专门窝在乱葬岗里，挖开土馒头吃死人。

据说乱葬岗里有时也会有赶尸人经过，湘西赶尸可不像大家想的那样，死人都活蹦乱跳。汉人在赶尸的时候没有苗人的本事，因此只能背着死人走。至于苗人是怎么赶尸的，咱们四爷还真是不清楚。不过，一个赶尸人背着死人，还从乱葬岗里路过，这死人全堵一块儿去了，想起这些，陈四就有点胆战心惊的。

那年头，世道上多的是两样东西，一个是乱葬岗，另一个是义庄。义庄里停放的是棺材，一般棺材里停放的是那些出门在外客死异乡的人。棺材放在义庄之后，就会有赶尸匠把他们的遗体送回家。至于那些不知道家乡在哪的尸体，就永远停放在义庄了，直到有人来认领为止。古人讲究，“死者为大，入土为安”。这些人虽然客死异乡，但好歹也给人一个安放之地。所以，义庄就像“非主流”一样，成了时代的产物。

不过平州城已经乱得像一锅粥了，别说棺材了，能挖个坑埋进去已经算不错了，所以义庄早就毁了，只剩下这个规模越来越大的乱葬岗了。义庄没有了，连那些以赶尸为生的人也都快绝迹了。

俗话说，林子大了什么鸟都有。这不，今儿又把咱们陈四爷装进去了。不过咱们四爷可不是好惹的鸟，因为这话还能反过来说，就是鸟大了什么林子都敢飞！

话说陈四没了退路，便进了乱葬岗，想在里面躲他一躲，只等过了风头便出去。半夜坟地里静悄悄的，漆黑的夜空更是透着一股诡异，一片片鬼火在坟地里转悠，就像一个个冤魂在找替身。“鬼火”其实就是磷火，磷的自燃温度比较低，迷信的人叫它鬼火。

陈四心想：反正现在四爷也是独身一人，爹不亲，娘不疼的。有什么妖魔鬼怪尽管来，脑袋掉了碗大个疤，大不了十八年后又是一条好汉。

陈四顺着坟地往前走，想找个栖身之地，挨过这个晚上。忽然脚下一抖，碰到了一个东西，这东西挡住了陈四的去路，陈四心想莫不是碰到鬼打墙了，缠着四爷的腿，不让四爷往前走？

陈四壮了壮胆子，低下头看了看。哪是什么鬼打墙，这是一块棺材板，不知谁家的棺材又让野狗给挖了，地下还散着一滩血，尸体是连点骨头渣都没剩下。

陈四跪下磕了几个头说：“这位大哥，小人陈四初到此地，没个栖身之所，想借您的棺材板一用，反正你也用不着了，留着也是浪费，还是先给我用用。日后等我飞黄腾达，必定回来给你风光大葬。”

说完陈四躺在了棺材板上。夜里，野狗乱叫，窸窸窣窣的声音围着他的耳朵乱转，只往里钻。

本来今儿陈四爷心里就窝着一肚子火，现在又被这鬼哭狼嚎的声音缠着，自然是辗转反侧地睡不着了。躺在那儿，陈四爷想起了自己跟着宋九一当爷的往事。那时候陈四爷虽然年龄不大，但凭着宋九一的名气，平州城里的人见了陈四都要恭敬地喊一声四爷。自从宋九一去世后，陈四就落魄了。如今像是过街老鼠，人人喊打。

就像是刘瘸子说的那样，在这个世道混，要勇谋兼备，否则就会成为乱世的棋子，任世道摆布。

刘瘸子是陈四当年的一个朋友。他是个北方人，兵法、军事、阴阳、五行是样样精通。他还有一外号叫“判官”。据说刘瘸子年轻的时候曾追随曾国藩大人讨伐过太平天国，后来在与太平天国的对战中被俘，他谎称自己是瘸子，才逃过一劫。

之后，刘瘸子没找到湘军大营，辗转逃命来到了平州城。后来这件事不知从哪个缺德的人嘴里传了出来，大家就都叫他刘瘸子了。

不过平州城内的人都很敬重刘瘸子，凡是与他有点交情的人都叫他“师爷”。刘瘸子以给人出主意见长，就像是官员们身边出谋划策的师爷一样，所以就又落了“师爷”这么一个外号。陈四早年追随宋九一的时候，就曾与刘瘸子一起喝过酒，所以跟他还是有点交情的。

陈四爷早年遇到刘瘸子的时候，听他说过湘军大营的事情，陈四爷对这样的队伍很感兴趣，因此曾与刘瘸子一起去投军，但不是湘军队伍，所以几次去军营都被无理地轰了出来。

自此之后，陈四爷就永远打消了投军的念头，平州城内的招兵告示贴得满街都是，但陈四爷宁肯饿着也不去投军，他心里清楚，世间最黑暗的地方就是军营，别听告示上说得好，给军饷，还给饭吃，那些都是忽悠人的！

陈四躺在那儿心想，也不知道刘瘸子在干什么，自从宋九一去世后，就没听过他的消息。

就在这时，忽然听见不远处传来窸窸窣窣的声音。这大半夜的，谁有那么好的雅兴啊，还来这乱葬岗里转悠。转念一想，莫不是碰上野兽了？陈四小心地爬起来，朝声音那边走过去。

陈四走过去一看，哪是什么野兽啊，只见两个人正撬开一个棺材，偷里面的陪葬品呢！再一看那个人，身形特别熟悉。那不是钱八吗？刚才还追我来着，怎么这么一会工儿夫就来到这里了。再看另一个人，陈四更是眼前一亮，那不就是刘瘸子吗？刚才四爷还在念叨他呢，真是“说曹操，曹操就到啊”！

陈四躲在一旁，偷偷看起了钱八和刘瘸子。只见钱八一使劲，将一口棺材的棺材盖掀了起来，陈四隔着那么远就看出来了，那是一口上好的棺材，虽然黑暗中一时看不出具体是什么材质的，但看得出，这在乱葬岗里是一口少见的棺材。陈四心想，这俩人还真是有眼力。

“师爷，咱们又来晚了一步，这个也让人捷足先登了。”只听钱八叹气地说道。

想不到连刘瘸子都会失手。这刘瘸子是什么人啊，此人精通阴阳五行，就连当年的宋九一都说，在平州城内唯有刘瘸子可以与之匹敌。如今连刘瘸子点的棺材都失了手，莫不是此处大有玄机？

陈四爷并没有急着出来，而是躲在一旁仔细地瞧着俩人，看两人下一步地行动。

“钱八，俗话说得好，‘谋事在人，成事在天’，看来今日你我与财富无缘，还是等过些日子再来吧。”刘瘸子叹了口气说道。

陈四躲在一旁心想，好你个刘瘸子，平时见你穿得一般，也不张扬，但你刘瘸子总是不缺钱花，原来你这个老小子是晚上来这里偷死人钱啊！转念一想，难不成这乱葬岗里说的诈尸也是这俩人传出来的，就是为了吓唬众人，好给自己留财路，好小子，心思够缜密的啊！

既然这二人没找到什么财宝，四爷也该回去休息了，不跟你们这磨蹭了。陈四本想出来与刘瘸子见面的，但一想如今的刘瘸子还是从前的刘瘸子，只是现在的陈四已经不是当年的陈四了。当年陈四被人爷长爷短地叫着，如今却被人追到乱葬岗里，想到这里陈四退了回去，准备回到棺材板那里继续睡觉。

也许是陈四爷命里该着的，今天就是个倒霉日子，睡觉被人诬陷，看见别人挖死人钱，自己都跟着沾不到边。看来咱们陈四爷今天出来是没看皇历，要不怎地会落魄到如此田地。要说这人倒霉喝凉水都塞牙，就在陈四爷想退回去睡觉的时候，竟没留意脚下的东西，这脚底下的一根树枝没有看见，陈四爷“咯吱”一声就给踩上了。

这静悄悄的夜里，发出丁点的动静，都能让人听得一清二楚。这一脚下去陈四爷算是把自己给暴露出来了。

“谁？”一声刺破寂静的声音，从刘瘸子的嘴里喊了出来。

这真是“天下大乱人难活，乱葬岗里有因缘”。欲知陈四后事如何，且听下回分解。

第三章　楠木棺

上回书说到，陈四进了乱葬岗，却看到了钱八和刘瘸子在偷陪葬品，陈四退回去的时候，不小心踩断了一根树枝，引起了刘瘸子的注意。

陈四爷心想，莫非是天意？刚才还在念叨刘瘸子的，结果一抬头就碰到了这位爷。

不过，刘瘸子并不是势利之人，对朋友更是没得说。这钱八是什么人啊？只是一个草野莽夫，大字都不识一个，搁到现在来说，像刘瘸子这样一个高级知识分子，怎么会跟钱八这样的莽夫成为朋友，大家什么时候见一个高级知识分子跟一个不识字的人成为朋友，但刘瘸子不但没有看不起他没有文化，反而对他更是如对兄弟一般。今晚之事，刘瘸子本不想来，但见钱八生活潦倒，所以才出手相助，和他一起来乱葬岗寻宝，帮其弄些银子，维持生计。

所以，即便是四爷如此落魄，刘瘸子也不会嘲笑四爷的。

陈四反过来一想，到此地来无非就是为了求财，说得更简单一点就是为了三餐一宿。如今天下大乱，民不聊生，想通过正道去弄钱简直是痴人说梦，要想挣大钱就得走点歪门邪道。

话说回来，陈四爷好歹也是名门之后，前些日子还被人四爷长四爷短地叫着，到了今天却被人追着打，还不得不进乱葬岗避难，想到这儿，陈四心里着实地难受。

大丈夫顶天立地，堂堂七尺男儿，怎可老是窝在旧宅子里，靠偷鸡摸狗生活。事到如今，不如出去拼他一拼，刘瘸子见多识广，钱八更是出了名的仗义。能与这俩人在乱葬岗里结下情义，对我陈四来说只会有益无害。

“这不是钱八和师爷吗？我以为只有我知道到这里来发财呢，原来二位也知道此地有宝啊，真是英雄所见略同啊。”陈四说笑着走了出去。

“吆，这不是四爷吗？您今儿怎么也有雅兴来乱葬岗啊？”刘瘸子一看是陈四，当即说着上前走去。

这俩人怎么说也是朋友，虽说是在酒桌上认识的，但依刘瘸子的性格，早已拿陈四当做自己人，再说刘瘸子有如今的名气，也多亏了陈四爷养父宋九一的栽培。

“四爷，您怎么从后面出来了，莫不是一直在后面盯着我们？”钱八向来耿直，有什么说什么。他本来跟陈四就没什么交情，加之今晚之事见不得光，因此语气中略带挑衅。

“呵呵，陈某今日也是来寻财的，这不来晚了，就见一个空棺材和一滩血了，尸体都被野狗叼走了。”陈四随机应变地指了指后面自己躺过的棺材板。

“既然如此，不知四爷可曾又找到藏宝之处？”刘瘸子问道。

“远在天边，近在眼前。我看二位所挖之棺就不是简单之物。”陈四早就看出那口棺材有蹊跷，只是刚才离得太远，没有看出其中分寸，这时离得近了，自然看出了几分缘由。

“师爷，你看这口棺材，可有不解之处啊？”陈四试探性地问道。

“四爷所言何意啊，这口棺材怎么了？”刘瘸子满脸疑惑地问道。

“师爷，依陈某看来，这是一口上好的棺材，乃是楠木打造。这乱葬岗是什么地方啊，遍地都是土馒头，连棺材都少见，如此上好的棺木又怎会葬在这里呢？”陈四说道。

刘瘸子上前看了看那口棺材，只见棺材上刷着红漆，仔细一看，的确是一口楠木棺材。

陈四跟随宋九一多年，打眼一看便知这棺材是楠木打造的。这兵荒马乱的年月，别说楠木棺材了，能有个破草席卷就不错了，光这口棺材拿出去都得卖几个钱。看来这死人很富有，但话又说回来了，这样一个富有之人又怎么会葬在这乱葬岗呢？

“不知师爷是如何找到这口棺材的？”陈四问刘瘸子。

“这是楠木棺材？忙活了一夜，总算是捞到油水了。”还没等刘瘸子张口说话，钱八就要上前扛起棺材，准备抬出去卖钱。钱八是个粗人，一向不管那么多，只要有钱挣，管他三七是二十一，还是二十二呢。

“钱八，先不要动手，听四爷把话说完。”刘瘸子见钱八去拖棺材，便上前拉住他。

钱八是什么人啊？自幼习武，怎么会让刘瘸子拉住。一使劲就准备将那口棺材拉出来。

在旁的陈四看着钱八拉了半天，硬是没拉动棺材分毫。刘瘸子也在纳闷，这钱八是什么力气啊？一个人可以扳倒一头牛，怎么连一口棺材都拖不出来啊。莫非这其中有机关？

陈四上前推开钱八，仔细看了一眼那口棺材，发现棺材并不是放在地面上的，而是嵌入土里的。陈四顿时明白了，原来这口棺材是有夹层的。上面的部分，是为了死人免被人打扰而施的一个障眼法，真正的尸体可能在下面的夹层里。

俗话说得好，“三个臭皮匠，顶个诸葛亮。”这三个家伙就在今晚开始了他们的命运转折点。三个人发现不对劲后，就挖起了那口棺材。但奇怪的是三人并没有挖到什么夹层，而是在下面挖到了一个洞穴。

这可真是一口奇怪的棺材，莫不说刘瘸子看不懂此物，竟连陈四爷都失了眼，这陈四爷是何人啊，追随过宋九一，风水阴阳就没有他不懂的。看来此物的确不简单。

事到如今，是生是死，搏他一搏。陈四拿着火把第一个走了下去。钱八走在中间，刘瘸子走在最后。三个人下去之后发现这洞穴里面并无他物，只见中央有一个大石台，三人走近一看，石台上歪歪扭扭地刻了几个字“大明燕小八”。

燕小八是何人啊？此人乃是一土匪，在明末那可是赫赫有名，江湖上的人都叫他一声“八爷”。

这可真是“故人此相遇，玄机在此时”。欲知三人后事如何，且听下回分解。

第四章 前朝古银

上回书说到，陈四和刘瘸子、钱八三人在乱葬岗里找到了一口楠木棺材，并在棺材下面发现一个洞穴，急欲发财的三人立刻进入了洞穴。三人在地洞里发现了一个石台，上面刻着大明时期，赫赫有名的土匪燕小八的刻字。三人好不容易到了此地，就是为了来求财的，别说燕小八了，就是燕小九也得抢。

各位看官，这燕小八乃是明朝时期有名的土匪，至于他的故事，咱们后话再说。

陈四三人在地洞里围住了那个石台，三人看了半天也没看出什么名堂。

既然是赫赫有名的人物葬在此地，那怎么连尸体和棺椁都没有呢？三人在洞穴里转了一圈，也没发现什么值钱的东西。既然没有值钱的东西，这三人应该离开此地才是。但这三位爷似乎认定了此地有宝，耗在里面不走了。

人穷的时候就是什么都想要，不管这玩意儿值不值钱。再说了既然是前明的一个古洞，那里面的东西多少也值点钱。钱八生性鲁莽，而且没见过什么大世面，一听说是明朝的古洞，就像刘姥姥进了大观园一样，看见什么都往怀里揣。他在洞穴的角落里见到了几个瓷碗，就揣进怀里了。

“我说钱爷，这些个破瓷烂瓦你也要，这些都是些不值钱的东西。”陈四语带讽刺地说道。

“四爷，这里面空无一物，总不能让兄弟空手而归吧，再说了，既然是前朝的洞穴，这里面的东西，总该值点钱吧。”钱八没理会陈四继续往怀里揣东西。

陈四虽是嘴上这么说钱八，其实心里也跟猫挠似的，想上去揣几个破碗，但转念一想自己好歹也是四爷，又怎能跟这等目光短浅之人一样，便打消了这个念头。

刘瘸子在一旁，一边看此地的风水位，一边回想如何到达此地的。他总觉得这里有些不妥，上面是棺材，下面是洞穴。这分明是个疑冢，曹操下葬曾给自己设下七十二疑冢，难道这位燕八爷也是在此地设的疑冢？这云台山自古多的就是土匪响马，盗墓贼更是数不胜数，难道当年燕八爷曾在此地活动？事到如今管他呢，找到银子才是大爷。

“师爷，你刚才还没回话，你们是怎么找到这口棺材的？”陈四突然想起来，乱葬岗这么大，这口棺材在里面毫不起眼，这俩人是怎么找到它的呢？

“四爷，不瞒你说，这口棺材不是我跟钱八找到的，刚入乱葬岗的时候，我们看见此处有鬼火飞舞。钱八还没等我看看此地的风水，便硬拉我过来了。”刘瘸子说道。

“师爷，你可曾看出此地的风水了？”陈四问道。

“此地坐北向南，聚合阴阳，是一块不可多得的好穴。”刘瘸子说道。

“不错，师爷说得对，这里既然是一块好穴，怎么会连点陪葬品都没有呢，难道一切的玄机都在这石台之内？”陈四怀疑地说道。

“四爷所言何意，莫非看出了这其中的玄机？”刘瘸子问道。

“师爷，你看这洞穴之内没有一物，只此一石台，以我之见，玄机应该在这块石台之内。”陈四爷肯定地说道。

刘瘸子仿佛是听懂了陈四的话，连忙把钱八叫了过来。

“师爷，万不可轻易推动石台，这石台之下如果有暗器的话，我们三人岂不是要葬身此地。钱八，你去重重地擂洞穴的墙壁。师爷，咱们两个闪开这块石台。”陈四爷对二人说道。

钱八虽然不懂陈四的意思，但还是听从了陈四的话。刘瘸子跟着陈四走到了距离石台十步远的地方。听着钱八重重地擂墙面，陈四闭上眼睛，耳朵轻微地动了起来。

“有了，这下面有东西，像是金属碰撞发出的声音。”陈四惊喜地说道。

说完后，陈四走上前去推那个大石台，刘瘸子和钱八见陈四拼了命地推石台，也上去帮忙。

三人一同用力推开了石台，只见下面是一个红木箱子，陈四爷打开箱子，只见里面是摞好的银锭。

陈四拿起一个银锭看了一下，上面刻着“大明崇祯”四个字，看样子这是大明年间的官银。看来这位燕八爷来头不小啊。

“四爷，佩服。今日见四爷施展如此绝活，真是令小可佩服之至。能见到宋先生‘入地耳’的绝计，真是在下之幸啊。”刘瘸子对陈四佩服得五体投地。

“师爷过奖了，雕虫小技，献丑了。”陈四说道。

这“入地耳”乃是宋九一的绝活。话说，宋九一当年常帮人算命看宅邸，有些宅邸是内藏暗器，地下必有机关之类的东西。宋九一有一次入地下，差点把命搭上了，自那之后，宋九一就苦练耳朵，通过地上的震动，判断地下有什么东西。如果是金银相撞，则地下会有微微清脆的响声，若是弓弩等机关，那么传上来的就是闷沉的声音。凭着这些经验，宋九一练就了一双入地耳。

宋九一这项绝活，可是享誉平州城，刘瘸子曾多次想跟随宋九一学此绝活，但宋九一不肯，并告诉刘瘸子“传内不传外”。宋翁没有子嗣，便将入地耳的本事传与了陈四。没想到今日在这乱葬岗里见到了宋翁的绝技，刘瘸子真是大开眼界啊！

话说回来，那边的钱八见到了银子便喜上眉头，恨不得上去把银锭吃进肚子里。三人见到如此多的财宝，真是不知道什么时候烧了高香了。陈四更是高兴，没想到今日被人追，竟然追出来一笔财富。“塞翁失马，焉知非福。”陈四算是领会到这句话的含义了。

各位看官，这燕小八可不是简单之人，他临死之际可是有三处藏宝之地，如今四爷他们只是发现了其中一处，这剩下的两处咱们后话再说。

这可真是“财富本是命中定，只等有缘开宝箱”。欲知陈四等人后事如何，且听下回分解。

第五章 狸狗子

话说陈四、刘瘸子和钱八在洞穴里找到了前朝古银，三人喜上眉梢。钱八力大如牛，搬起箱子和陈四、刘瘸子一起走出了洞穴。

“四爷，看来咱们前面的路已经被封了，要想回去必须得从后面走了。”刘瘸子对陈四爷说道。

“不错，师爷说得对，这前朝古银价值不菲，如果我们从原路回去，必然会撞上守夜的官兵。假如跟他们起了冲突就不好了，说不定咱们这一晚上的心血就白费了。”陈四叹了口气说道。

天下大乱，兵不像兵，匪不像匪，官兵表面上是当兵的，维护治安的。实际上就是一群兵匪，脱了那身军服，到了老百姓里来，简直比土匪都可怕，见什么抢什么。相反，有些土匪就比他们好多了，他们树义旗，杀富济贫，为老百姓做主，跟腐败的官府作对。陈四爷一想起这档子事，就恨得牙痒痒，这他妈什么世道，官兵鱼肉百姓，老百姓要让土匪来保护。

“四爷，师爷，怕个甚。不就是几个巡夜的官兵吗，一群虾兵蟹将，三拳两脚我就能把他们收拾了。”钱八毫不在乎地说道。

“钱八，对付他们容易，关键是古银。银子的风声一旦传了出去，咱们三人可就小命不保了。”不是刘瘸子胆小，而是此人一向是谨慎行事，对付官兵倒是小事，如果这事被人传了出去，那就真闹大了。

那时候，反清势力众多，只要跟这些东西扯上边，甭管你是不是，都得被拉去杀头，朝廷的人可不管这些，宁可错杀一千，不能放过一个。

这三位爷手上拿的是什么啊，是前明古银啊。这消息要是传了出去，陈四用脚趾头都能想得到，朝廷一定会给他们加一个“反清复明”的罪行。到时候这三位爷可就真的是小命不保了。

乱葬岗后面是一片傍河而立的树林。三人决定从树林穿过去，然后迂回地离开乱葬岗。于是，半夜三更的，三人便扛着银子走进了树林。

夜里树林里静悄悄的，三位爷摸着黑往前走，陈四最怕的就是在树林里遇到什么野兽，三人身上连个武器都没有，要是真遇到它们，还不得成了这些家伙嘴里的肉啊。

真是怕什么来什么，就在陈四担心的时候，前面传来了一阵狗吠，听着声音又不像是狗，像是狐狸的声音隐隐在叫。陈四暗叫一声“不好”，莫不是碰上狸狗子了？

这狸狗子来头可不小，它们是平州城里有名的畜生，长相像狐狸，却十分高大，常常在乱葬岗附近活动，一般十几只一伙，在乱葬岗里吃死尸，平时就聚居在这片树林里，这些畜生吃死人吃得多了，一个个体大如虎。

这些家伙生性凶残，它们一般是不扑人的，只要它扑人，一定是它饿极了的时候。狸狗子经常成群出入，只要碰见活物就扑，一动手就非得把你给弄死不行。

陈四等人在这里碰上这群难缠的家伙，真是出门忘记烧高香了，刘瘸子和钱八还好点，好在这俩人就是为了来寻财的。陈四暗叫一声命苦啊！本来在睡觉，莫名其妙地就被人追到了乱葬岗。在乱葬岗里也没睡个安稳觉，就让刘瘸子和钱八给弄到这地方了，这可真是“天堂有路他不走，地狱无门闯进来”。陈四这回真是逼不得已要出手了。

三人猛一抬头，就看见前面有一双双发光的眼睛，正盯着四爷他们呢。回头看看这三个人，刘瘸子是个手无缚鸡之力的人，能文不能武；钱八不用说，自幼习武，一身的腱子肉，双拳难逢敌手；陈四爷追随宋九一的时候，也是学过一些本事，对付一般人也是不在话下。

陈四走到俩人旁边，数了一下足有十几只狸狗子，他们手上也没个防身的家伙，只有几根木棍，是走在树林子里用来探路的，再说刘瘸子又帮不了什么忙。此时此刻，三人真是危在旦夕。

不过还好，这畜生的眼睛在黑暗里是发光的，要不然这三位爷还没看到这些家伙是怎么扑过来的就去见阎王了。

“师爷，怎么办？足有十几只呢。”陈四问刘瘸子。

“四爷，这里地势不好，全是树，先找个开阔的地方，这些畜生狡猾，靠着这些树隐藏起来乱扑，就能把咱们扑死。”刘瘸子边退边说道。

说罢三人一边盯着前面的狸狗子，一边往后退，往后退了大概几十步，三人就到了一个稍开阔的地方，那是一片凹地，像是地面陷下去了一样，三人刚退到了那片凹地上，狸狗子就紧追不舍地跟了上来。

两大阵营就这么对峙着，一边是那三位爷，另一边是那十几只狗爷。这两边的“爷”们，没有一个动手的，要说陈四他们不动手，是因为处于劣势。但那边的狸狗子不动手，却叫人看不懂了。

这些狗爷们明明处于强势，怎么不扑过来呢，这可让三位爷有些看不懂了。

话分两头，这边三个人正想办法对付狸狗子，那边的狸狗子也有了情况，这时有几只狸狗子离开了凹地，向后面走了出去。

钱八看见几只狸狗子走了出去，便跟刘瘸子和陈四喊道：“这些家伙怕了我们了，有的跑了，咱们冲上去把它们都杀光。”

“钱八，先不要着急，可不要小瞧了这些家伙，要是那么好对付，也不会有那么多人死在这里了，还是先听听师爷的吧。”陈四说道。

“四爷说得对，这些家伙生性凶残，吃人都不吐骨头的，今天突然逃跑，这绝不是它们的一贯作风，其中一定有诈，咱们还是小心为上。”刘瘸子看着前面的狸狗子说。

“那师爷说这是怎么回事？”钱八有些心急了，瓮声瓮气地问。

“钱八，现在不是问的时候，仔细盯着它们，不要让它们钻了空子，这些畜生可不是那么容易对付的。”刘瘸子说道。

此时的陈四异常冷静，眼睛一动不动地盯着前面的狸狗子。钱八更是恨不得上去把这些畜生撕个稀巴烂。刘瘸子手无缚鸡之力，只好站在两人的身后，并时不时地转头观看下后方，免得让这群畜生钻了后门。

在不知道狸狗子的动向下，三人不敢轻举妄动。眼前的狸狗子也没有发动攻击的样子，他们也只能这样干耗着，要说拼个鱼死网破不怕，怕就怕没有这个机会跟它们拼。

“狗通人性”这句话一点都不假，狸狗子生性狡猾，常吃活人，更是通人性。初见这群狸狗子时，三人是咬牙切齿地想冲上去跟它们拼个鱼死网破，可事到如今，过了这么好半天，三人的拼劲都已经被耗去得差不多了。再这么耗下去，耗去的是他们的心智，俗语说得好，“一鼓作气，再而衰，三而竭。”

各位看官，这狸狗子在乱葬岗里横行霸道，连野狗都不怕，靠的就是这个狡猾，故意做出一些让人无法理解的动作，让人猜不透动向好趁势而袭击。

眼前这三位爷，生性谨慎，既然能干这半夜里来偷死人财的勾当，自然是秉着一条“小心驶得万年船”的宗旨了。但是，遇到这群畜生还真就着了它们的道。

这狸狗子故意进而不取，就是要耗掉他们的士气，待他们不备时一口封喉。可眼前这三位爷不懂啊，还以为这群狸狗子正跟他们联络感情呢。也是陈四命中该着，苦了这么些年，好不容易见了钱，还没摸一下就碰上了这档子事。

就在三人与狸狗子对视的时候，突然一只狗猛地扑了上来，这下子让三人猝不及防，说时迟那时快，这钱八爷不愧是拿过豆子的，一个箭步冲上去，就给了那狸狗子一脚，那畜生受了一脚，被踹到几米之外。

这时剩下的狸狗子也发起了猛攻，在这块凹地上，顿时展开了激战，要说陈四爷，早年间跟着宋九一什么场面没见过，对付这些畜生自然不在话下，挥舞着木棍就把扑上来的两只狸狗子甩到一边去了。

这三人里面最不济的就是刘瘸子了，此人手无缚鸡之力，是个当军师的料，这舞刀弄枪的事，还真扛不住，三下两下就被狸狗子扑倒在地了。

钱八见状，上去飞起一脚，将扑倒刘瘸子的那只狸狗子踹出了几米远，接着又来了个倒挂紫金钩，将扑过来的另一只狸狗子踢翻在地。这时三人听到外面的狸狗子叫了起来。

刘瘸子大叫一声“不好！”，这是外面的狸狗子在召唤同伴，想要召唤更多的狸狗子来，以便速速地结束战斗。三人被困在这片凹地上，顿时没有了办法，像是一块被放在案板上的肉，任人宰割。

这可真是“不义之财必有灾，乱葬岗里有乾坤”。欲知三人如何脱险，且听下回分解。

第六章 赶尸后人

上回书说到，陈四爷与刘瘸子、钱八在洞穴之内发现了大明朝的官银，三人为了避人耳目，决定走树林离开乱葬岗，却不曾想到在树林里碰到了狸狗子。这狸狗子生性狡猾，为何这畜生叫狸狗子，就是因为这畜生比狐狸还要狡猾，生人只要碰见这些家伙，是必死无疑，陈四爷他们此时被狸狗子包围，外面的狸狗子还不时地吼叫，召唤同伴前来。这可真是“上天无门，入地无路”啊。

陈四爷三人被困在这片凹地上，只能眼睁睁看着白花花的银子给他们陪葬，说来心中着实难受。

这时狸狗子的攻击一波比一波凶猛，三人也快要顶不住了。外面又来了十几只狸狗子，这三人可真是要去见阎罗王了。

要说也是咱们陈四爷命硬，大难不死。就在三人被重重包围之时，凹地外面的狸狗子却突然传来了一声声的惨叫，是什么东西竟能让这些丧心病狂的畜生如此胆战心惊。就在外面的狸狗子惨叫时，凹地里面的狸狗子也冲了出去。三人赶忙出去一看，原来是外面又来了几只大狗，正在撕咬狸狗子，一看地上，已经有几只狸狗子被咬得血肉模糊了。

得，又来了几位狗爷，比先前的狸狗子还要厉害，看着狗咬狗，钱八心里乐开了花，大声地喊着：“咬死它们，八爷给你们买驴肉吃。”说罢哈哈大笑起来。

“它们才不吃驴肉呢。”钱八刚说完，就听见树林里传来了一个小姑娘的声音，那声音清脆，像是只有十六七岁的年纪。

三位爷一听，怎么大晚上的还有女人，莫不是已经被人跟踪了？三人赶紧往四处看了起来，警戒心又上来了。就在这时，陈四看见五十步开外有一个火把慢慢向这边走了过来。

三人打眼一瞧，果然是个小姑娘，年纪约十六七岁，脸庞俊俏，身着一件貂皮袍子，像是打猎的。

“姑娘，你是何人？”陈四上前问道。

“我就是这些狗的主人。”那姑娘一脸的倔犟，样子可爱极了。

“敢问姑娘尊姓大名，今日承蒙搭救，陈四感激不尽。”陈四上前抱拳相谢。

刘瘸子生性谨慎，赶紧让钱八把古银放在身后，今日之事，任何人都不可走路风声，况且这位姑娘还是一个不认识的人。

“我叫燕儿，就住在树林后面的那座山上。今天晚上本来是想在这里打些狍子的，听到这边有动静，就过来看看是怎么回事。”燕儿语气轻柔，一点都看不出像是一个猎人。

“燕儿姑娘，你是说你住在云台山上？”刘瘸子一脸的愕然，要说一个姑娘家不怕野兽夜里出来打猎已经够让人敬佩了，刘瘸子一听她居然住在云台山上，更是惊愕了，要知道云台山地势险恶，易守难攻，寻常人根本上不了山。她一个姑娘居然能上得了山，着实让刘瘸子刮目相看，心中更是佩服，眼前这位姑娘真是女中豪杰。

燕儿姑娘看着刘瘸子，露出一脸的疑问。

“这是刘瘸子，那位是钱八，这两人是陈四的友人。”陈四上前说道。

“嗯，以前是我跟爷爷住在那里的，后来爷爷去世了，就剩我一个人了。对了，你们怎么会夜里来到这里啊？”燕儿姑娘疑惑地问道。

“我们是一不小心走进了这树林的，今日还得多谢姑娘相救了。”陈四随机应变地说道。

“姑娘，你可知道如何才能登上云台山？”刘瘸子问道。

“云台山地势险要，一般人登不上去，要登上山恐怕不容易，我爷爷在山上开了条路，就在山的背面。如果你们想上山，我可以带你们去，我就住在背面的山腰上。”燕儿说道。

陈四在一旁有些纳闷，刘瘸子问这个干吗，莫不是吃错药了。不过这回陈四算是想错了，刘瘸子生性谨慎，既然这么问，就一定有他的想法。

“不知姑娘的爷爷是干什么的？竟能有如此本事，在云台山开路。”刘瘸子继续问道。

“我爷爷以前是赶尸匠，有一次赶尸的时候路过云台山，由于此山极其难登，便耽误了赶尸的进程，遭到主家的责罚，后来为了方便赶尸人进山，便在山后开了条小路。自那之后爷爷也就没再赶尸了，住在了山上，以打猎为生，并指点过路人抄小路进山。”燕儿姑娘说道。

这时在一旁的钱八开口说话了：“姑娘，在下钱八，以前也是一赶尸人。今日遇到姑娘也是缘分，以后姑娘有什么难事，尽管来平州城找我，钱某一定鼎力相助。”

三人与燕儿姑娘分别的时候，天已经到了四更。这眼看着天就要亮了，三人想找个地方歇息一晚，剩下的事等明天再说。陈四带着二人到了自己常睡的那处破宅子里，三人就胡乱地睡了起来。等到天亮三人再想办法把银子藏起来，以图他计。

第二天，天一亮，钱八留下看着银子，陈四和刘瘸子便来到了集市上想找家可靠的钱庄把银子存起来。

“四爷，听说西边有一家银号，名叫‘四海钱庄’，钱庄意为纳四海之财，并有百年信誉，我们不妨去看看。”刘瘸子跟陈四说道。

“好，就听师爷的，咱前去看看。”陈四说道。

说完二人来到四海钱庄门口，只见门口写着“走四海之路纳四面财，过八州之桥迎八方宝”。陈四暗暗地佩服钱庄的大气。好一个四面八方啊！钱庄如此气势，看来这百年信誉，也不是吹的了。

刘瘸子仔细一看，钱庄门口有两个石貔貅，看来这钱庄是下足了门面工夫啊，一般的钱庄门口是放石狮子，石狮子威风十足，但是毕竟不如貔貅。貔貅乃是龙子，以四方之财为食，钱庄门口放貔貅也对应了门口的对联，貔貅纳四面八方之财！

在门口打量一番之后，俩人走了进去，只见里面除了站台的伙计外，没有什么人，陈四心想，看来是一大早的钱庄刚开门。

刘瘸子进去请求叫老板出来，想与他到内房里谈。毕竟这银子是明朝时候的官银，见不得光，必须得找个识货的行家才能将它们安排妥当。

谁知刘瘸子话还没说完，就听见站台的伙计喊了起来："臭要饭的，出去，我们钱庄不发银子。"就连钱庄的小伙计也如此狂妄，别说是老板了，那要出来指不定多大谱呢。

小伙计说得也是，咱们陈四爷与刘瘸子刚从乱葬岗逃出来，衣着不整，看起来像是落魄之人，不过也没让人感觉像是要饭的啊。刘瘸子还好点，陈四爷脸色当时就变了，不过看你只是一个钱庄的小伙计，就大人不计小人过了。

刘瘸子上前说道："这位伙计，我们是来存钱的，麻烦请你们老板出来一下，我们这里有好货想要让他看一下。"这刘瘸子可不像钱八那样气盛，说起话来客客气气，用他自己的话说，与人交往要先礼后兵，就算别人无礼，自己也先要给他几分薄面，如若还不吃面子，那就不应该来客气的了。

可是眼前这位小伙计，好像并不知道刘瘸子的这套先礼后兵，骂骂咧咧地走上来，拿起棍子就要赶他们走。

"两个臭要饭的能有什么宝贝，别在这门口站着，挡着银号的生意。不然别怪老子不客气。"小伙计骂道。

咱们四爷刚才就要发飙的，只是忍了一口气，如今听完这位小伙计的话，怒火中烧，恨不得现在就掀了这钱庄的摊子。陈四爷上去一把揪住小伙计就要打他一个不识抬举。

这小伙计哪儿经过这事啊，看见陈四爷瞪着两个大眼珠子，想要把他吃了似的，吓得都尿裤子了，哭爹喊娘地就叫了出来。

这刘瘸子在一旁乐了，合着你也只是个纸老虎啊，刚才的威风只是装出来的吧，四爷这还没出手呢，你就尿了，要是给你两下子你还不得去了阎王殿啊。

"打人了，打人了，两个要饭的打人了啊！"小伙计带着哭腔喊了出来。这个小伙计真是不懂得看脸色，都被人揪住了，还说别人是要饭的。陈四爷不就是为了要饭的这三个字才准备大打出手的吗？

外面吵吵闹闹的声音，加上小伙计这鬼哭狼嚎的一喊，引来了钱庄里的打手，打手们一个个提刀提棒地出来，将陈四和刘瘸子围在中间。咱们陈四爷连狸狗子都不怕，还怕你们这些个虾兵蟹将。

陈四爷一看足有五六个打手，虽然一个个长得很彪悍，但绝对经不住四爷的三两下。

陈四爷今天本来兴致高昂地出来存银子，却被你个小伙计扫了兴，今天这口气要是不出，怎么对得起这一身的本事。说罢便要与众人大打出手，好好教训一下这帮有眼无珠的人，泄一泄心头之恨。

正当众人与陈四爷要大打出手之时，却听得从里面传来一个声音，使得两方的人都停手看去。

“住手，混账，钱庄是用来做生意的，还是要你们来打客人啊，当这里是武馆吗？还不给我退下。”这时从里屋走出一个老者，捋着长须喝令众人退下，众人被老者呵斥着退了下去。

这时，陈四和刘瘸子的目光都被眼前的老者吸引了过去，但见这位老者呵斥众人退下，陈四爷的怒气也消了不少。刘瘸子给陈四使了个眼色，陈四走了过来。

“两位客官，手下人有眼无珠，还望两位海涵。”老者彬彬有礼地说道。这位老者呵斥了众人退下，脸色立刻变得和气起来。不过这位老者看起来一派道骨仙风状，不像是奸商。

真是“林中遇贵人，财富归四海”。究竟老者为何人？陈四和刘瘸子后事如何？且听下回分解。

第七章 贾掌柜

上回书说到陈四与刘瘸子逃出乱葬岗外的树林，三人在破宅里睡了一晚，第二天陈四和刘瘸子便出来存银子，二人听说四海钱庄百年信誉，便来到钱庄看一看，谁知钱庄的小伙计不识抬举，竟要把二人轰出去。

一时之间，陈四与钱庄的伙计们起了冲突，这时一位彬彬有礼的老者从内屋出来，呵斥众人退下，一场风波才停歇了。

只见老者从上到下打量着陈四与刘瘸子，老者打量一番之后，见此二人不像是寻常百姓，闻着二人身上一股“土”气，便明白了二人是干什么的了。

“二位客官，手下人有眼无珠，还望两位海涵。”老者彬彬有礼地说道。

陈四看了一眼老者，算你个老小子还识相，不然四爷今天就把你这钱庄闹个天翻地覆。

“老先生客气了，不知这位前辈是何人，可否给小辈留下字号？”刘瘸子见有人出来解了围，便上前客气地说道。

“在下并不是江湖上的人，没有什么字号，只是这家钱庄的掌柜。在下姓贾。不知两位到本号有何贵干，老夫可有什么能帮得上忙的地方？”贾掌柜问道。

陈四刚想开口说话，便被刘瘸子拉住使了个眼色。此人虽然帮他们解了围，但刘瘸子还是给自己留了个心眼。

刘瘸子上前说道：“乡野草民，略有纹银几两，想来贵号开户，还望老掌柜给个薄面。”

“既然是存银子开户，那好办，这事就交给老夫来办吧。”老掌柜说道。

“老掌柜，这里不是说话的地方，可否换个地方？”刘瘸子看了一眼钱庄里的人说道。

老掌柜看了眼刘瘸子，知道此人也绝不是等闲之辈。“好好，二位里面请。”说罢，老掌柜做了个请的手势。

老者仔细打量了所来的陈四和刘瘸子，断定这二人不是简单之人。所带之物，也一定不是见光之物，老掌柜打理生意多年，这种事情常常遇到。因此，对这二人也是见怪不怪了。

说罢陈四、刘瘸子便与老掌柜走进了里屋，这大堂可不比里屋了，里屋是古韵生味，一看这位老掌柜便是讲究的人，楠木的桌椅和各种古玩摆在里面，看来此处并不是随便的人进得来的，这家当古玩都摆在这儿，怎能让随便的人进来。要是碰上个土匪来存钱，把人叫进来，这不是告诉别人，屋里有宝，尽管来拿嘛。

老掌柜吩咐人上茶，与二人坐了下来。一番品茶之后，老掌柜开口进入正题，直截了当地问道：“不知二位有何贵重物品要存于本号啊？”

这看东西本来是当铺的事情，不过老掌柜为人一向和善，从不与人结仇，虽然对黑道上的事知之甚少，但却常为道上的人看行货，所以，凭着这份信誉也结下了不少人缘，这也是钱庄生意好的原因。

“呵呵，掌柜的过谦了，我们只是乡野之人，最近做了点生意，赚了些银两，兵荒马乱的置于家中略有不妥，闻言老掌柜银号百年信誉，因此特来开户。”刘瘸子奉承地说道。

“这位兄弟过谦了，本银号的信誉都是城内百姓夸出来的，如果没有众人的信任，银号不会有今天的名声。”老掌柜客气地说道。

“老掌柜过谦了，我们兄弟二人并无宝物，只有纹银几两，想来让老掌柜鉴定一下，看可否将此存于贵号。”陈四爷看此人一派道骨仙风，看来对古物是略有研究，便给了老掌柜一个台阶下。

老掌柜一听，正中下怀，看来这俩人带来的东西果然不是见光之物。

“本号既然开业，有客人来存银子，当然可以开户，不过这位兄弟说让老夫鉴定一下，不知是何银子，可否拿出来让老夫过目？”老掌柜说道。

老掌柜心想，不知这俩人带来的是什么不可见光之物，昔日他曾经见过不少的宝物，不过他都没有收于银号，只看不收，这也是老掌柜开银号的一条规矩，他也是生怕这些东西带来灾祸，天下大乱的时局，还是做本分生意的好。

“请老掌柜过目。”说罢陈四从怀中掏出一块银锭交与老掌柜。各位看官且不要小看了陈四爷，刚才刘瘸子拉住陈四给他使了个眼色，便是告诉陈四要小心行事，这位老掌柜来头不小，且不要先露出家底，待探明虚实后再与其交心，毕竟这前朝银锭可不是简单之物，弄不好就要被挂上一个反清复明的名头，这可是要杀头的。

陈四从怀中掏出的一块银锭也不过是在银锭上掰下的一角。刘瘸子人称“判官”，这眼力可不是吹嘘的，他打眼一看，便知老掌柜不是等闲之辈，因此在处理此事上显得格外小心。

老掌柜拿过银子仔细看了几眼，当即明白了。老掌柜将银子放下对陈四和刘瘸子说道：“二位既然只拿来一块银锭，看来此物不是见光之物，依老夫之见，此物乃是大明的官银。”

“老掌柜果然好眼力。不错，这银子的确不是见光之物，此乃家父生前遗留下来的，乃是前朝古银，我已走遍平州城，只有老掌柜识得此物，在下佩服！”刘瘸子见老掌柜已看出端倪，便急中生智地说银子是其祖上传下来的，免得让这位老掌柜再看出点什么，惹祸上身。

“呵呵，这位兄弟，本银号不要前朝古银，这过了时的银子在下不收，也无法将其存户。不过到了市面上照样可以买米买面，恕在下无能为力。”老掌柜话里有话，说破但不点破，意思是，你这银子存到我银号里会有大灾，我不敢收，不过这件事我不会说出去，你们照样可以拿到市面上去买米买面维持生计。

刘瘸子一听，心中松了一口气，心想，看来这老掌柜果然是信誉之人，虽然看破了这古银，但绝不会透露消息，虽然今日银子没有存成，却在心里暗暗佩服老掌柜。

“老掌柜果然是行家，不知老掌柜对古玉可有研究？”陈四故意问道，这话在陈四爷的耳朵里会听不出来，陈四爷多此一问只不过是要看看此人还有何本事，此时，陈四心里正打着自己的小算盘，如果这位老掌柜真的是精通古物，那他想把宋九一留给他的那块玉佩也拿出来让老掌管过过目，看他是否识得此物，揭开心中的疑惑。

“不知这位兄弟所说为何物？可否拿出来让老夫过目。”老掌柜说道。

这可真是“恰逢天下事，富贵非此物”。欲知陈四爷所持玉佩为何物，且听下回分解。

第八章 掌眼玉牌（上）

上回书说到，刘瘸子与陈四一起来到一家银号，并差点与伙计们打起来，幸好老掌柜出来才免去了这大打出手，三人进入里屋而谈，陈四爷拿出一块银锭让其过目，老掌柜一眼便认出这是前朝银子。

陈四爷话里有话地问道："不知老掌柜可否对古玉有所研究？"

老掌柜令人续茶水，待下人退下之后，老掌柜说道："略有研究，不知这位小兄弟要让老夫看什么古玉，可否拿出来让老夫过目？"

陈四爷说道："只是一块普通的玉，在下看来是一块血玉，乃是家父生前所传之物。"

"看来二位兄弟的祖上都是不简单的人物啊，一个留下古银，一个留下古玉。呵呵。小兄弟请拿出玉来让老夫过目吧。"老掌柜已看出今日所来之人不是乡野之人，因此不敢得罪。

陈四从怀中掏出玉牌请老掌柜过目。老掌柜并不出手接玉牌，这是看古玩人的一个规矩，别人拿出古玩请别人过目时，过目之人不可以拿手相接，而是让人将古玩放在桌子上，自己再拿起来看。如若双方在接古物之时，古物落地而摔坏，就无法说清责任在哪一方。陈四爷当然知道这条规矩，因此将玉牌放于老掌柜座前的桌子上，请其过目。

老掌柜拿起古玉，在眼前看了半天，顿时汗珠子都掉了下来，颤颤巍巍地将古玉放在桌子上，当即拜倒叩头。

"小人有眼无珠，竟得罪了掌眼大人。请二位大人不计小人之过。"老掌柜虽然行此大礼，但刘瘸子却觉得老掌柜像是隐瞒了什么，有些言不由衷。

陈四被老掌柜这一举动慌了神，立马上前扶起老掌柜。

“老掌柜此言何意啊？竟给晚辈们行如此大礼，晚辈承受不起，还请老掌柜起身。”刘瘸子也上前说道。虽说看着老掌柜有些不对头，但还是上前扶起了他。

“老掌柜，这玉牌究竟为何物啊？晚辈不明，还请老掌柜指点迷津。”陈四说道。

老掌柜坐了下来，定了定神，接着说道：“二位既然得此物，为何竟不知此为何物？既然如此，恕老夫直言，此玉乃上古之物，一看便是至宝。”

“老掌柜并未说破此玉牌竟为何物，为何见此物又给晚辈行如此大礼啊？”陈四焦急地问道。

“至于此玉牌究竟为何物，老夫也不知，只是听人说，得此物者必为大人物。老夫方才识出了此物，胆战心惊，才施了大礼，惭愧惭愧啊！”老掌柜说道。

“既然老掌柜也不知是什么，那就恕晚辈打扰了。今日之事还望老掌柜保密，晚辈告辞。”陈四爷见此人亦不知此玉牌的来头，便欲离开，一是不想在此地久留，二是生怕钱八那边出了差池。

“既然二位要走，那老夫就不远送了，不过老夫在此奉劝二位一句，今日二位所带来的银锭和玉牌，绝非凡物，望两位不要走漏了风声，以免横遭杀身之祸。不过，两位如果真的想知道这玉牌有何用处，老夫倒可以给你们推荐一人。这人是个独眼龙，在道上混的，前几天他到过我的银号来寻过一件血玉，刚才老夫一看，感觉独眼龙所说的血玉跟这位兄弟的玉牌极为相似。你们可以去找他问个清楚。老夫也是听他说，得血玉者必定是人中龙凤，所以刚才才施了大礼。”老掌柜面色凝重地告诉陈四和刘瘸子。

“多谢老掌柜的一番好意，晚辈必谨记于心。不过老掌柜所言的独眼龙是什么人，他现在在哪儿？”刘瘸子仔细地问道。

“这位独眼龙经常在附近的茶楼出现，二位可以去那里找他。”老掌柜说道。

“好，今日之事，多谢老掌柜，后会有期。”陈四爷说道。

看着此二人走出钱庄，只见老掌柜满头的大汗，心想，今日真是遇到人中之龙凤了。这二人来头不小啊，干的必定不是寻常人所干之事，希望他们今日能免去杀身之祸。

其实这老掌柜是话里有话，至于这位老掌柜到底是何用意，咱们后话再说。

“师爷，你说老掌柜刚才所言为何意啊？仿佛是点破但不说破，像是有难言之隐。”陈四出了钱庄向刘瘸子问道。

“四爷，刚才老掌柜告诫之言，并无半句假话，至于玉牌之事，他或许真的是不知道。四爷，刚才小可一直纳闷，四爷所持玉牌，从未与我和钱八讲过，今日一见此物也算是大开眼界，不知四爷所拿玉牌从何而来？”刘瘸子也有些纳闷地问道。

“不瞒师爷，此玉牌的确是家父宋九一所留遗物，宋九一弥留之际只留下这一玉牌给我，并告诉我这块玉牌有大用，只是陈四愚钝，一直不知玉牌之用，因此今日才拿出来向老掌柜请教的。”陈四叹气地说道。

“宋翁之智向来高深莫测，既然将此物留给四爷，那必定是有大用。四爷不要着急，现在只需去这附近的茶楼找一下那位独眼龙，便可真相大白了。”刘瘸子说道。

“师爷说得对，不知这位独眼龙是何方神圣，你我去会会他。”陈四爷说道。

说话间二人已来到了钱庄附近的茶楼，走了一天的路，腹中确实有些饥饿，二人打算进去找一下独眼龙，顺便歇歇脚。

各位看官，这块玉牌究竟所谓何物，它的背后又隐藏着什么？咱们马上揭晓。陈四和刘瘸子二人马上就要在茶楼遇到他们的第二个转折点。

二人进了茶楼，刚坐下便听到外面传来吵吵闹闹的声音。一打听才知道原来是店小二在驱赶一个叫花子。

“你看这人呢，就是这样，前两天还是咱们平州城的员外大户，今天就成叫花子了。”旁桌的人说道。

“是啊，这兵荒马乱的年月，金山银山也顶不住战乱的冲撞啊，还是过平平常常的日子好啊！”另一人附和道。

陈四和刘瘸子坐在一边，听旁边的人嘀嘀咕咕地说话，这话虽然简单，却句句刺进陈四爷和刘瘸子的耳朵里，句句刺伤二人的心。

兵荒马乱的年月，任凭你再有钱，只要战乱一来，这万贯家业早晚要变成战争的陪葬品。眼前门口这位员外就是最好的例子。有钱又如何，手中没有权力，早晚变成官员们手中的玩物。这世道就是，三年清知府，十万雪花银。

这贪官的银子从何而来啊，从老百姓的手里来吗？大错特错了，老百姓手里有几个钱啊，能养活得了这些肥头大耳的贪官？这些钱都是无权无势的大户和员外们的钱，老百姓的钱说到底都不够他们塞牙缝的。

不说别的，就说这平州城的李知府，在平州城内那是呼风唤雨，山高皇帝远，无人能管得了，在平州城里更是有多处宅邸，据说此人的外祖父乃是湘西的提督大人。这提督是多大的官啊，是朝廷的封疆大吏，用现在的话来说就是一省的省长。

不光这位李知府蛮横无理，就连他的儿子也是骄横跋扈。前些日子，这位李知府的公子，驾着马车在街道上来去穿梭，路上的人躲不及防，一名女子当场就被撞死。街道上的人上前拉住马车欲讨个说法。这位李公子说了句：“我爹是知府。”便扬长而去。事后虽有官员下来办理此事，但并无结果，这位李公子撞死人的案子也不了了之。

这旁边的人说得好啊，财大不如权大，有钱不如有权。一句“我爹是知府”，将这个世道说了个干干净净，这大概也是对这个世道的最好总结。

陈四和刘瘸子在茶楼里边喝茶边想着下一步的打算，既然银子存不下，该想想其他出路了。这时候茶楼里来了一伙人，为陈四爷和刘瘸子的出路打了基础。

真可谓是“衙门之内有冤鼓，无钱此鼓敲不响”。欲知茶楼内所来何人，陈四、刘瘸子出路何在？且听下回分解。

第九章 掌眼玉牌（下）

上回书说到，陈四与刘瘸子在茶楼内坐着，却听到外面的小二在轰赶一位落魄的员外，二人在茶楼内将这事听了个一清二楚，乱世当道，要想活命就不能靠着手里的那点银子，银子有花光的时候，贪官对你是永远交不完的税，永远交不完的银子。

俗话说得好，"金山银山，也挡不住乱世的冲撞。"陈四与刘瘸子在想着怎么想个办法，将手上的前朝古银兑换成现银。

"四爷，俗话说得好，'乱世的黄金，盛世的古董'。依小可之见，不如将手上的银子兑换成黄金。"刘瘸子对陈四说道。

"师爷所言极是，只是这前朝的银子要兑换成本朝的银子都难，这兑换成黄金岂不是难上加难啊。"陈四叹了一口气说道。

二人并没有多做打算了，只是想喝口茶，歇歇脚，便要去寻一下那位独眼龙，只是二人在茶楼里坐了半天了也没见到那位独眼龙。心想莫不是老掌柜语中带假，将四爷给骗了。正思索间，外面吵闹起来，什么事都经不住念叨，这不说曹操曹操就来了。

一盏茶的工夫，打外面进来一伙人，得有五六个，扮相凶狠，一看就像是在道上混的，个个手上提着大刀，大摇大摆地进了茶楼。这乱世当道，别说提把大刀，就是你提个人头在街上逛，也没人大惊小怪。更别说这些人是从山上来的响马盗贼了。

这伙人坐了下来，叫小二上来茶水。为头的一个独眼龙大声地叫嚷开来："你们这些小子听着，以后跟了我，保管让你们有酒有肉，我独眼龙说到做到。等咱们找到了号令南七省响马的掌眼令牌，这将来就是呼风唤雨，要什么有什么，什么他妈的鸟知府、鸟提督，到时候都得看老子的脸色。”独眼龙说得豪情万丈，好像平州城早就在他脚下了。

陈四爷心想，这就是那个独眼龙啊，亏着四爷还一直拿他当英雄好汉呢，想不到竟然是一傻叉，四爷话还没问呢，就全都说出来了，看来这玉牌就是独眼龙嘴里说的掌眼令牌，是号令南七省土匪盗贼的至宝。刘瘸子听完此话，看了看四爷，四爷给他使了个眼色，示意刘瘸子不要动声色，听独眼龙说完。

陈四爷与刘瘸子继续坐在那里喝茶，心想既然这位独眼龙如此“厉害”，那就听他继续往下说，省得四爷浪费口水，过去打听了。

刘瘸子心想，怪不得老掌柜见多识广，却不知此物的用处，原来是江湖上的事情，他一个掌柜哪懂得这些啊。俗话说得好，隔行如隔山，再说这土匪响马之事，是人人避之大吉。老掌柜道风仙骨，一派文人气质，又怎会知道这绿林之事。

只是刘瘸子在一旁看着独眼龙不像是在耍猴戏，倒有些像是在做戏，他闻到独眼龙身上没有匪气，倒像有一股权味，刘瘸子在湘军大营呆过，所以他能闻得出权味。

刘瘸子的直觉不假，这位独眼龙身上的确是有权味，至于是什么权味，咱们后话再说。

既然这掌眼令牌如此重要，是南七省土匪的号令，又怎么会让你一个独眼龙说找到就找到呢？还跑到银号去打听，这可真是滑天下之大稽。你也不睁大你的狗眼看看，你身旁坐的是谁，坐的那可是祖上四世三公，门生故吏遍天下的陈四爷啊。

这边陈四和刘瘸子听到风声，仍然面不改色，陈四爷什么场面没见过，他料定宋九一给他留下的是一块宝贝，千金不换。对于听到是“号令南七省响马盗贼”的掌眼令牌一点也不觉得惊奇。刘瘸子心思缜密，更是深知此事的重要性，切不可让人看出马脚。二人坐在那里待喝完这壶茶，便离开茶楼，找钱八共商大事。

那边的独眼龙依然豪情万丈地喊着，做着号令南七省绿林的美梦，这边的陈四和刘瘸子便欲抽身离去。俩人心想，从那位独眼龙的嘴里也听不到什么东西了，估计这个二百五只知道这么多，再留在此地也无用了。

二人站起来刚要走，打外面又进来一伙人，这伙人可不像独眼龙他们看上去那么面善。为首的一个大汉提着大刀转了半天，看到了那边的独眼龙。独眼龙回头看到那个大汉，急忙抽身就逃。他哪逃得了啊，那大汉的手下已将茶楼团团围住。

大汉上前拿刀抵住了独眼龙的脖子说道："独眼龙，我们金爷可是让弟兄们找了你好久了，为这事金爷可费了不少周折，也折腾坏了我们弟兄。今天不想跟你废话，把东西拿出来，我还能给你留个全尸。"

"这位爷，有话好好说，小弟不知哪儿得罪了金爷，还望指点。"独眼龙求饶似的说道。

"指点个屁，快把令牌交出来，今天爷心情好，给你留个全尸，要不然等爷发火，到时候把你削成肉泥，可别怪兄弟没跟你把话说在前头。"拿刀的这位爷在独眼龙的脖子上划破了一道口子警示道。

独眼龙疼了一下，哭爹喊娘地叫了起来，刚才那股威风荡然无存，合着这位独眼龙也是孬种，刚才的那番话就是糊弄手下的虾兵蟹将的。

"这位爷啊，我真的没有令牌啊，我要有令牌，还能坐在这里啊，早就号令七省绿林了。我以前说的那些话都是拿出来糊弄人的。"独眼龙被摁倒在桌子上，头抵着桌面，就差在桌子上磕起头来了。看来这独眼龙一定是在江湖上说了不该说的话了，惹得江湖上的人都在找他。

旁边的陈四爷和刘瘸子将眼前的这一幕幕是看在眼里，记在心里，看来这掌眼令牌是各路好汉都在寻找。眼前这位大汉嘴里的金爷就是找令牌的主儿。陈四和刘瘸子看眼前的人是来者不善，即便陈四爷有着一身的本领，也是双拳难敌四手，想着陈四爷与刘瘸子就要离开此地。

刘瘸子刚站起来要走，就被那位大汉看见了。大汉朝陈四爷和刘瘸子怒吼道："你们两个给我坐下，今儿个我走之前谁都不准走，要不然别怪我不客气。"

陈四与刘瘸子见状，心想，好啊，既然你不让走，那就留下来看你能玩出个什么花样。

陈四爷艺高人胆大，既然走不了，那就留下来陪你玩玩，这掌眼令牌既然在四爷手里，你就别想把他拿回去。四爷今儿把话撂这儿，这南七省的绿林总瓢把子非四爷不可。

陈四虽然手上无一兵一卒，但俗话说得好，“千军易得，一将难求。”陈四爷虽不像那位金爷一样，手中有千军。却是龙生二翼，文有人称“判官”的刘瘸子，武有钱八爷，心里丝毫不惧任何人。

“独眼龙，再给你一次机会，把令牌交出来，不然我就要你脑袋搬家。”那位大汉见陈四和刘瘸子坐下了，又把目光对准了独眼龙。

“爷，小的真没有令牌啊！我之前听说附近银号的老掌柜见多识广，就去打听了一下，但是也没有拿到令牌啊，不知道江湖上哪个挨千刀的说我独眼龙得到了令牌，我可比窦娥都冤啊，您要是不相信我，我可以去见金爷。”独眼龙哭腔都出来了。

想不到这个独眼龙还看过书，连窦娥都知道，这可让四爷我刮目相看啊，陈四爷心想。

那位大汉可管不了这么多：“金爷有令，拿不回令牌，就拿你小子的人头回去交差。”说罢就要抬刀将那独眼龙的脑袋砍下来，就在这时，刘瘸子突然感到茶楼外面一股杀气在蠢蠢欲动。

说时迟那时快，就在刀要砍在脖子上时，突然刀光一闪，一把刀挡住了那位大汉的刀，两把刀撞在一起，“砰”的一声，大汗的刀被砍落在地。还没等那位大汉看清是何人，一把刀已经架在他的脖子上了。

出手的是何人啊？是陈四爷，在场的人，除了四爷还有谁能有如此大的本领啊！

“这位好汉，既然这位独眼龙兄弟已经说没有你想要的东西了，何必还要取人性命。”陈四爷说道。

“你是何人？竟敢挡我的刀，我看你是活腻歪了。”大汉怒气冲冲地说道。

“在下陈四，今日是路见不平拔刀相助。”陈四爷说道。

本来陈四爷是不想出手的，但令牌毕竟是在自己身上，他也不想看着有人为自己挡刀，所以才救独眼龙的。

“你可曾听过金爷大名，他可是川粤二省的瓢把子，今日我也是奉金爷之命前来的。”大汉说道。

“金爷大名如雷贯耳，不过，今日陈四不想有人为我而死，你告诉金爷，就说他想要的东西如今在陈四身上，还望他不要为难这位独眼龙兄弟。”陈四爷说道。

那位大汉听后大吃一惊，想不到今天在这里遇到高人了，此人在这里不显山不露水，没想到是大有来头。

“四爷既然有令牌，还烦请四爷随我走一趟，在下也是奉命行事，拿不到令牌，在下回去不好向金爷交差。”那大汉看了看四爷，估计打不过他，便想带四爷回去交差。

“只要你放过这位独眼龙，陈某愿陪你走一趟。”陈四爷说完把刀放下。

独眼龙见自己保全了性命，连忙谢道：“多谢四爷搭救，多谢四爷搭救。救命之恩，在下永世不忘。”

“你不用谢我，要谢就去谢钱庄的老掌柜吧，如果不是他指点我来茶楼找你，今日谁都救不了你。”陈四爷说道。四爷此话不假，若不是贾掌柜让他来这儿，他就救不了独眼龙，只是没想到，这位独眼龙如此窝囊，老掌柜深明大义，怎么会认识这等败类？

独眼龙没说什么，灰溜溜地跑了。跑到楼梯口还不时地回头看看，看有没有人追上来再杀他。想不到陈四爷在这里放过了独眼龙，却为日后留下了一个大祸害。

陈四走到刘瘸子面前低声了几句：“师爷，陈四此去你大可放心，师爷不要惊慌，你回去找钱八，我去会会那位金爷。师爷回去要这般如此，如此这般……”

刘瘸子听完后说道：“四爷此去小心，交代之事，小可一定尽力而为。”

陈四爷交代完后，走到那位大汉面前：“这位兄台，不知金爷在何处，还请带路。”

“金爷此时就在平州城内，四爷请。”说罢陈四爷便要去会会那位金爷。

刘瘸子出门换上了白衣服，去寻钱八，想要完成陈四爷交代的事情。

真可谓是“陈四爷单刀赴会，刘瘸子白衣渡江”。欲知陈四此去后事如何，且听下回分解。

第十章 金烟杆（上）

上回书说到陈四与刘瘸子在茶楼之内遇到两伙人，两伙人都是为了掌眼玉牌而来。陈四从独眼龙嘴里得知，掌眼玉牌乃是掌管南七省绿林好汉的令牌，是南七省响马盗贼总瓢把子的信物。

陈四救独眼龙一命并打算去见那位金爷。究竟这位金爷为何人，他是何方神圣，为何对掌眼令牌如此着迷？咱们马上分解。

陈四在与刘瘸子分别时曾在刘瘸子耳边低语几句，陈四爷艺高人胆大，刘瘸子胸怀韬略，此二人商榷之事，必是一番大事。究竟这里面暗藏什么玄机，需从陈四爷见金爷说起。

前面咱们已经说过，这位金爷乃是川粤两地的瓢把子，在南七省绿林中是响当当的人物。说得好听点，是瓢把子，说得直接点，金爷在南七省绿林中已经算是掌眼级别的人物了，只差那一块令牌了。

这位金爷手持一根纯金打造的烟杆，走南闯北的时间长了，道上的人都叫他“金烟杆”。此人在川粤两地劫富济贫，挖坟掘丘，手下弟兄众多，在绿林中乃是呼风唤雨的人物。此人的名号是威震天下，就连官府的人都不敢抓他。

咸丰年间，官府的人曾打着他的“金”字大旗去剿匪，让道上的人以为是土匪火并，并想借其他绿林好汉之手灭了金烟杆。结果官兵走到半道上就被金烟杆给灭了，没有一个官兵活着逃出来。自此，金烟杆威名满天下，四海之内没有人敢冒充金爷的名号。金烟杆手下的人一个个消息灵通，据说官府里都有他的眼线，要不然那次金爷可就真的被官府给收拾了。

话分两头，陈四爷去见那位金爷，刘瘸子便回去找钱八。二人兵分两路，表面上是分道扬镳，实则是想靠着令牌重新统一南七省绿林。

陈四与那位大汉来到了一家客栈，此客栈名为“长生”，金爷取的就是个吉利名字，“长生客栈”。

进入客栈，陈四见屋内摆设有序，想来那位金爷是个讲究的人，屋里摆满了花，看来这位金爷是个爱花之人，虽然对花草如此爱惜，但对人可就差远了。陈四心知肚明，在客栈的一幕，就已经看出了金爷的为人了，此人一定是个心狠手辣之人，不可小觑了此人。

“金爷，您要的人小的给您带来了，此人说身上有令牌。”大汉上前说道。

还不等大汉退出去，金爷自己就出来了。陈四上前一看，这位金爷并不像想象中的那样彪悍，而是颇带几分秀气，如果在大街上遇到，肯定不会把他与响马联系在一起，而是想到他是一个秀才或者举人。金爷上前看了一眼陈四，见此人内藏玄机，五官端正，体格中等。二人相互对了一眼。

一番打量之后，金爷先开口说话了：“这位兄台如何称呼？在下姓金，只因手上常拿一杆烟杆，道上的朋友都叫在下金烟杆。”金烟杆指了指手上的烟杆说道。

“在下陈四，乡野之人，金爷大名如雷贯耳，今日一见果然不同凡响。”陈四上前客气地说道。

“四爷，金某就不跟你兜圈子了，在下已找寻令牌多时，想不到令牌竟在四爷手中，今日金某真是要大开眼界了。”金烟杆话里有话，对令牌仿佛是势在必得。

“难道金爷只是想开开眼界？如果只是想开开眼界，那陈四愿意拿出玉牌，让金爷见识一下。只是金爷手下在茶楼内持刀杀人，陈四实在看不下去，便出手相助，决定来见金爷一面，看样子金爷对令牌是势在必得啊！”陈四爷一针见血，并未与金烟杆拐弯抹角。

“四爷言重了，如今南七省绿林里除了我金烟杆，恐怕再无人可以执掌掌眼一职了，所以在下只好委屈出来找寻令牌了。”金烟杆话说得滴水不漏，话里有话，言语间霸气十足。

“金爷，你怎么知道这南七省没有人可以执掌掌眼了，难道南七省绿林好汉没有一人可以担当？”陈四爷步步紧逼，丝毫不把金烟杆的话放在眼里，可谓是“强中自有强中手”，这掌眼我陈四是当定了。

想不到天底下还有比孙寡妇的脸皮更厚的，今儿算没白来，也算开了眼界了，陈四爷心想。

“在这南七省绿林之中，金某如说不肯任职掌眼，恐怕是无人敢出来担当啊。”金烟杆一向不把任何人放在眼里，别说来一个陈四，就算官府的人来了，他都不放在眼里。

“那陈某就要与金爷争他一争了。”陈四爷说完此话面不改色，风轻云淡。想我陈某人当年追随宋九一的时侯，你小子还不知道在哪儿呢。

这话陈四爷倒是没有说错，金烟杆虽说是现在名满天下，但十几年前也不过是一个无名小卒。金烟杆也是近几年才发展起自己的势力的。别看金烟杆一脸的秀气，但此人心肠极硬，除了自己的老母亲，谁都不放在眼里。在这兵荒马乱的年月，金烟杆既然能拉起自己的势力，必是有一定的手段。

“是吗？我倒要看看你如何与我争。”金烟杆面带愠色，盯着陈四看了起来。

“金爷，容兄弟问你一句话。”陈四爷说道。

金烟杆心想，还问我一句话，想不到你陈四也是如此有趣，今日我就陪你玩玩吧。

“请讲。”金烟杆连头都没抬地说道，很明显没有把陈四放在眼里。

陈四爷对此是看在眼里，记在心里，决定给这个不知天高地厚的金烟杆一点颜色，让他瞧瞧四爷的厉害。

“金爷，你说现在咱们两个谁的势力大？”陈四爷一甩衣袖，靠近金烟杆坐了下来。两个眼睛盯着金烟杆，神色里充满了杀气。

金烟杆一看陈四坐了下来，起初还对陈四的眼神有些畏惧，但一听他问起了这么一个世人都明白的问题，当即笑了起来，心想：你陈四还真是不怕死，敢跟我这么说话。不过金烟杆并没有表露出来，只是蔑视地笑了起来，毕竟金烟杆也是川粤两地的瓢把子。

“哈哈，我金某统领川粤二地的绿林好汉，在江湖上是鼎鼎大名，你一个平州城草野之人又怎么能跟我比。你说咱们两个谁的势力大？”金烟杆言语之中略带嘲笑，丝毫没有把陈四放在眼里，又将陈四爷的话给返了回去。

“金爷说得对，不过这也正是我陈四想要问的。就因为我陈四是平州城的一个草野，所以我才问金爷咱们俩谁的势力大。我的意思是，在平州城内咱们俩谁的势力大？”陈四爷说得不显山不露水，故意又将最后一句话重复了一遍，并将语气加重，说得金烟杆先是没有缓过神来，然后惊愕。

陈四语意却很明显，这是在告诫金烟杆，在川粤两地你金烟杆说一不二，但到了平州城内，你还能像以前那样再呼风唤雨吗？俗话说得好，“强龙不压地头蛇”，山高皇帝远，皇帝老子来了也得给我陈四几分薄面，更何况一个小小的金烟杆，既然来到了我陈四的地盘，那就得守规矩，按我陈四的话来办事。

金烟杆也仿佛从语句中听出了玄机。但此人好面子，到哪儿也绝不可丢了份儿，如今被陈四这么一说，脸面更是掉到了地上，下不来台。

金烟杆暴怒，起身摔碎了杯子，“从来没有人敢跟我这么说话。四爷，既然你都这么说了，那就不要怪我金某翻脸不认人。”说罢，从外面进来金烟杆的手下，将陈四团团围住。

“哈哈，金爷，你想要杀人灭口再从陈四身上拿去令牌。但金爷有没有想过，这令牌如此重要，我又怎么会放在身上。”陈四爷说道。

“就算你不带在身上，那你今天也别想活着离开客栈。”金烟杆大发雷霆，说着就要喝令众兄弟上前，将陈四剁成肉泥。

“慢着。金爷，你如果杀了我，你觉得你能活着出了平州城吗？我的弟兄们会放过金爷你吗？”陈四说道。

“那就更好办了，既然令牌不在你身上，那你就留下陪我下下棋，养养花，直到你的兄弟把令牌拿来为止。”金烟杆这话说得很明显，要留下陈四做人质，等刘瘸子把令牌送来再放陈四走。

不过金烟杆要是打这么个算盘，那他一辈子也别想得到令牌，此时此刻令牌就在陈四身上，如何叫刘瘸子拿来啊。

“金爷可真会说笑，我的兄弟把令牌拿来的那一天就是我陈四的死期。不过话说回来，我陈四所结交之人都是侠肝义胆，让他们用令牌换我，你还不如自己先备好棺材。”陈四爷说道。

陈四爷手上无一兵一卒，今日他既然敢来见金烟杆，靠的就是胆气，如果在言语有丝毫松懈，那他今日是必死无疑，陈四此时深知这一点。

“好大的口气，我金某走南闯北，还未曾遇到你这样的人，不过我倒是对你多了几分欣赏。”金烟杆在言语中已然落了下风。

“金爷过奖了，俗话说得好，‘展颜消宿怨，一笑泯恩仇’。像金爷这样的英雄豪杰，陈某也是十分佩服。”陈四最会见风使舵，见金烟杆落了下风，也给了他一个台阶下，要不今天这局面又要变得一发不可收拾。

金烟杆半晌没有说话，略微沉思一会儿。

“你想跟我和解，我金烟杆可不是那么容易说服的人。”金烟杆说道。

“金爷一向是光明磊落，做人行事令陈四十分佩服。今天陈四前来，并不是要与金爷火并的，而是有事要与金爷商量。”陈四循序渐进地说道。

“不知四爷有何事要说？”金烟杆问道。

陈四看了看周围的人，金烟杆心领神会，令众人退下。

“金爷，眼下天下大乱，正是你我大显身手的好时机，如今朝廷腐败，贪官当道，民不聊生。如若在太平盛世，我陈四不过是一乡野草民，金爷也不过是一占山为王的土匪头，可眼下这局势正是你我大干一场的时候。”陈四爷循循善诱地说道。

“不知四爷有何高见还请讲。”金烟杆说道。

“这南七省绿林本是一家，如今却四分五裂，陈某看在眼里痛在心里，如若你我联手整合七省绿林，大干一场，必定会扬名史册。”陈四爷最会笼络人心，面对金烟杆这样的大鱼他怎会轻易放过呢。

再说一看这位金烟杆便是一识大体之人，绝不会听不懂陈四所言。

“四爷所言极是，金某一心想整合南七省众盗，只可惜未遇到四爷这样的人，如今遇知己，金某愿听从四爷差遣。”金烟杆说道。

“金爷言重了，陈某势单力薄又有何德何能差遣金爷。陈某愿交出令牌，追随金爷。”陈四说道。

“不可。令牌即在四爷手中，那便是天意，天意如此，掌眼之位必然是四爷的，金某愿追随四爷。”金烟杆说道。

“好，既然金爷话已至此，那陈某不才，便要给金爷下一令了。”陈四刚才所言只是试探金烟杆，如果金烟杆真的接过话题，要执任掌眼，那陈四必然是立刻出手，将金烟杆干掉，除去此人，因为掌眼之位陈四爷是势在必得。

“金爷，此事须小心行事，你我需这般如此，如此这般……”陈四在金烟杆耳边低语几句。

“明白，四爷放心，金爷一定不负四爷之托。”金烟杆说道。

这可真是“四爷舌战金烟杆，得一虎将得千军”。欲知陈四爷所施何计，且听下回分解。

第十一章 金烟杆（下）

上回书说到陈四爷与金烟杆在长生客栈相逢，陈四爷虽到了鸿门宴，但是有勇有谋，舌战金烟杆，三言两语便将南七省最大的瓢把子收入帐下。

这俗话说得好，拿人拿脾气，服人靠本事。陈四爷手上无一兵一卒，就算说服了金烟杆为他卖命，但金烟杆一旦发现陈四爷在客栈内是夸下海口，没有势力，那么这反水的事也是迟早的。

金烟杆混迹江湖十几年，要是没点本事能统领这川粤两地盗众吗？金烟杆与陈四爷分开后，是一边打听陈四爷的势力，一边按着陈四的这般如此，如此这般开始行动。

像金烟杆这样的人物，要想让他真心实意地为一个人卖命，只靠着嘴上的功夫是不行的，还需拿出些真本事才行。

眼下陈四爷的真本事就出来了，要说这陈四爷的后招，那就押在了刘瘸子和钱八身上。当日在茶楼一别，陈四爷在刘瘸子耳边低语了几句。

陈四爷说的是什么啊？说的是让刘瘸子和钱八回平州城内招兵买马。陈四爷料事如神，早已看中了云台山，此山地势险要，易守难攻，是一夫当关，万夫莫开。只要占据了此山就是他金烟杆来打，也休想活着离开此地。刘瘸子回到城内，想起在树林遇到的燕儿姑娘，便请她带路上山。

与陈四爷比起来，刘瘸子更是技高一筹，他带着钱八，身着白衣，为天下哭丧，为天下办白事。

“乡亲们，这天下本是我们汉人的，但满人占据了我们的大好河山，如今又令天下如此不堪，我刘瘸子今日是为天下而哭的，是为我们的大好河山而哭的。”说着刘瘸子跪了下来，对着苍天三拜九叩。

刘瘸子这一举动，引来众多乡亲的跟随，刘瘸子见大事已成，便又加了把火，大喊道："眼下天下大乱，我等实在难活，大家不如上山落草，只要有我刘瘸子一口吃的，就不会少了你们的。"说着刘瘸子拿出了前朝古银，分与大家。

话说当年吕蒙白衣渡江，擒杀关二爷。如今刘瘸子是身着白衣，对天骂世，颇有当年吕蒙的气势，只是少了一只船。

一切都按陈四爷预想的一样，刘瘸子与钱八用古银拉众人入伙，再以掌眼令牌号令南七省绿林，到时候就算是陈四爷此去拿不住他金烟杆，七省绿林也会为了令牌跟随刘瘸子来攻打金烟杆，这真是一石二鸟之计。

陈四爷的养父宋九一乃是平州城名算，当年收陈四这个养子时也是看了又看，算了又算，他算准了陈四爷是土命，路边土的命格，命里是福大命大造化大。要不然这掌眼令牌如此重要，他怎么会独独留给陈四爷呢？

各位看官不要生疑，这掌眼令牌如此重要，那么这位宋九一又是如何得到的呢，莫非他就是前任的南七省掌眼？在这里先不表这位宋九一，咱们后话再说。

话说刘瘸子回去寻着钱八，把事情的来龙去脉从头讲到尾，这二人一合计，当即在云台山拉起了大旗，拉拢众人入伙，刘瘸子在平州城内风风火火地拉起了大旗，金烟杆的弟兄们也见到了陈四爷的势力，之后金烟杆立马带人回了川粤老窝，一切按陈四爷部署。

俗话说得好："逢乱世，必英雄辈出，挥斥方遒，指点江山。"古有三国周郎火烧赤壁；门庭校尉曹操，夺兖州，智取徐州，火烧官渡。今有曾公湘军大破粤寇，收拾河山；左公兵锋指向，收复新疆。真可谓是"浪花淘尽英雄，天下独领风骚"。

陈四爷回到云台山便按座次排起了众当家的。

陈四爷见多识广，又跟随宋九一见过不少大世面，兼着祖上是"四世三公"，门生故吏遍天下，这自然而然坐上了头把交椅。

这第二把交椅乃是人称"判官"的刘瘸子，刘瘸子跟随过曾国藩大人，上知天文，下知地理，中晓阴阳，自然坐了第二把交椅，成为了陈四的帐下军师。

钱八坐了第三把交椅，还有一事不得不提，钱八的父亲早年曾追随过陈四爷祖父陈尚书，后来二人又在乱葬岗相遇，两家人实在是有缘，钱八后来听说了陈四的身世，对陈四更是忠心耿耿。

当夜，众兄弟各司其职，陈四爷独自进了刘瘸子的房间。

“四爷，您怎么来了？”刘瘸子说着赶忙起身迎接。

“师爷，我有一事相求，请务必答应，此事关系云台山的安危。”陈四坐下慢慢说道。

“四爷尽管吩咐，刘某一定鼎力相助。”刘瘸子不是江湖中人，乃一食客，在陈四面前也说不出“提头来见”诸如此类的话。

“师爷，今晚三更时分，你吩咐人将山寨的东大门打开，此事不要惊扰了众人，更不要惊扰附近村民，否则大祸临头。”陈四凑在刘瘸子耳边低语了几句。

“四爷尽管放心，此事我已安排妥当，并挑好了兄弟在东门附近守候，只等四爷一声令下，就将大门打开。而且，我已经请燕儿姑娘在山下等候，只要是有人前来，便让她把人带上来。”刘瘸子气定神闲地说。

陈四听完，眉头紧闭，连汗珠都流下来了。

“四爷不必惊慌，此事刘某已猜出一二，刚才所言，只是侥幸猜中。”看着四爷如此惊慌，刘瘸子赶忙解释道。

“师爷，当日你我茶楼一别后，你便与钱八招兵买马，为我云台山立下大功，不知师爷为何盯着我的行动，快快讲来。”陈四爷虽有些不解，却坐了下来。陈四与金烟杆商榷之事，关乎云台山的存亡，陈四并没有走路半点风声，刘瘸子却已知道，因此陈四显得格外紧张。

“恕小可直言，四爷前些日子曾前往长生客栈会见金爷，小可虽不知金爷是何等人物，但已猜出两位见面所言之事。像金烟杆这样的人，四爷如果不将其拉拢过来，放在川粤两地，必成四爷的绊脚石。”刘瘸子一针见血地说道。

“师爷果然好眼力，不愧是‘判官’，事已至此，陈四无以隐瞒。”说罢陈四取出一块玉牌，此玉乃是一块血玉，双面镶金，在烛光下金光闪闪，透着一股煞气，上刻篆书“掌眼”二字。不错，这便是宋九一留给陈四的掌眼玉牌。

“四爷，这掌眼令牌小可已见过，不知四爷要说何事？”刘瘸子问道。

“师爷，这令牌曾是金爷追寻之物，如今落入陈四手中，陈某已与金爷约定，今晚三更时分云台山聚义。”陈四拿出令牌，意为告诉刘瘸子，靠着令牌，他已经收服了金烟杆。

“四爷放心，小可定当帮四爷完成此事。”刘瘸子说道。

“金烟杆既然是川粤两地的瓢把子，而且又曾多次寻找令牌，此人乃是一虎将。俗话说‘千军易得，良将难求’。今晚，金烟杆如果来我云台山，定当是如虎添翼。不过，师爷，我们也要做好防范的准备。”陈四说道。

“四爷的意思是？”刘瘸子问道。

“不错。师爷，我们现在在紧要关头，不能出现一点差错，如果金烟杆反水，告知官府，官兵前来攻打我云台山，那我云台山大业将会不保。所以，我们还要做好防范的准备，燕儿是一姑娘，我怕她会被人利用，不分青红皂白地将官兵带上来。”陈四担忧地说道。

“四爷放心，我已交代燕儿姑娘，如若来人不报字号，则休想进我云台山半步。”刘瘸子说道。

不过这回四爷和刘瘸子是真的多虑了，要知道这金烟杆是义薄云天之人，绝不会做出尔反尔之事，除非他结交之人是小人。但是，咱们四爷乃是宋九一养子，是识大体之人，这俩人走到一起，真是南七省绿林的福气。

话说回来，咱们四爷得到的令牌是宋九一给爷的，那这令牌宋九一是怎么得到的呢？表面上宋九一是个阴阳先生，但他的真实身份，没几个人知道，四爷只是追随过晚年的宋九一，至于宋九一年轻的时候干过什么，陈四爷也不知道。

宋九一早年习得风水相墓之术，曾经游走大江南北，盗掘大大小小数十座古墓，晚年间看破红尘，便金盆洗手，挂铺看相，改头换面成为一江湖术士。

话说有一年，宋九一行走至云南，在此处发掘一古冢，当地人称此洞中有不祥之物，入夜后洞中便会发出鬼叫，无人敢进。宋九一行走江湖，掘丘挖坟，靠的就是个胆气，岂会惧一洞穴。

宋九一仔细一看，这哪是什么洞穴，这就是一座墓穴。心想：既然无人敢进，想必是此墓中有蹊跷，九爷今日已到此，便要进去看个究竟。

宋九一当夜便打好盗洞，潜入墓中。宋九一一进墓穴，便觉得阴风阵阵，一股凉气仿佛要刺破皮肉，不由得后背起一股冷汗，心想：我宋某自盗墓以来，盗掘无数古冢，从来没有见过如此蹊跷之事。越往里走，阴风越强，宋九一左手提马灯，右手握紧“翻山越海梯”，小心翼翼地向前走去。

宋九一虽见多识广，但遇到此事，还是不由得心中生疑，连盗墓至宝“翻山越海梯”都拿了出来，这把梯子可不是普通的梯子，此物乃玄铁打造，可叠可展，可伸可缩，上可挂钩翻山，下可漂浮越海。宋九一轻易不拿出此物，事到如今却把此物握紧在手，看来此墓的确非同小可。

越过墓穴耳室，宋九一凭相墓之术，小心翼翼向主墓室走去。此时此刻，宋九一的心都要提至嗓子眼了。进入主墓室，宋九一见墓室中并无他物，只有一金棺在墓室中央。凭一金棺，此人便非同小可，那为何墓室中竟无一陪葬物？宋九一心中顿时生疑，当即向金棺走去。

走近一看，宋九一悔得肠子都清了，这哪是什么富贵之人啊？这是要尸变之人啊，金棺外面缠着一层墨斗线，这是茅山道士对付尸变的方法啊。此刻，宋九一心中只有一个念头，三十六计走为上策。想罢，撒腿便要逃，刚迈开步子，但见一行字刻在金棺之上。宋九一心想，事已至此，老天要收我，我宋某逃都逃不过，不如留下看他一看。

宋九一定了定气，慢慢靠近金棺，但见金棺之上刻有“吾乃大明燕小八，今满清入关，吾辈自知祸患已至，遂将古传之宝藏于此，望有缘人得此物，劫富济贫，还我大明河山”。

原来此人乃是燕小八啊！宋九一当即拜倒，连磕九个响头。“小人宋九一，湘西人氏，今日误打误撞，打扰了前辈，望前辈海涵。”

这燕小八乃是谁啊？前文咱们已经说过，这燕小八乃是明末的土匪，但前文咱们只说一半，这回接着分解。

燕小八乃是南七省绿林的最后一任掌眼。明末满清入关，燕小八带领七省绿林好汉参加义军，抵抗满清，后又追随郑国公，其生前充满了传奇色彩。世人传言，燕小八随郑国公退居台湾，海上抗清，没想到今日竟在这里见到前辈遗体。

既然在此见到了燕八爷真身，那掌眼令牌也一定在此了。想到这里，宋九一双手颤抖，满头大汗。要知道这令牌已失传了近两百年，今日我宋某就要在此大开眼界了。

说罢，宋九一起身开棺，便要取出此令牌，重新执掌南七省绿林。高兴之余，便忘记了，虽然此棺中有令牌，但棺中的尸体可是要尸变的啊。

宋九一扯掉墨斗网，刚一开棺，当即想了起来，心中暗叫一声“不好”。说时迟那时快，宋九一右手持“翻山越海梯”挂钩便翻上墓穴顶部。趴在上面，宋九一小心地探头向下望去，没有动静。按说去掉墨斗网，镇尸法宝一破，尸体当破棺而起。但下面依然没有任何声响，宋九一顿时心中生疑，但依然不敢下去，不是胆子小，而是自发丘以来，从没遇到过如此怪事，尸变之事遇过，但没遇过用墨斗网缠棺之尸。

古人讲究“身体发肤，受之父母”。即便死后也是拼命护着肉身，恨不得自己死后可以尸变，与那盗墓之人斗上一斗。可眼前的这位燕八爷却把自己裹得严严实实，像个粽子一样，生怕自己会尸变。

难道这其中有诈？宋九一抖了个机灵，壮着胆子从墙壁上跳了下来，慢慢走近了金棺。围着它转了一圈，没有什么特别之处。宋九一双臂一用力，推开了几百斤重的棺材盖，打开一看，豁然开朗，此金棺中并无燕小八的尸骨，只有一个血红色锦盒，上面赫然写着一个“燕”字，宋九一小心翼翼地打开锦盒，锦盒内有一块血玉，上书篆刻“掌眼”二字。

宋九一得令牌后才明白，想必是燕小八怕后人盗墓，失去此物，便使出“金蝉脱壳”之计，用金棺墨斗，尸变之事吓唬盗墓者，以护掌眼令牌，然后等有缘人，即敢于开棺之人来取此物。宋九一得到令牌如获至宝，拜倒磕足九个响头：“小人宋九一，定当不辱燕八爷的名声，劫富济贫，不与清狗同流合污。”各位看官，这正是燕小八的第二藏宝处，关于第三处咱们后话再说。

宋九一得到令牌后，重新聚合盗众，自己成了南七省绿林的总瓢把子。但此人生性谨慎，虽为掌眼，但从不抛头露面，之后挂羊头卖狗肉，开起了卦摊，遮掩身份。宋九一精通易术，很快在云台山一带大有名气，闻风而来的官员也不是请他算命，而是求宋九一为其探穴盗墓。但宋九一在燕八爷棺前发下誓言，不与清狗为伍，因此总是闭口不言。几年之后，宋九一料定自己命不久矣，便将令牌传于陈四。因此，自宋九一死后，南七省的掌眼之位已经空缺了十几年了。

陈四爷收好令牌，直到当日遇到老掌柜和金烟杆的手下方才明白此令牌的用处。各位看官应该明白了宋九一之意，为何当日只交给陈四令牌，而不曾将南七省的人马交与陈四。宋九一就是为了历练陈四，假如陈四拿着令牌，做不了掌眼，那就说明陈四没那个本事。如果陈四能单枪匹马智取众英雄，说明他有本事做这个当家的。宋九一对陈四可谓是煞费苦心啊！

话说回来，陈四当天舌战金烟杆，将金烟杆收入帐下后，便告诉金烟杆夜晚三更时分带领众好汉进山，切不可惊动官府，否则大势去矣！陈四小心谨慎，思来想去将此事交与刘瘸子办理。但曾不想刘瘸子神机妙算，竟已得知此事。

真是“前人种树后人凉，七省英雄三更聚”。欲知此次聚义能否成功，且听下回分解。

第十二章 小试牛刀

话说陈四和刘瘸子正商议聚众之事，三更时分如何开门接应众好汉。这时，钱八却从门外闯了进来。

“四爷，师爷，云台山附近聚合了大量兵马，已经逼近我山寨东大门。请四爷下令，我带众弟兄出去抵挡。”钱八在二更时分，听得山寨外面有兵器碰撞的声音，便赶忙起来去找陈四，听几个看寨的弟兄说，四爷进了刘瘸子的屋，便赶忙赶了过来。

“有多少人马，可看得见他们的大旗了，燕儿姑娘是否在人马中？”陈四一连问了三句。

“情况不明，还没有探知大旗，也不知有多少人马，更没有看见燕儿姑娘。”钱八说道。

“钱八，你带众弟兄先到东门会合，探查来人底细，我和四爷马上就到。”刘瘸子说道。

“得令。”说完钱八就出去召集众弟兄。

“师爷，此次会合，我与金烟杆约定是在三更时分，这才二更天，难道来人不是七省绿林？”陈四心里也有些纳闷，心想难道是走漏了风声，官府的人来剿匪了？

“四爷不必惊慌，待咱们到东门去看一看便知分晓。”刘瘸子跟陈四爷说道。

“报——，四爷，师爷，钱爷已带众弟兄到东门聚合。”传令的兄弟向陈四和刘瘸子说道。

“令钱八守住东门，先不要打开东大门。”陈四爷生性谨慎，他深知此事关系重大，如若不慎云台山便朝不保夕。

“得令。”说罢传令的兄弟退下。

一盏茶的工夫，陈四和刘瘸子来到了东大门。陈四爷站在门楼上，借着月光向远处望去，只见远处大旗飘动，旗子上赫然写着一个大大的“金”字。隔着几十米，陈四听见有隐隐约约的狗叫声，看到这些，陈四爷便知是何人来了。

“打开大门。”陈四爷向下喊道。

钱八素来忠心，听到四爷一声令下，当即便与弟兄们打开了东门，只有刘瘸子心中仍有些疑惑，怕陈四着了官兵的道。

打开大门，只见燕儿牵着猎狗与金烟杆进来了。

“金爷大驾光临，陈四有失远迎，还望金爷见谅。”陈四爷下了门楼站在门口迎接来人。

“四爷过谦了，金某今晚带众弟兄来入伙，投靠四爷，还望四爷不要嫌弃金某。这云台山真是一座险隘，若不是燕儿姑娘带路，金某还真怕再也见不到四爷了。”金烟杆客气地与陈四说道。

“燕儿姑娘，此次多谢你了，你又帮了陈四一个大忙，日后陈四定当回报。”陈四抱拳相谢。

“四爷客气了，这都是师爷的功劳。”燕儿姑娘看着刘瘸子说道。

刘瘸子看此人三十出头，不过一身的血气方刚，霸气十足。想来他便是那日陈四在长生客栈所见之人。

“金爷请。”说罢陈四做了个请的手势邀金烟杆进寨。

陈四爷一行人到了内屋，令手下退出。

“金爷，此次会合，咱们约定是三更。这才二更，为何提前来到了山寨？”陈四爷问道。

“四爷有所不知，据探子密报，此次聚合已经惊动了官府，官府目前已调集兵马前来云台山了，小弟生怕误了四爷大事，因此便约定各地头领二更时分前来会合，以便商议抵敌之策。”金烟杆说道。

“金爷放心，既已进我山门，便叫官兵是有去无回。”陈四此时早已想好御敌之策。

“金爷二更到云台山，又有官兵前来，这接风洗尘之事只好推到明日了，还望金爷海涵。”刘瘸子在一旁说道，这刘瘸子虽然不是江湖之人，但这接风洗尘之事他还是明白的。

金烟杆抬头望来，见此人一派正气，便知此人深不可测。

“金爷，这是我的师爷，人称‘判官’的刘瘸子，上知天文，下知地理，中通阴阳。那位是钱八爷，是我山寨的三当家。”陈四跟金烟杆介绍道。

金烟杆看着刘瘸子，心中大吃了一惊，这就是江湖上鼎鼎大名的“判官”啊，陈四爷真不愧是总瓢把子，竟能有如此本事将此人收入帐下。

“师爷就是鼎鼎大名的判官啊，小弟有眼不识泰山，还望师爷见谅。三当家的仪表威武，想必是‘拿过豆子’（练过功夫，长习武之人手上老茧厚重，因此道上的人称之为拿豆子）。能相识二位，实乃在下之幸。”金烟杆感慨地说道。

“金爷过谦了，我钱某是个粗人，不懂那些拽词的话，实不相瞒，在下自幼习得祖传刀法。”钱八的声音瓮声瓮气，这一开口的确是令金烟杆吃了一惊。

四人正说话间，只听探子来报，官兵已到。

“金爷，此事不用你出手，陈四自会摆平。”说罢四爷令钱八将众弟兄聚合，把守住东南两个大门，至于西北两门地形险恶，无人能上来。

各位不要小看了官兵，认为这满清的官兵都是酒囊饭袋，其实不然。这满清的八旗兵乃是女真部落的后裔，女真人骁勇善战，早在宋朝的时候，就曾经天下无敌，号称“女真不满万，满万不可敌”。意思是说，这女真的部队不能上万，上万后就天下无敌。虽说现在八旗兵战斗力下降，但实力仍不可小觑，况且这几年，加上汉族地主的一些兵勇进入正规军，这官兵自然是实力不可小瞧。

“燕儿姑娘，云台山可否有其他捷径进山？”陈四向燕儿问道。

“云台山除了我爷爷开的那条路，没有任何进山之路，官军就算进来了，也只能爬到半山腰，半山腰以上地势险恶，常人无法攀登。”燕儿说道。

“好，令人到半山腰埋伏，见到官军杀他个片甲不留。”陈四爷说道。

官兵来到云台山，见此地形易守难攻，爬到半山腰便改为用弓弩射击，官军的箭弩射向城寨，并不时地推出洋枪向城寨射击。

钱八见身边的弟兄被箭刺穿，心中大怒，便要拔刀冲入敌阵。

陈四上前拉住钱八，告诉他不要轻举妄动，待时机成熟再反扑。

“四爷，这群酒囊饭袋，竟敢对我们这样，看我不下去把他们剁成肉泥。”钱八控制不住自己的脾气了，甩开陈四爷欲上前与官兵大战。

“钱八，你带领弟兄们投滚石，切不可轻举妄动，违我令者，杀！”陈四爷霸气地说道。

钱八见状，只好收手，带领弟兄们投滚石。

这时陈四爷一声令下，众人放弓箭滚石，只见滚石弓箭所到之处官兵死伤无数。陈四见官兵打头的弓弩手和火枪手死了十之八九，便带领众弟兄冲出山寨，沿着小路杀了出去。钱八身先士卒，冲入敌阵，一把大刀舞得是出神入化，只见刀光闪一下，便有一人倒下。

此时，燕儿带着埋伏在半山腰的众人也杀了出来，官兵见中了埋伏，急忙地往外撤。

骑马的官兵头子见此情形，拔腿就跑。钱八一个箭步冲上去，跳起来手起刀落，那个官兵头的首级便已被钱八握在手上了，只剩下一个身子还在马上，被马带出了几里路。

官兵见头领已死，顿时军心大乱，扔旗子逃跑，陈四爷乘胜追击，缴回了不少马匹和军械。

金烟杆看此情形，不得不对陈四佩服得五体投地，当即拜服。刘瘸子赶忙派人打扫战场，将战场上活着的敌人处死，万不可有人活着离开此地，倘若有人活着回去报信，那云台山可真是大祸临头了。

刘瘸子这回可真是当了一回“判官”，判决了一回敌人的生死。

钱八拿着官兵头子的首级献给陈四爷，陈四爷一看，看来官兵的头目来头不小，看起来是个旗人。陈四令钱八将那官兵的首级挂于城楼之上，大显云台山的威风。几天下来，又有不少人前来云台山投奔，陈四爷势力大增。

真可谓是“滴滴云台起高山，隐隐众人再聚首”。事后，金烟杆家中传来死讯，这究竟是何原因？且听下回分解。

第二卷　赶尸人

第一章 瘸子显身手

话说云台山此次大胜官军，陈四爷大摆筵席，犒劳各位兄弟，同时也是为金烟杆一行人接风洗尘。

“各位，今日承蒙众兄弟捧我陈四的场子，陈四感激不尽，这碗酒我敬给众兄弟。”说罢陈四干掉一碗酒。

“四爷，昨晚一战令金某佩服，四爷足智多谋，神勇无敌，令小弟甘拜下风，这碗酒我敬四爷。”金烟杆听完陈四的话，跟着喝了一碗酒。

“众位兄弟，我们为什么上山落草，因为天下大乱，朝廷腐败，害得我们都吃不上饭了。有道是‘精忠报国’，天底下谁人不想学岳武穆报国，陈某祖上四世三公，个个都是报国之人，但报国换来的是什么？是我祖父的自尽，是我陈家的破败。天下大乱，夷人入侵，我们有自己的报国之法，只要众兄弟跟随我陈四，将来一定是大块吃肉，大碗喝酒，咱们杀富济贫，为百姓讨公道。”说罢，陈四使了一个手势，底下几个人抬着银子上来了。

“各位兄弟，我陈四今日无以相赠，但是我的银子就是大家伙的，我能吃上饭就绝不会饿着大家，发银子。”说完，将几箱银子发给了众兄弟。

刘瘸子在一旁心中暗叫“高明”。这天下大乱，民不聊生，跟这帮土匪盗贼说除暴安良、杀富济贫都是屁话，只有让他们看到银子，这才是真真的本事，他们才会真心实意地跟随你。陈四爷用了这一招就将云台山稳了下来，高啊！

“今日，我陈某还有一件事要说，难得众兄弟在此一聚，陈某提议，各位一起插香头，喝血酒，拜把子，义结金兰。”说完陈四爷在自己手臂上拉了一道口子，把血滴入了酒中。

众兄弟一起将血滴入酒中，随四爷一起跪在了香炉前。

“择日不如撞日，适逢黄道吉日。云台山前众好汉，今日血酒插香头。要得金山与银山，要享福寿与禄寿。天公巍巍比山高，地母情深似云台。七省英雄来聚会，四把当家把名提。歃血为盟祭英豪，香头不断来聚义。血酒一碗吾辈誓，愿为兄弟把命舍。今朝结义，此生不变。”陈四爷一口气念完“聚义赋”，众位兄弟也跟着念一遍。说完，大家喝过血酒，插过香头，便是自家兄弟了。

刘瘸子、钱八等人更是被拉到人群里，讲起了自己早年的英雄事迹。燕儿一个姑娘家，今儿这种场面，刘瘸子就没有叫她出来。这时唯有一人在旁闷闷不乐——金烟杆。

“金爷，今日是我等聚义的大日子，有何不悦之事，说给我来听听。”陈四上前与金烟杆聊了起来。

“四爷，这是金某家事，在下不愿叨扰四爷。”金烟杆说道。

“什么叨扰不叨扰的，都是自家兄弟，你的事便是陈某的事，如果不说，便是看不起我陈四。”陈四佯怒。

事情是这样的，金烟杆在湘西有一处老宅，眼下时局动荡，再说自己是出来跑江湖的，又有许多仇家，将家眷带在身边不方便，所以金烟杆便将家人遣送回了老宅，这也是为了让家人避难，免得遭到金烟杆仇家的暗算。不过人算不如天算，金烟杆将家人搁到了湘西，也没能避过劫难。金烟杆的家眷刚搬过去没几天，就出事了。家里有人报信回来，大太太死了，老夫人在家伤心欲绝。金烟杆刚要起身回家，又有人报信，二太太又死了。这不到两个月时间，家里二十五口人死了七口。

金烟杆心里很是着急，但又怕耽误了陈四爷的聚义大事，所以将这事压了下来，如今大事已成，这件事就提到了日程上。

“金爷不必担心，待过了今日，陈某必定陪同金爷回家看望。”陈四爷听完了金烟杆的话，也是十分悲痛，所以决心陪同金烟杆回家看看。

“多谢四爷，小弟担心家中是不是犯了煞气，需找个阴阳师前去看看风水。”金烟杆说道。

“这事好说，师爷上知天文，下知地理，中晓阴阳。有师爷前去，必定事半功倍。”陈四安慰地说道。

“多谢四爷，有师爷前往，此事定当顺利解决。”金烟杆听完陈四爷的话，脸上散去了几分哀愁。

第二天一大早，陈四爷安排钱八、燕儿姑娘坚守云台山，自己则带上刘瘸子和金烟杆一起踏上了去金家老宅的路。

“师爷，我们此去金家少则二十天，多则一个月，这期间山寨会不会出事？”陈四问道。陈四最担心的就是钱八，钱八脾气暴躁，生性鲁莽，万一有官兵来攻打，钱八意气用事，那云台山就危险了。

“呵呵，云台山不是徐州城，你我和金爷也不是刘备、关羽、赵子龙，钱八也不是张飞。昨晚在下已卜过一卦，山寨近日无事，四爷大可放心。再说山寨有燕儿姑娘在，她熟知云台山地形，官兵要想打进来，也不是那么容易的。”刘瘸子说道。

三人转眼间便来到了金烟杆老家附近。这一日，三人吃过了早饭，就准备赶路前往金烟杆老宅。

适逢前面有人办白事（丧事），刘瘸子掐指一算，今日乃是黄道吉日，是大吉大利之日，在大吉之日办白事，这是哪个风水师点的日子啊，这不是反了吗？想罢，刘瘸子便将此事说与了陈四和金烟杆。

三人见事有蹊跷，便想上前问个明白。

“这位兄弟，请问帮你们点日子的阴阳先生在何处啊？”刘瘸子上前抓住一个伙计问道。

“前面那个喝茶的人就是。”伙计看了看面前的三个人说道。

三人一起走了过去，也坐了下来喝起了茶。只见这位老者身着道袍，一副道骨仙风状。

“这位兄台，今日乃是黄道吉日，你怎么会选择在这个日子帮人办白事？”刘瘸子疑惑地问道。

那人抬头一看，见眼前三人个个仪表不俗，便笑呵呵地说道：“呵呵，到了，到了。”

“敢问先生所言何意？”陈四疑惑地问道。

陈四心想，这老头确实有些奇怪，就跟念咒语似的，见了我们就说到了，废话，这可不南七省的总瓢把子到了。

“呵呵，今日的确是黄道吉日，吉日办丧事，确实不吉。不过有贼人来冲煞，便可转丧为喜，大吉大利。”老者说道。

“敢问贼人在何方？”金烟杆进一步问道。

刘瘸子忙给金烟杆使了个眼色，示意他不必多问。

“今日小可有眼不识泰山，冒犯了先生，还望先生海涵，告辞。”说罢刘瘸子起身就要走。

“这位公子仪表不凡，不知可否与宋家人有缘？”老者看了看陈四爷问道。

陈四爷心中一惊，想宋九一乃是我的养父，这何止是有缘啊，这是养育之恩啊，还没等陈四爷开口问话，老者便已离开。刘瘸子见到老者离开，暗暗松了口气，今日真是遇到高人了。

这贼人指的是土匪和绿林中人，虽然陈四等人干的是杀富济贫的事，但毕竟也是挂土匪的名，也就是贼人，所以老者所说的贼人，就是陈四、刘瘸子、金烟杆三人。老者让家眷在吉日办丧，即是早已算定必有贼人来冲煞。

至于老者所说的陈四与宋家人之缘是为何意，这里暂且不表，以后再表。

这可真是“歃血为盟结金兰，道风仙骨斗瘸子”。欲知金烟杆家中所为何事，且听下回分解。

第二章 进入苗区

话说陈四与刘瘸子、金烟杆三人来到了金烟杆老家附近，想不到遇到一位老者，并且此人已经认出了陈四三人。为了避人耳目，三人决定晚上赶路，白天休息，走小路去金烟杆老宅。

这天夜里，三位爷抄小路进了一片树林，要说陈四爷也是跟树林有缘，上次就是在得到前朝古银后进了树林，结果被狸狗子围堵，陈四想起这事来就有点胆战心惊。再这么下去，四爷就不是南七省绿林的总瓢把子了，干脆在这里开个水帘洞，当猴王得了。但是今儿没办法，事情到了这步田地，陈四也只能认栽了，要说就不应该打听那吉日办白事的事情，被一老头给道出了天机。

走进树林后，三人一边说一边往前走。

“师爷，今日的那位老者是何人，他为何能知道我的身世，莫不是咱们已经被官府盯上了？”陈四有些疑惑地问刘瘸子。

“四爷，依小可之见，那位老者并非凡人，此人的本事不在宋翁之下。我只是担心，咱们走漏了风声，官兵前来追捕，才走小路。不过那位老者不像是官府的人，倒像是一个掌握天机之人。”刘瘸子说道。

陈四听完了刘瘸子的分析，也就没有了疑问，既然不是官府之人，那也就没什么可担心的了。

此时，三人中唯有金烟杆变得异常安静，仔细地盯着前面的路。

“金爷，今日怎么变得如此少言寡语，有何不妥？”自打进入树林，金烟杆便一言不发，像是一直在琢磨事情。

“四爷，师爷，这片树林咱们不该走。这片树林是苗人的地界，苗人一向不喜欢跟外人来往，咱们冒然进入，我担心会遭到苗人的围攻。”金烟杆担心地说道。

“苗人怎么了，今儿咱们是路过这里，不过是来借道的，又不是来抢劫的，就算苗人来了，也不会不讲理地就围攻咱们。”陈四毫不在乎地说道。

陈四爷一向是不把任何事情放在眼里，自己无一兵一卒，凭着一条三寸不烂之舌，就把金烟杆拉拢了过来，在他心里早就把自己比做是舌战群儒的诸葛孔明了，还怕他一帮苗人。再说，我陈四爷堂堂南七省的掌眼瓢把子，怎么能在这儿丢了份儿，这要传出去，四爷的脸还往哪儿搁啊。

“四爷有所不知，这湘西苗人以赶尸为主。要论到赶尸，汉人的水平相差甚远，赶尸乃是苗人的本事，汉人赶尸没有苗人的秘术，所以汉人赶尸一次只能送一具尸体，而且还得背着。但苗人赶尸可不一样，他们赶尸一般在夜里进行，而且常是三个人一起行动，前面有领尸人，后面有垫后的，中间还有一个看尸的。他们赶尸不像是汉家赶尸，要背着尸体，他们擅长招魂，据说可以把死者的魂魄招回来，再施以用蛊，使死尸可以听从他们的摆布。”金烟杆说道。

金烟杆这话说得不错，湘西的赶尸人，尤以苗人为主，苗人擅长用蛊和招魂，让死尸可以听从赶尸人的差遣，最前面的领尸人手中持一个“镇魂铃”，是为了让生人回避，生人听到铃声一般是要回避的。后面的赶尸人则是来垫后的，不会让尸体乱了，中间还有一个看尸的，这样才能保证万无一失，使赶尸人顺利地带着两个以上的尸体赶路。

苗人赶尸一般不叫赶尸，而是叫“喜神”，取得就是死人的谐音，也是为了避讳死人这两个字。因此，赶尸匠在赶尸的时候，管死尸都叫“喜神”。

“金爷所言极是，虽然小可没有见到过苗人赶尸，但听闻苗人赶尸不会让生人见到，昼伏夜出。而且赶尸人身怀秘术，非一般人所能对付。四爷，咱们还是小心为上。”刘瘸子做事一向是小心谨慎，如今听金烟杆说进了苗区，便提醒陈四不要大意了，万事还是小心驶得万年船啊。

“不仅如此，在下还听闻，赶尸有千鹤、白鹤两派，这两门的人互不往来。千鹤门的人擅长巫术，尤其以操纵尸体擅长，死尸到了他们手里，也可以变成杀人的工具。而白鹤门的赶尸匠擅长用蛊，他们不轻易操纵尸体，除非是碰到大奸大恶之人。两派对立，千鹤门的人心狠手辣，赶尸的时候遇到活人必杀之。白鹤门的人则相对好一点，遇到生人一般都回避。”刘瘸子补充道。

“不错，师爷说得对，据说苗人赶尸原本没有派别之分，赶尸为一家，只是后来赶尸门里出了一个白鹤道人，才使赶尸门分了派别。”金烟杆说道。

“白鹤道人？这人是何人啊？”陈四爷疑惑地问道。

“金爷所言，在下曾有耳闻，闻言当年赶尸门里有两兄弟，师兄名叫千鹤，师弟名叫白鹤，这二人本是出自一家，只是后来因为性格不合，两师兄弟决裂。师兄千鹤道人为人心狠手辣，白鹤道人为人善良。白鹤道人看不惯师兄所为，便带着部分门人自立白鹤门。从此，两派的人互不往来。”刘瘸子说道。

“既然这两派的人如此大名，为何在江湖上没了踪迹？”陈四惊奇地问道。

“四爷，据说白鹤门在二十年前遭遇了一场劫难，白鹤门全军覆没。至于那场变故无人知晓。自此之后，就再也没了白鹤门的人，千鹤门的人也跟着没了踪迹。赶尸的两大派系就像蒸发了一样，从此不见了踪迹。苗区就只剩下零零星星的赶尸匠了。”刘瘸子说道。

“既然这样，陈某还真想见识一下这苗人的赶尸匠了，我倒要看看这赶尸匠有何神通，今日说不定陈某要大开眼界了。”陈四爷打趣地说。陈四跟随宋九一在湘西走南闯北，还从未见到过赶尸。在湘西这块地方，赶尸是常有的事，宋九一也认识一些赶尸匠，但宋翁却从未让陈四与他们见面，这也是今日陈四为何兴致大开的原因。

不过，这三位爷今日是有些误打误撞了，本想去金烟杆老家的，不曾想却进入了苗区，虽然金烟杆和刘瘸子感觉有些不妥，但咱们陈四爷却是兴致勃勃的。

三人走着走着进入了树林的腹部，这也是走在树林里最容易迷失的地方，不过刘瘸子目能观天，上知五行，下晓阴阳，迷路这种低智商的事情，三人是断然不会犯的。

俗话说“万事皆因缘。”说不定这三位爷还真就能碰上湘西赶尸了。

说着说着，三人来到了树林深处，只见前面有一间茅草屋，茅草屋内灯火通明，三位爷感到奇怪，这树林深处怎么还会有人家，要说这是在平州城里看见人家，那是说明主人好客，在无人绝迹的地方设一茅草屋，好让路人歇息。可这是在苗区，苗人一向不喜欢与人来往，又怎会在此处设歇脚的地方。

想到这儿，三位爷心里也犯起了嘀咕。陈四爷心想，眼看着天就亮了，管他的，反正已经到此地了，不如上前看他一看，走了大半夜，也累了，这要是个歇脚的地方，正好可以留下来歇息一下。

说罢，三个人就准备赶往那间茅草屋，前去一探究竟。陈四爷本就对赶尸人来了兴致，如果此去能遇到传言中的赶尸人，正好可以开开眼界。刘瘸子和金烟杆见陈四来了兴致，也不好扰了四爷的雅兴，只好暗地里注意前面的一举一动，免得四爷出了什么闪失，要不回云台山可就不好跟山上的弟兄交代了。

这可真是“陈四爷一身是胆，左膀右臂来护法”。欲知前面的茅草屋究为何物，陈四前去有何风险，且听下回分解。

第三章　喜神客店

上回书说到，陈四爷与刘瘸子、金烟杆三人误入苗区，并在树林腹地见到一间茅草屋，三人决定前去一探究竟。究竟前面的茅草屋有何玄机，为何会设在这密林深处？且听分解。

陈四与刘瘸子、金烟杆三人在黑暗中点着火把，慢慢地走近了茅草屋。

刘瘸子看了看星空，只见空中主星微暗，灾星明亮，掐指一算便算出今晚四爷必定有一场劫难。

“四爷，今晚主星微暗，灾星明亮，看来今晚必有劫难，咱们还是原路返回吧。”刘瘸子提醒地跟陈四说道。

“师爷，是福是祸咱们都躲不过了，既然已经走到了这地步，就只能向前了，再说了‘福兮祸所伏，祸兮福所倚’。命理天注定，师爷不必担心。”陈四爷毫不在乎地说道。

陈四此时兴致勃勃，对眼前的茅草屋充满了兴趣，哪管刘瘸子说什么，他现在恨不得马上就跑到里面一探究竟。不知咱们四爷哪儿来这么大的好奇心，居然连灾祸都不怕了，莫非是好了伤疤忘了疼，还是用现在的话来说，陈四爷莫非是水瓶座，本身就是一个好奇心很重的人？

这就错了，驱使陈四对苗区如此感兴趣的不只是他的好奇心，咱们陈四爷是什么人？向来办事稳重。今天对茅草屋这么感兴趣，其实是陈四心里的一种直觉在作祟，自打进了苗区，陈四内心就有一种说不上来的感觉，这种感觉越来越强烈，推着他向前去一探究竟，仿佛这苗区里有他的东西。

人的第六感一向灵验，尤其是陈四。早年间的陈四就是这样，在宋九一去世之前，陈四就已经感觉到了，那时候的陈四见到宋九一总有一种想哭的欲望，但又说不上来，为什么见到宋九一想哭，直到隔了几天宋九一撒手西去，他才幡然醒悟，原来这是对宋九一养育之恩的感激，早在陈四还没断奶的时候，宋九一就收他为义子，如今宋九一要西去，他的内心自然悲痛万分。

如今第六感又在这里上演，陈四很想弄明白前面到底有什么，让他会有这种感觉。不过刘瘸子与金烟杆这二位爷可不知道，还以为咱们四爷吃错药了，陈四爷也没法说出口，一个大老爷们拿着感觉来说事，这又不是相亲，说出来指不定这二位爷心里怎么想呢。

三位爷走进了茅草屋，打眼一瞧，就是一间普通的茅草屋，里面也没什么特别的，只是屋子看上去有些年久失修，是有些年头了，屋里有一块大木板门，木板特别宽，把门一开，光门后就可以装得下几个人了。

三位一进去，便闻到一股味道，很熟悉，但一时半会儿又说不上是什么味道。还是刘瘸子鼻子灵，天那，这哪是什么怪味啊，这明明就是死尸的味道啊！这山野树林里冒出一间茅草屋已经叫人奇怪了，忽然又冒出了一股死尸味，刘瘸子心里有一种不好的预感。

不过陈四倒是没想这些，在屋里来回地打转，他打量了一下里面，只见里面没什么特别之处。除了一张桌子，一张看上去像床的木板外，没什么其他的东西了。

陈四拿着油灯走近一面墙壁。只见上面隐隐约约写着两行字，靠近了仔细一看，只见上面写着“白鹤起舞影翩翩，似曾相识是故人”。陈四爷一见“白鹤”二字，心中立刻想到刘瘸子所说的白鹤道人，莫不是白鹤道人曾经到此？

白鹤道人早就在江湖上失踪了，今儿怎么又到这里来了，单是这样已经就够令人吃惊了，再一看下面的落款，令陈四着实地吃了一惊，底下的落款人竟是宋九一。这可真是一件令人匪夷所思的事情。

“师爷，金爷，你们过来看看。”陈四看不懂上面的东西，便叫刘瘸子和金烟杆前来看一下。

刘瘸子和金烟杆看后也是同样吃惊，早知道宋翁向来神鬼莫测，不曾想到竟会有这么大的能耐，居然会在此处见到他老人家的落款。

“师爷，这句话为何意，莫非句中所说的‘白鹤’就是白鹤道人？”陈四怀疑地问道。

“四爷，小可知道宋翁之智一向是神鬼莫测，但不曾想到宋翁会有如此能耐，居然会识得白鹤道人。这白鹤道人乃是赶尸门人，一向不与外人往来，况且白鹤道人早已在二十年前便没了踪迹。”刘瘸子惊叹地说道。

宋九一居然会认识白鹤道人，实在是令人匪夷所思。究竟白鹤道人与宋九一有何渊源，这里暂且不表，咱们后话再说。

此时的陈四已经明白了，为何刚才有种想要进来一探究竟的感觉，原来此处竟有宋九一的踪迹。

“四爷，师爷，我感觉这地方有些不对劲，好像是在哪里见过这种格局。”金烟杆自打进门就感觉这地方有些不对劲。

“金爷，有什么不对劲的？”陈四问道。

“四爷，你看这里面的摆设，不像是人住的地方，这里面连床都没有，而且房门极宽，门后可以容得下几个人。这种布局，让我想起了苗人的停尸地点。”金烟杆说道。

“莫不是咱们进了‘喜神客店’？”刘瘸子问道。

“不错，在下斗胆猜测，咱们所在的这间屋子应该就是赶尸人停尸的‘喜神客店’。”金烟杆肯定地说。

此时刘瘸子才回过神来，怪不得刚一进屋就闻到一股死尸味道。

“喜神客店”是什么地方啊？这是赶尸人歇脚的地方，赶尸人管尸体叫“喜神”，因此这歇脚的地方叫“喜神客店”。顾名思义，这地方可不是人住的，那是给死人停尸用的。这房门如此宽大，就是为了在后面停尸。赶尸匠昼伏夜行，在天亮之前将尸体运到喜神客店，然后将尸体停放在门后，自己白天就休息，等到晚上再出来赶尸。

这时候，这三位爷才突然明白过来，原来自己是处在死人歇息的地方。既然这里是喜神客店，那宋九一又干吗来这里题两行字啊，莫非他与赶尸匠有渊源？陈四是越想越糊涂了。

就在三人还在惊愕喜神客店的时候，突然外面传来了一阵清脆的铃声，并伴随着一阵整齐的脚步声。“生人勿近，阳人回避。”那声音越来越近，朝茅草屋这边而来。

这时候，三人身上的鸡皮疙瘩都起来了，听到这种动静，莫不是他们真的遇到传言中的赶尸人了？

这可真是“宋九一题临西壁，陈四爷误闯客店”。欲知陈四爷等人后事如何，且听下回分解。

第四章　赶尸人

上回书说到陈四爷与刘瘸子、金烟杆三人进入茅草屋，却不曾想在墙壁上看到了宋九一的题字，这令三人大吃一惊。就在三人苦思冥想之时，发现已进了赶尸人停歇的“喜神客店”，这喜神客店乃是赶尸人停尸的地方。要知道苗人不与外人往来，而且，遇到赶尸匠指不定会出现什么事情。

就在三人发现自己的处境之后，便听到外面想起了清脆的铃声。“生人勿近，阳人回避。”伴随着铃声，这一句话从外面传进了茅草屋。刘瘸子心想，看来真是遇到赶尸人了，但愿赶尸人不像传言中那样心狠手辣，见到活人就下杀手。

陈四爷一直想大开眼界，见一见这赶尸人，如今听到铃声，自然是要瞧个仔细。于是陈四爷就着油灯看起了外面的赶尸场景。

只见外面漆黑的夜幕中有一盏油灯在闪着，走在最前面的人身着黑色道袍，手中拿一个镇魂铃，一边摇着铃，一边口中念念有词，看来他就是赶尸队伍的领尸人了。只见队伍最后还有一人，那人在后面撒着纸钱，口中念念有词，想必是那垫后的赶尸人，在用纸钱买路。队伍最中间还有一人，手上拿着一根竹竿，中间这一个就是看尸的了。陈四一看，这赶尸队伍与刘瘸子所说的一模一样，三人同时赶尸，各司其职。

再仔细一瞧，三人都是穿着道袍，肩上背着一个竹篓子，里面装的是什么就不知道了。陈四细数了一下，这三个人一共带了七具尸体。这时，赶尸队伍朝茅草屋走了过来，再打眼一看，那些“喜神”们身着寿衣，头上带着斗笠，遮住了脸，双臂不能弯曲，只有双腿可以屈膝，走起路来也是特别僵硬。

七具尸体排成一列，一根大竹竿子穿过七具尸体的肩膀，每个尸体的肩膀都用绳子拴住竹竿，这样是为了不让尸体走散，好让尸体们有序地前进。

这“竹竿穿尸”也是赶尸人的一个新发明。尸体多的时候，容易走散，尤其是在上坡或者下坡的时候，如果没有固定尸体的东西，那尸体就会像蚂蚁一样乱撞，这时候赶尸人就不能让尸体走路了，只能背起尸体一个个地送上坡或者运下坡。后来为了赶尸方便，就用一根大竹竿子将尸体固定。苗族的竹竿以坚实闻名，因此，赶尸人不用担心，在路途中竹竿会断裂。

别说，苗人赶尸还真是有一套，就跟训练新兵一样，七具尸体走起路来，那是一板一眼，就像齐步走一样，连同时迈出哪条腿都一样。陈四爷看完这些之后叹为观止，只觉得自己所见不是真实的，像是在做梦一样。

就在这时，前面出现一块石头，挡住了赶尸的队伍，七具尸体不能跨过大石，只能原地踏步了。只见中间的赶尸匠走到第一具尸体面前，拿出一个小瓶，放在尸体鼻子下面闻了闻，然后收好，放回道袍内。赶尸人大喝一声“跳”，七具尸体就如同天马跨过天涧一般越过了大石。

外面的一幕幕，里面的三位爷是看得一清二楚，早听过赶尸匠本事广大，不曾想到居然会如此厉害，这着实让里面三个看热闹的家伙大吃了一惊。

前面的赶尸人见尸体跨过了大石，便继续摇起了镇魂铃，在前面带路，后面的赶尸人也跟了上来。队伍又有序地走了起来。这三个赶尸匠的默契和配合真是天衣无缝。看来，这三人应该是经常一起搭伴赶尸。

刘瘸子见此场景便对陈四爷和金烟杆说道：“四爷，金爷，咱们还是回避一下吧。赶尸人在赶尸的时候，不愿与生人打交道，咱们还是不要出来与他们见面的好。”

“四爷，师爷所言甚是，咱们还是找个地方回避一下吧。”金烟杆也赞同刘瘸子的说法。

“好，事不宜迟，咱们马上出去避一避，这里本来就是别人停尸的地方。咱们不要鸠占鹊巢了。”此时此刻陈四爷对眼前的三位赶尸匠是佩服得五体投地，他深知这三个赶尸人的厉害，如果因为在此歇脚耽误了别人停尸，引起误会，那就不好了。况且真要是起了冲突，陈四没有把握能打得过刘方。

就在三人想要出去避一避时，发现已经晚了一步，赶尸人已经走到了门口，三人被堵在了茅草屋内。既然出不去，那就躲在里面吧，三人扫了一眼里面，躲在了一块大木板后面。

陈四心想，四爷我乃是南七省的总瓢把子，今日居然会如此窝囊地躲在木板后面，这要传出去还不得折煞了四爷的脸面，但转念一想，好汉不吃眼前亏，谁叫咱技不如人呢！

三人躲在木板后面，只听得外面的铃声戛然而止，然后就是一阵脚步声。恰好陈四爷躲的那块木板上面有一个小洞，可以窥视赶尸人的动向。

只见赶尸人将尸体一个个抱了进来，停放在门后面。赶尸人摘掉尸体戴的斗笠，用黑布将头部罩了起来。就在摘下斗笠的一瞬间，陈四爷发现，尸体竟没有一点腐烂的痕迹，而且五官栩栩如生，跟活人没有什么区别。陈四暗暗地敬佩赶尸人的秘术，居然能将死人的容颜保持得如此完好。

三个赶尸人将尸体放好后，便卸下肩上背的竹篓。只见领尸人从竹篓里取出一个香炉，拿出清香三炷，分给二人，然后将香炉放在了宋九一题字的那面墙壁下。事毕，三人跪下，冲那墙壁上起了香。

赶尸人这一举动令陈四大为不解，为何赶尸人要祭拜宋九一，这宋九一是个算命先生，如何值得你们祭拜。转念一想，莫不是在祭拜白鹤道人，这墙壁上可是写到白鹤道人了。莫非这三人是白鹤门的人，但听刘瘸子说，白鹤门不是早就在二十年前就没了踪迹了吗？如今这又是从哪儿冒出来的白鹤门人。陈四越想越觉得惊奇了。

三人躲在木板后面没有出声，而是静悄悄地看着赶尸匠的动向，赶尸匠们在做完一切后，便准备休息了。两个人过去躺在了那个看似床的木板上，另一个人坐在了门口。看来他们是轮流休息，必须得留一个人守夜。

这可让陈四为难了，要知道这三位爷是在晚上赶尸，现在天还没亮，难不成我陈四要在这块木板后面躲一天。再一瞧金烟杆和刘瘸子，二人一动不动，这二位爷还真沉得住气。

陈四心想，这可不成。要是为了避开他们而躲一天，那可不是办法，得想个法子，离开此地。咱们金爷老家里还有母亲在盼儿归，可不能在这样的地方耽误了行程。

这可真是“赶尸匠神通广大，陈四爷手握乾坤”。欲知陈四等人后事如何，且听下回分解。

第五章　欲逃无门

上回书说到，陈四与刘瘸子、金烟杆遇到了苗人的赶尸匠，为了不与赶尸人起冲突，三人躲在了屋内一块大木板后面，并看着赶尸人将“喜神”背到了屋内，安放在门后，三人开始轮流休息。

陈四心想，赶尸人一定是要等到晚上才会离开这儿，四爷可不能在这块木板后面躲一天，再说金烟杆老家告急，我陈四是答应金烟杆前去他老家的，怎么能被这几个人耽误了行程。我陈四可是堂堂的南七省绿林总瓢把子，怎可被困在此地。

再一看刘瘸子与金烟杆，俩人正略有所思地站在木板后面，看来这俩人也是跟陈四有一样的想法，想着怎么从这里出去。

陈四爷透过木板上的小洞，仔细看了一眼屋里的设置，发现没有任何破绽。就在陈四爷无计可施的时候，忽然发现木板后面有扇小窗，小窗距离陈四三人大约十步的距离。真是天助我也，既然这里有扇小窗，那就是老天给我陈四留的一条活路了。

陈四冲刘瘸子与金烟杆使了个眼色，看了看后面的那扇小窗户，刘瘸子与金烟杆便明白了四爷的意思。不过现在最令三人头疼的是，赶尸匠里有一人值夜，三人要想从窗户跳出去，就必须不能让其发现。要是被他发现了，还躲在木板后面，就更容易被他们怀疑三人的动向了。

金烟杆给陈四爷使了个眼色，看了看刘瘸子和陈四，又看了窗户，接着做了一个跑的手势。金烟杆接着又看了看那个值夜的赶尸匠，又指了指自己。陈四看完这些，使劲摇头。

金烟杆的意思是，让刘瘸子与陈四先跑，自己一个人先顶住那个值夜的赶尸匠。陈四爷怎么会答应这样的事，都是自己兄弟，哪能让金烟杆出来顶住赶尸匠自己先跑。再说了金烟杆老母盼子心切，又怎可将他一个人留下来。万一金烟杆真有点什么闪失，怎么向金烟杆老母亲交代。所以这种事情，陈四爷万万不能答应。

刘瘸子也在一旁示意金烟杆不要着急，再想其他出路。但金烟杆为人仗义，自从那日在长生客栈被陈四说服之后，便铁定了一条心追随陈四，即使是上刀山下火海，眼睛都不带眨一下的。

金烟杆深知目前的情况，除了那扇窗户之外，就没有别的出路了，三人要想离开，必须得牺牲一个人。陈四爷是南七省的掌眼，不能让四爷冒险，如果四爷有什么闪失，如何向云台山的众兄弟交代。师爷乃是二当家的，老家的事情，还全仰仗他来处理。想完这些，金烟杆决定自己出去顶住赶尸匠，让二人先走。

就在这时，金烟杆突然从木板后面跳了出来，陈四爷还没来得及回过神来，就见金烟杆已站在木板外面了。这一动作，不仅引来了值夜赶尸匠的注意，更是惊醒了正在休息的赶尸匠，只见那两个赶尸匠从床上跳了起来，三个赶尸匠目不转睛地看着金烟杆，仿佛金烟杆是从天而降。陈四见金烟杆已暴露了出来，自己不能坐视不管，便同刘瘸子一起从木板后面出来了。

“你们是什么人，为何会在喜神客店？这里可不是你们呆的地方。”领尸人开口问道。

“这位兄台，我们是赶路之人，只不过天色已晚，想找个地方歇歇脚，误打误撞进了喜神客店。还望几位兄台体谅。”刘瘸子见到赶尸匠，又使出了自己的那套先礼后兵，不过赶尸匠好像并不领情。

“既然是来歇脚，为何不正大光明的，反而躲躲藏藏的，莫不是一帮偷鸡摸狗的小人？”只见垫后的赶尸人说道。

赶尸人这句话可深深地刺激了陈四爷，想当年四爷是做过一些偷鸡摸狗之事，但那都是为了维持生计，可是如今陈四爷乃是南七省的掌眼，怎可被你们如此轻薄。

“不识抬举的东西，竟敢说四爷是偷鸡摸狗之辈，我看你们是活得不耐烦了。”陈四生气地说道。

“四爷，师爷，不要跟他们废话了，你们先走，我来顶住他们，到时候咱们树林外相见。”金烟杆仗义地说道。

“金爷，今儿陈四还就不走了，想我陈四乃是堂堂南七省的掌眼，如今竟被这群鼠辈说成是偷鸡摸狗之人，这要传出去，我的脸面还往哪儿搁。”陈四爷怒气未消，又看了看眼前的这三个人。

仔细看来，这三人的确是相貌极丑，中间看尸的那个赶尸匠看起来像个矮骡子，却长得十分粗壮。垫后的那个赶尸人却是长得有些细长，看起来像是长白条。只有领尸人长得还算可以。陈四心想，莫不是赶尸也要讲个门面，前面的领尸人就是出来讲门面的，免得吓坏了别人。

不过这也怨不得他们，赶尸是有讲究的，要求赶尸人不能长得好看，到底是谁定下的这条规矩，不得而知。不过咱们陈四爷今天算是怒到极点了，看这架势是非要领教一下这赶尸人的能耐了。

“什么，你是南七省的掌眼？”三个赶尸匠异口同声地说出了这句话。

“正是在下。”陈四爷答道。

刘瘸子心想，莫不是四爷执掌掌眼之事已传到苗区，要说这消息也没这么灵通啊，这才几天的事啊，要说江湖绿林上的朋友知道，那也就罢了，怎么眼前这三个人一听陈四是掌眼，表情变得那么诡异。

还没等刘瘸子想完，就见对面的三个赶尸匠忽然变得面目狰狞起来，仿佛要扑上来吃了陈四一样。

“真是踏破铁鞋无觅处，得来全不费工夫。今日我们就要在这里了结了你。陈四，拿命来。”只听得那个矮骡子说道。

陈四爷还没回过神来，就看见矮骡子一拳向他打了过来，这时候陈四已经躲不及了，防御架势也都落了空，就在陈四以为自己必定吃上一拳时，忽然一只粗狂的手臂替陈四挡住了这一拳。仔细一看，此人腰间别着一根烟杆，面不改色地挡下了这一拳。替陈四挡下这一拳的正是金烟杆。

这时候陈四爷才回过神来，刚才这一拳是冲着陈四的罩门来的，这一拳要是下去，四爷的小命可就玩完了，看来这三个人是来真格的。刘瘸子在一旁也是看得胆战心惊，心中更是暗暗佩服金烟杆的身手，这天底下，除了钱八之外，刘瘸子还从未见过有身手这么好的人。

“这位兄台，不知你刚才所言何意，为何要找寻陈四，莫不是陈四哪儿得罪了这位兄台？”陈四虽然险些丧命，但他还是在想着矮骡子刚才说的那句话。

“废话少说，今儿就要你的命。陈四，善恶到头终有报，今日就是你偿命的时候了。”这时候长白条又说话了。

这一句话就更令人费解了，难道说这三个赶尸人与陈四有过节，可咱们四爷连这三个人的面都没见过，哪儿来的过节啊！

“不必管那个拿烟杆的人，一有机会就上去，只取陈四的性命。”领尸人对矮骡子和长白条说道。

金烟杆站出来说道：“四爷，你跟师爷先走，就这三块料，交给金某就行了。”

陈四爷哪会走啊，这三块料冲着咱们四爷说了一通吴侬软语，叫咱们四爷丈二的和尚摸不着头脑，不弄清楚怎么能胡里糊涂地就走啊。要说陈四爷也是够晦气的，自打离开了云台山，这一路上竟碰见让人猜不透的事情了，先是被一阴阳先生看出了身世，如今又被这几个赶尸匠说得不明不白的。

这可真是“茅草屋内现真身，一波未平一波起”。欲知陈四爷等人后事如何，且听下回分解。

第六章　大战赶尸人

上回书说到陈四与刘瘸子、金烟杆被困在了喜神客店内，陈四看到木板后面有一小窗，便意图从小窗逃出，但赶尸人中有人值夜，三人逃出去的可能性几乎为零。因此，为了保存实力，金烟杆决定自己对付赶尸人，让刘瘸子与陈四先走，自己垫后。

但陈四与刘瘸子以义气为重，又怎可把金烟杆自己一人抛下，三人跟赶尸匠对峙了起来。说来也怪，三个赶尸匠死死地把矛头对准了陈四，一定要置陈四于死地。就在陈四愣神的时候，金烟杆挡住了赶尸匠的一记重拳，救了陈四一命。

这时候陈四回过了神，看来这三个家伙是不撞南墙不回头，不教训他们一顿，他们是不会低头的，不把他们制伏了，就别想掰开他们的嘴。

对面的三个赶尸匠现在是认准了陈四爷，三个家伙一起冲了过来，扑向了陈四爷。俗话说双拳难敌四手，陈四爷再好的身手也架不住这么个打法啊，再说了这赶尸人的身手，刚才陈四也目睹了，凭着他自己一个人，还真打不过他们。

还好四爷身边有金烟杆在，要不这一下子就够咱们四爷受的了。金烟杆冲上去，对准扑上来的长白条就是一记重脚，金烟杆真是身手了得，这一脚下去，将长白条踹到了门边上。

长白条站起来摇头晃脑地走了几步才缓过神来。咱们金爷哪能就这么轻易让他缓过来啊，上去揪住长白条，又是一记重拳打在他脸上，长白条本就长得不好看，又挨了这一下，脸就更不像样了，扭曲得比喜神都难看。金烟杆放倒了长白条，又赶忙过去帮四爷的忙。

金烟杆扭头一看，四爷正被那两个赶尸人围追堵截，只见那两人将四爷堵到刘瘸子旁边，但没有一人对刘瘸子出手，看来这些家伙真是冲咱们四爷来的。

陈四一边与两个赶尸匠动手，一边在心里琢磨。他娘的，不知老子得罪了谁，好端端地被这些个难缠的家伙堵住了，陈四爷越想越气，一不留神中了领尸人一脚，被揣在了木板前面，看来这一脚挨得不轻，直叫四爷眼前冒金星。

“四爷小心。”金烟杆冲上去一个老树盘根挡住了领尸人的攻击，却不曾想到中了矮骡子的一记重腿，还好这一腿没有踢到要害。金烟杆没什么大碍，拍了拍胸前的尘土站了起来。

刘瘸子跑到陈四旁边将他扶了起来。“师爷，我没事，没想到这些赶尸人如此厉害。”陈四站起来慢慢地说道。

“四爷，不是这帮人厉害，依小可之见，这三个人敌不过四爷和金爷，只不过双拳难敌四手，四爷和金爷必须得有一人出来以一敌二，先将一人击倒方可克敌制胜。”刘瘸子说道。

陈四心想，早知道一路上有这么多麻烦，就该把钱八带上了，要是钱八在，三人对付这些家伙那真是不在话下。以钱八的身手对付这些家伙那还不跟掐鸟似的啊。不过眼下只能听师爷的了，将他们分而制之。

陈四走到金烟杆身边说：“眼下咱们只好将他们分开，然后逐个击破。金爷，你随便挑一个吧，剩下那两个就交给陈四好了。”

“四爷，金某来对付两个吧，四爷对付一个就行。”金烟杆最讲义气，又对陈四忠心耿耿，又怎会让四爷去冒险。

“四爷，金爷，现在不是讲义气的时候，先解决一个，然后才能腾出手来，一对一地逐个击破。”刘瘸子在一旁见这俩人让来让去的，也开始着急了。

刘瘸子能不急吗，现在可是危在旦夕，他现在担心的不只是活人，而是门后面的七个死人，要是不赶快把赶尸匠解决，他们摆弄起死尸来杀人，那后果可就不堪设想了。

“有种的冲四爷来，你们不是想要我的命吗，来啊，四爷今儿奉陪到底。”说完陈四就冲了上去。金烟杆一看陈四冲了上去，立刻上前去助陈四。

陈四的话引来了长白条和矮骡子的攻击，金烟杆则把领尸人分了出来。

要论到一对一，这领尸人哪是金烟杆的对手，用刘瘸子的话说，这天底下能跟金烟杆过招的除了钱八之外，估计没人了。

金烟杆身手利索，三两下就把领尸人打翻在地，几个回合下来，领尸人就被打趴下了。金烟杆上去看了一眼领尸人，见领尸人已经昏厥过去，估计是站不起来了，便转忙回头去看陈四那边。

别说，陈四爷一个人还真对付不了矮骡子和长白条，这两个家伙配合默契，边进边打，四爷是且战且退，很快陈四就被逼到了墙角里。陈四爷进不能进，退无可退，在墙角里只能防御。

金烟杆放倒了领尸人，冲上前去一脚踹开了矮骡子，好家伙，今天金爷这几脚全踹在矮骡子身上了。大概连矮骡子都得好好想想，我又没冲你金烟杆来，你这几脚怎么全踹我身上了，怎么就不知道去踹长白条啊！

矮骡子被一脚踹开，陈四爷的身手也得以施展，没一会儿工夫，长白条就被陈四爷打翻在地。

果如刘瘸子所说，这三个家伙一旦被分开，就没了先前的风头，论起一对一的实力，这两个家伙确实不如陈四爷和金烟杆。没三两下，矮骡子和长白条就被陈四爷和金烟杆打到了门边。那两个家伙看了一眼躺在地上的领尸人，顿时失去了威风。

看来这位领尸人是他们俩的头儿，头儿先挂了，这两个虾兵蟹将也就没了主心骨。不过各位可不要小瞧了赶尸匠，这些人要是没点本事怎么敢在夜里领着尸体乱窜。正如刘瘸子所言，这赶尸人的最大本事是操纵尸体，现在这些家伙的实力还没展现呢。

“我再问你们一遍，为何要杀我陈四，我陈四究竟跟你们有什么过节？”陈四质问道。

“陈四，我们栽在你手里，没什么可说的，要杀要剐随你便，我不愿再与你这种无耻之徒讲话。”矮骡子气愤地说道。

陈四心想，好家伙，你个老小子还来劲了。都到这步田地了，嘴够硬的，看是你的嘴硬还是四爷的拳头硬。

刚才说四爷是偷鸡摸狗之辈，四爷忍了，没跟你计较，现在又说四爷是无耻之徒，还反了你了，是可忍孰不可忍，今儿让你们见识一下四爷的厉害。

说着陈四就要走上前，给这两个不识抬举的家伙一点颜色看看，刘瘸子上前拉住陈四，示意他不要乱来，毕竟这是在苗区，如果引来苗人围堵，事情就变得更麻烦了。陈四心领神会，明白了刘瘸子的意思。

就在时候长白条突然一跃而起，扑向了陈四与金烟杆，这长白条还真是会扑，看来他知道，刘瘸子是个能文不能武的人，所以没有把刘瘸子放在眼里，都懒得对他下手。

这可真是“刘瘸子妙计在胸，两兄弟齐力断金”。欲知陈四等人后事如何，且听下回分解。

第七章　七尸阵（上）

上回书说到，陈四与金烟杆在刘瘸子的指点下，两人合力将三个赶尸匠制伏，领尸人更是被金烟杆打晕在地，赶尸匠中只剩下了矮骡子和长白条。

陈四爷欲上前问清楚，为何赶尸匠会对他恨之入骨，非要将其置于死地。不曾想矮骡子与长白条丝毫不把陈四放在眼里，更是骂陈四爷为无耻之徒。这一句话激怒了陈四，陈四欲上前给两人点颜色看看，却被刘瘸子制止。

刘瘸子意思明确，如今是在苗区，若将事情闹大，引来苗人的围堵，则对三人不利。

就在陈四思索间，长白条忽然一跃而起，扑向了陈四与金烟杆。这一下子被两人躲过，长白条又顺势扑向陈四，陈四爷飞身而起，说时迟那时快，陈四爷一个倒挂金钩，将长白条踢出了几米远。

“敬酒不吃吃罚酒，四爷本不想与你动武，没想到你咄咄逼人，事到如今，就不要怪陈某无礼了。”

陈四爷被彻底激怒了，心里更是捉摸不透这帮赶尸匠是怎么想的，事到如今，自己都小命不保了，还想着跟陈四爷拼命，也不看看陈四爷身边的两个人，一个是人称“判官”的刘瘸子，一个是名震江湖的金烟杆，就凭你们这些菜鸟斗得过四爷么。

“四爷，金爷，快看那边。”刘瘸子抬起手指向矮骡子。

陈四与金烟杆只顾着扑过来的长白条了，却忘了还有一个矮骡子。被刘瘸子这么一喊，俩人才回过神来，顺着刘瘸子的手势看去。

俩人一眼看去，只见矮骡子从黑色的道袍内取出一个翠绿的小瓶子，将小瓶子放在每具尸体的鼻子下闻了闻，接着又拿起领尸人手中所持的镇魂铃，口中念念有词，接着尸体就开始晃动。

陈四与刘瘸子、金烟杆被眼前的一幕惊住了，三人虽不知道矮骡子在干什么，但一想对他们来说肯定不是好事。

刘瘸子心想，莫非矮骡子想要操纵死尸，这可大事不妙了，这活人可不比死尸，活人挨两下受不了就会倒下，这些死尸可是不怕疼的，只要赶尸匠不倒下，他们就会生龙活虎的。

“师爷，这是怎么回事？”陈四上前问刘瘸子。

“四爷，大事不妙，看来这个赶尸匠是想操纵死尸。”刘瘸子担心地说道。

“他妈的，原来刚才那个长白条扑过来，就是为了分散我们的注意力，好让这个家伙有时间去操纵死尸。四爷，看来咱们中计了。”金烟杆说着就上去，把还没站起来的长白条打晕在地，以发泄怒气。

金烟杆这个人一般是不发怒的，寻常之事，金烟杆从不会放在眼里。除了上次在长生客栈发怒外，手下人没怎么见他生气。只要金烟杆发怒，就证明他是遇到真对手了。

“金爷，现在不是发泄怒气的时候，得想办法对付这些死尸。他们可不比活人，是打不死的。”刘瘸子说道。

这时候，只见矮骡子除去盖在死尸头上的黑布，又点燃一炷香，口中念念有词地将香熏过七具尸体。

顿时七具穿着白色寿衣的死尸，就像打了鸡血一样，面目开始变得狰狞起来，这下子，三位爷可慌了神，刚才还纹丝不动的七具尸体，经过矮骡子这么一弄，一个个又跟活人似的动了起来，看来的确是陈四小看了这苗区的赶尸匠。

“师爷，怎么办？”陈四毫无废话，只用简单的五个字问刘瘸子。

“四爷，此地不宜久留，赶快想办法离开。”刘瘸子这时候也慌了神。

这刘瘸子在乱葬岗里挖陪葬品的时候，虽然也遇到过尸变，但那时候只是一具尸体的尸变，他还从未遇到过这么多尸体一起尸变，再说尸变的僵尸一般行动不受控制，但现在眼前的这些喜神爷可就不一样了，像木偶一样，后面有一个人在操纵他们。

这回三位爷算是见识到了赶尸人如何操纵尸体了，眼看着这七具尸体慢慢活动起来，三人的腿却像打了麻醉针一样动弹不得。

“师爷，金爷，赶快走，还愣着干吗？”还是咱们四爷有见地，不愧是跟随宋九一见过大世面的人，说罢一手拉起刘瘸子，一手拉起金烟杆就要冲出茅草屋。

但为时已晚，只听赶尸匠一句：“上。”顿时三具尸体慢慢走了过来。陈四爷一惊，还没来得及反应过来，就被一具僵尸打了出去。金烟杆与刘瘸子见陈四被打了出去，方才回过神来。

“金爷，去救四爷。”刘瘸子冲金烟杆喊道。金烟杆回头一看，只见一个僵尸直冲陈四而去。

金烟杆冲过去，拔出腰间的刀，以一招大圣劈卦向僵尸的脑袋削去。

金烟杆这一下子可不得了，这要是削在活人的脑袋上，得把人的脑袋削成两半。但金烟杆这一刀下去像砍在钢铁上一样，那僵尸是纹丝不动，反而把金烟杆的手震麻了。

金烟杆丝毫不给僵尸出手的机会，接着又是一刀砍在了僵尸的脖子上。这一下子，金烟杆连吃奶的劲都使上了，僵尸受了这一下终于抗不住了，踉踉跄跄地向一边退了几步。

打退了攻过来的僵尸，金烟杆便站在了陈四爷的前面，手拿腰刀，挡住陈四爷，正面对着僵尸。

这时候陈四爷站了起来，“金爷，你去保护师爷，这个家伙交给我。”

再转头一看，刘瘸子那边情况更糟，刘瘸子正被刚活动开的两个僵尸追，刘瘸子可不像陈四和金烟杆身手好，他就是打不过就跑，在屋里跟两个僵尸玩起了捉迷藏，我惹不起，我躲得起。

金烟杆冲过去，拉开了刘瘸子，弯下身子一刀扫向了僵尸的膝盖。那僵尸受了这一下，“扑通”倒在了地上，另一个僵尸又向金烟杆扑了过来，金烟杆顺势在地上一翻身，避开了这一击。

再看看咱们四爷那边，陈四爷是赤手空拳单挑僵尸。那僵尸随着身体活动开，越来越灵活。但咱们陈四爷也不是吃素的，飞起身子一记旋风腿朝僵尸扫去，僵尸身体灵活地躲开了这一击。接着，陈四爷顺势低身一记扫堂腿，将僵尸扫翻在地。

眼前的这三个僵尸被放倒后，三人背靠背地贴在了一起。只见剩下的四个僵尸身体也慢慢地活动开了，有些僵硬地朝陈四他们走过来。

“师爷，七具尸体都活动开了，咱们怎么办？”金烟杆问道。

“四爷，金爷，这里不方便施展开，在这间茅草屋里咱们会被困死的，不如出去再跟他们斗，有机会就逃走。”刘瘸子分析了眼前的形势，对陈四与金烟杆说道。

“好，金爷，有机会就冲出去，把他们引到外面。”陈四对金烟杆说道。

这可真是“一着不慎满盘输，烽火山林无退路”。欲知陈四等人后事如何，且听下回分解。

第八章　七尸阵（中）

上回书说到陈四三人一着不慎中了赶尸匠的诡计，长白条被金烟杆打翻在地，矮骡子施法，操纵死尸向陈四三人扑来，陈四与金烟杆且战且退，打翻了最先活动开的三个僵尸。

眼看着剩下的四个僵尸也开始慢慢活动开了，刘瘸子建议三人到外面与僵尸展开决战，要不然三人得困死在屋里。

陈四与金烟杆决定有机会便将僵尸引到外面，再有机会就逃，毕竟这血肉之躯不是死人的对手。

“四爷，金爷，待会儿把僵尸引到外面后，只要有一人可以冲过去将那赶尸人干掉，那僵尸也就不能受控制了，后面的赶尸人才是关键。”刘瘸子对陈四与金烟杆说道。

在说话间，七个僵尸的身体完全活动开了，只见后面的矮骡子一摇手中的镇魂铃，将镇魂铃对准陈四三人，七个僵尸顿时冲了上来。

这三人也被眼前的一幕惊住了，这是什么场面啊，七个僵尸一起扑人，这样的场面，估计连陈四爷的养父宋九一也不曾见到过。事到如今，已无路可退。陈四与金烟杆冲了上去，与僵尸展开了激战，狭小的屋子里顿时尘土四起。刘瘸子没有身手，只好躲在一旁，回到了躲避的那块木板后面。

不是刘瘸子胆子小不肯出来拼命，而是在这种形势下，刘瘸子最好不要出来，他深知在三人里面唯有自己的身手最差，他如果出来，不但帮不上忙，反而会影响陈四与金烟杆，使他们不能集中精力应战。

陈四与金烟杆面对七个僵尸的进攻，显得有些力不从心，金烟杆一个人被四个僵尸困住，陈四爷被剩下的三个僵尸围住，这两人已从开始的背靠背应战，被七个僵尸分开了。矮骡子的意图很明确，想要将陈四与金烟杆逐个击破。

刘瘸子躲在木板后面，只能从缝隙里看俩人的情况。

金烟杆以一敌四，手持腰刀，先砍向攻过来的第一个僵尸。接着，金烟杆使出一招海底捞月，一刀砍倒了另一个僵尸，然后杀了一个回马刀，将身后的一个僵尸顶了出去。金烟杆一回头看见了屋内的小窗户，便顺着杀开的一个缝隙，纵身一跃破窗而出。

矮骡子见逃出去一个，立刻操纵僵尸追了出去，金烟杆的纵身一跃，使得屋内宽敞了许多。陈四爷身手得以施展。陈四爷一脚踹开了扑上来的一个僵尸，拿起地上被打烂的一块大木板，砸向了窗户。

窗户被打破，陈四爷且战且退，一直退到了窗户边上。这时，陈四忽然想起在木板后面躲着的刘瘸子。

陈四爷大喊一声："师爷，从窗户逃出去会合金爷，陈四稍后就到。"

刘瘸子见此情形，也不多说什么了。连忙从木板后面出来，在陈四的掩护下，顺着窗户逃了出去。这时候，屋内就只剩下陈四在孤军奋战。不过外面的情况也不容乐观，金烟杆刚跳出去没多久，里面的僵尸就追了出来。

陈四爷在矮骡子操纵僵尸出去追金烟杆的时候，也纵身一跃，从窗户跳了出去。

矮骡子看到陈四也逃出去了，便立刻带着剩下的三个僵尸追了出来。陈四爷出来一看，只见金烟杆已经显得力不从心了，手中的腰刀是挥舞得越来越慢，眼看着就要被僵尸扑倒在地了。但陈四爷也无暇他顾，里面的三位僵尸爷又跟了上来，矮骡子也追了出来。

陈四爷心想，这僵尸还真是帮臭不要脸的，仗着自己是不死之身，跟四爷横上了。人都死了还这么横，真不知道生前是什么样子。

但陈四此时最恨的是矮骡子，靠着一个破铃铛，差点把四爷害死。还好四爷福大命大，不然早就被困死在茅草屋里了。

陈四心想，再这样下去不是办法，矮骡子用车轮战也得把我给拖死，不行，得想办法靠近矮骡子把他放倒，要不然四爷这条小命，真就得在这里交代了。

看了看那边的金烟杆，陈四知道，金爷已经快要撑不住了，如果再让他一个人顶住七个僵尸，那不就是害他吗？

所以陈四爷决定，先打退眼前的三个僵尸，然后想办法自己靠近矮骡子。

说来容易做来难，要靠近矮骡子可不是容易的事。陈四在心里大骂，好你个矮骡子，刚才被四爷收拾得服服帖帖，才这么一会儿工夫，你就爬到四爷头上了，看一会儿四爷怎么收拾你。面对现在的情形，陈四也只是骂他一骂出来解解气。

“陈四，你的死期到了。”矮骡子狂妄地笑着说道。

虽然矮骡子拿陈四当眼中钉肉中刺，可到现在咱们陈四爷还没能弄明白，为什么这三个赶尸匠对他恨之入骨。陈四心想，难不成陈某今日就要这么不明不白地死了。

不行，我陈四乃是七尺男儿，就算是死，也要死得明明白白的。想完，陈四爷就想要上前问清楚。

就在陈四刚想开口问他为何要杀自己时，却看见刘瘸子被一僵尸扑倒在地。陈四爷只好将话憋了回去，冲了过去，上去打翻了那僵尸，拉开了刘瘸子。

“师爷，你找个地方避一避。等我和金爷干掉了这些家伙，你再出来。”陈四对刘瘸子说道。

“四爷，这些家伙可不是那么好对付的，要摆平这些家伙，必须得干掉那个赶尸匠。”刘瘸子对陈四说道。

“师爷说得对，但金爷快撑不住了，凭陈某一人，无法接近赶尸匠。”陈四答道。

陈四眼见金烟杆快要支撑不住了，便站出来大声对矮骡子喊道：“住手，矮骡子，你要对付的是我陈四，与我这二位兄弟无关。你若要取陈四性命尽管来拿，我只是希望在临死前，想知道你为什么要杀我。”

“哈哈，你已经死了，就不要多此一问。废话少说，陈四，拿命来。”矮骡子说着就要操纵僵尸上去直取陈四的性命。

“想不到你真是一个乡野草民，要怪就怪我陈四看错了人，还以为你是一个豪杰。既然那么想取我的性命，为何不亲自来取，反而让这些死尸动手。我想就算是杀了我，你也是心有不甘。”陈四故意对矮骡子说道。

“既然你这么说，我就亲自取了你的性命，免得脏了这些喜神的手。”说罢，矮骡子径直冲了过来，欲直取陈四。

就在这时，只见有一把腰刀挡住了矮骡子的剑，此人是谁啊，是威震南七省绿林的金烟杆，金爷。

“我说让你取他的性命了吗，矮骡子，有我金烟杆在，你休想动四爷一根头发。”金烟杆看着矮骡子说道。

“敬酒不吃吃罚酒，今日让你们开开眼界。”矮骡子说着退了回去。

矮骡子一摇镇魂铃，七个僵尸便排兵布阵起来，只见七个僵尸如同北斗七星一般，将陈四和金烟杆困在了其中。

“七尸阵！”刘瘸子在一旁惊呼了一声。

这真是“四爷舍身欲救人，金爷赤胆保掌眼”。欲知陈四等人后事如何，且听下回分解。

第九章 七尸阵（下）

上回书说到，陈四爷三人在屋内与七个喜神展开了激战，刘瘸子认为屋内空间狭小，施展不开，便力劝陈四爷与金烟杆冲到外面，再与僵尸决战。

话刚说完，就见金烟杆纵身一跃，破开窗户跳了出去，刘瘸子在陈四爷的掩护下，也顺着窗户逃了出去。

顿时，四爷与金爷在外面又跟喜神爷对上了。陈四爷不忍兄弟遭到迫害，便挺身而出。赶尸匠冲的是自己，陈四想通过自己一死，让矮骡子放过金烟杆与刘瘸子。

就在矮骡子拔剑刺向陈四爷的时候，金烟杆一把腰刀横出来，挡住了矮骡子这一剑，救了陈四爷一命。就在这一会儿工夫，金烟杆两次救主。陈四爷在心里感激不尽，俗话说得好，“功高莫过救主。”

矮骡子大发雷霆，操纵死尸，摆起了“七尸阵”。三人里面唯有见多识广的刘瘸子认出了此阵。

“四爷，金爷，小心。这‘七尸阵’可不是那么容易对付的，这可是赶尸匠的秘术。”刘瘸子在一旁冲陈四与金烟杆喊道。

“‘七尸阵’？这是什么阵法？”陈四在心里犯起了嘀咕。

这“七尸阵”是赶尸人的绝技，此阵乃是根据北斗七星的序列，摆出的一个僵尸阵法。这七尸阵可攻可守，可进可退，是一个极难对付的阵法。

对于此阵，刘瘸子也只是听人说过，想不到今天竟然在这儿见到。不过，凡是阵法都有阵眼，阵眼也就是破阵的关键之处。此阵的阵眼就在北斗七星的勺子把处。

这北斗七星的排布是一个勺子的形状，勺子的弱点就在勺子把与勺子的连接处，只要这个地方断开，那勺子就不是勺子了。因此这也是破七尸阵的关键之处。这矮骡子现在连七尸阵都使出来了，看来这回是非要将四爷他们置于死地了。

不到一盏茶的工夫，这七个僵尸就把咱们四爷和金烟杆围在了阵中。此时的陈四与金烟杆被放在了北斗七星的勺子里。好家伙，难不成这矮骡子要把咱们四爷和金烟杆一口吃下去？

陈四爷和金烟杆被围在了阵中，这刘瘸子是看在眼里，急在心里。要知道这瘸子虽然见多识广，识得七尸阵，却不知道如何破此阵。这毕竟是苗人赶尸匠的绝技，任凭你刘瘸子再厉害，你也不是赶尸行里的人啊。

眼瞅着前面的二人被困在阵中，自己却无计可施，刘瘸子现在的心情，比困在阵里的陈四爷与金烟杆都难受。

这时候，只见矮骡子从竹篓里拿出一杆黄旗，黄旗上面画着北斗七星的布阵图，并写着一个大大的“令”字，看来这就是指挥僵尸排布七尸阵的令旗。

四爷心想，这矮骡子果然非同凡响。事已至此，别无他法，只好跟他以硬碰硬了。

陈四爷与金烟杆看了一下这七尸阵，只见有四个僵尸组成的是勺子形状，有三个僵尸是在一条线上，排成勺子把。

二人困在阵中正想办法，怎么破了他的七尸阵。只见矮骡子大旗一挥，七个僵尸顿时发起了攻击。陈四爷与金烟杆在阵内与七个僵尸发生了激战。金烟杆一把腰刀使得是出神入化。陈四爷拳法如神，上打僵尸七寸，下打关节七寸。二人在七尸阵里是打得游刃有余，打退了七尸阵的几次攻击。

对于陈四爷和金烟杆来说，对付阵法还好点，它不像七个僵尸没有阵法打车轮战那样，不光把陈四和金烟杆分而治之，还会消耗他们的大部分体力。

不过这回咱们陈四爷就想错了，天底下不管是哪个阵法，之所以称之为阵，是因为这阵法是变化多端，让人猜不透，这七尸阵也是如此。况且这布阵的还是死人，不是活人，要破起来就不那么容易了。

这时候，七个僵尸又扑了上来，陈四爷当即一个大龙摆尾，一脚扫掉了一个僵尸。这时候一旁的刘瘸子看出了阵法的阵眼，也就是阵法的薄弱之处。

“四爷，金爷，攻其接点，第四个僵尸。”刘瘸子大喊。

刘瘸子所说的第四个僵尸，就是七尸阵的阵眼，勺子和勺子把的连接点。陈四这时候幡然醒悟，对啊，接点不就是阵眼嘛，我怎么没想到啊！

陈四爷联合金烟杆，猛击阵眼的第四个僵尸，只见阵眼的僵尸受不住，连连后退。顿时这七尸阵就失去了几分威风，剩下的六具僵尸没了主心骨，也开始败退。

陈四爷和金烟杆打得是真叫一个过瘾，那些个僵尸就像是一群溃兵，阵不成阵。矮骡子将这些看在眼里，手中的“令”字旗都拿不稳了。

“归位。”只听矮骡子一喊，七个僵尸又回到了北斗阵上。

“哈哈，你这招已经不灵了，看四爷怎么收拾你。”说罢，陈四就要上前直冲矮骡子而去。

“不要高兴得太早了，现在就要你的命。”矮骡子大旗一挥，只见僵尸又扑了上来，把陈四爷和金烟杆包围在其中。

看来这矮骡子黔驴技穷了，使不出什么本事了，一个阵法使两回，真是拿四爷当白痴。要是四爷在一个陷阱里掉进去两回，就做不成这南七省的掌眼了。

“金爷，看来这矮骡子是没什么本事了，待会儿，我破阵，你上去捉那个矮骡子，抓活的，我要亲手宰了他。”四爷这次是被这个矮骡子折腾得不轻。

本来月朗星稀的一个晚上想歇歇脚，待明天再赶路，却被你个矮骡子给搅了，还差点让四爷去见了阎罗王，一会儿逮住他，不管他说不说为什么要杀我陈四，先给他点颜色再说，非得把你个矮骡子打成长白条。

“四爷，这等小事，不必你出手，四爷只要到一旁看住师爷便可，金某定当破了此阵，活捉矮骡子送给四爷。”金烟杆这时候底气也上来了。

刚才金烟杆也确实被折腾得不轻，被四个僵尸围住，现在有四爷过来帮忙，体力逐渐恢复了过来。

虽然赶尸匠的配合非常默契，但咱们四爷和金爷也不是吹的，虽是第一次配合，但两人的默契却一点也不比赶尸匠差。尤其是两人在对付这七尸阵的时候，连在一旁的刘瘸子也不得不佩服，这俩人背对着背，就像是一个人一样，只把那些个僵尸打得是落花流水。

“两个小子，让你们见识一下‘七尸阵’的厉害。”矮骡子又开始摇起了镇魂铃，手拿“令”字旗，口中念念有词。

四爷心想，现在任凭你再怎么念，四爷也不怕你，你那点本事，四爷早就摸透了，不就是会操纵几个死人嘛，看四爷怎么把他们打成人干，到时候让你也变成死人。

这时候，只见七个僵尸行动了起来，七个僵尸也按北斗阵形摆开了。金烟杆骂道：“还来这招。”

陈四看着那些个僵尸心想：矮骡子啊，麻烦你来点新鲜的行不，弄来弄去不就是个七尸阵嘛。四爷懒懒地挽起袖口，准备冲上去速速结束战斗。

这时候，只见七个僵尸合了起来，一把勺子也发生了变化，成了一个碗的形状，勺子把的三个僵尸将四爷和金烟杆盖在了勺子里，这下子四爷和金烟杆成了瓮中之鳖。

这可真是“七尸阵变化无穷，两兄弟瓮中之鳖”。欲知陈四等人后事如何，且听下回分解。

第十章　瓮中之鳖

上回书说到，陈四与刘瘸子、金烟杆破了矮骡子的七尸阵，陈四欲上前活捉矮骡子，并问出事情的缘由，谁知矮骡子变化阵法，将七尸阵变化为一个碗状，把咱们四爷和金爷困在了其中。

陈四与金烟杆被困在其中，两人无计可施，只好先看矮骡子的意向，看这个小子到底想怎么样。

陈四爷心想，兵来将挡，水来土掩。我陈四乃是堂堂南七省的掌眼，今晚又有刘瘸子与金烟杆在我身边，还怕你一个小小的赶尸匠不成。任凭你使出多大本事，四爷都不惧怕，待四爷一会儿将你活捉，非扒了你的皮不可。

“四爷，这阵形变了，看来咱们俩成了瓮中之鳖了。”金烟杆留意了阵形，担心地跟陈四说道。

“金爷，不必担心。兵来将挡，水来土掩。量他一个小小的赶尸匠也使不出多大本事了。一会儿我来破阵，你上前把那个矮骡子给我活捉了。”陈四爷说道。

话虽这么说，但这次咱们四爷确实是被困住了。一只碗被一个东西盖住，里面的东西要想出来，也是无从下口，关键是这些家伙不是寻常之物，要是活人的话，四爷说不定还能集全力先将一个人击倒，然后破阵。可眼下真的难为咱们四爷了，这阵法里面都是死人，是不死之身，这玩意儿怎么让四爷对付啊！

刚才没变化阵形，说不定咱们四爷攻击阵眼，还能冲出去，活捉矮骡子，但这下子可麻烦了，连个阵眼都没有，这可叫咱们四爷怎么办。

此时，刘瘸子更着急，眼睁睁地看着陈四与金烟杆被困在其中，却无计可施。刘瘸子心想，有阵必有眼！只是怪我瘸子眼拙，还没有看出阵眼在哪儿。四爷，金爷，你们一定要撑住，待瘸子仔细观看此阵，定给它破了。

陈四爷被困其中，仍然威风不减，上前一个锁喉手，锁住了一个僵尸的喉咙，四爷一使劲将那僵尸提了起来，只见那僵尸双脚离地，就这么被咱们四爷举在了空中。

“金爷，这边有一个缺口，你赶紧冲出去，活捉矮骡子。”陈四爷举起僵尸是为了破开一条口子，好让金烟杆冲出去破了此阵。

那边的金烟杆见陈四将一个僵尸活活地提了起来，一个缺口就这么被打开了，金烟杆腰刀一扫，扫开了几个僵尸，直冲陈四那边而去。咱们四爷只看着金烟杆那边了，没顾得上自己，却被提起的僵尸来了凌空一脚，陈四受了一脚，被踢翻在地。

金烟杆赶忙上前扶起陈四爷，七个僵尸慢慢地围了上来，包围圈越来越小，陈四与金烟杆能施展的空间也越来越小。这时候，俩人的体力也耗得差不多了，但僵尸完好无损，七个僵尸依然面目狰狞。看来，这活人跟死人就是没法拼啊。

陈四转头一看，只见矮骡子正在狂妄地大笑，那画面就像定格了一样。顿时，陈四爷觉得声音戛然而止，只看得见矮骡子狂笑，却听不到声音。

旁边的刘瘸子见此情形，也冲了上来。好家伙，这一幕让金烟杆看得眼珠子都差点掉下来。刘瘸子一个文人，就这么冲了上来要跟僵尸玩命。

“师爷，快退回去，危险。”金烟杆冲刘瘸子喊道。

“金爷，四爷，你们两个可不能在这种地方见阎王，咱们南七省的众兄弟可都看着呢，咱们丢不起这份儿。”此时的刘瘸子一嘴的江湖味，看来这家伙也是被逼急了。

人都说“狗急了都跳墙”。这回金烟杆真是见识了一回秀才急了是什么样子，好家伙，合着秀才急了就是玩命啊，人家玩命是玩别人的命，这刘瘸子玩命玩得却是自己的。

刘瘸子冲上来，还没碰到僵尸就被打出去了，金烟杆赶紧闭上了眼睛，没敢看这一幕。估计这一幕金烟杆要是看见了，非得笑喷了不行。

金烟杆心想，师爷啊师爷，你今天可真是糊涂啊，就算你要拼命，也应该是冲那个矮骡子啊，他才是关键啊，你冲这些个死人发什么彪啊，上不能跨马征战，下不能舞刀杀敌，跟死人较什么真啊。要说秀才跟兵打架，那是因为有理说不清了，你这算是哪门子事啊！

刘瘸子冲上来这一幕，被困在阵里的陈四看了个一清二楚。好你个矮骡子，你冲我陈四来也就罢了，如今还对一个没有身手的刘瘸子下手，当真拿我陈四是泥巴捏的啊。

“师爷，退回去。今日有陈四在，这个家伙就别想碰你一根汗毛。”陈四怒吼道。

刘瘸子踉踉跄跄地勉强站了起来，挨的这一下子本来不重，但搁到刘瘸子身上，可就不得了了。

刘瘸子站起来，抬头望了望星空，果真如先前所言，今晚灾星明亮，主星灰暗，必有灾。陈四爷今晚灾难临头啊！刘瘸子叹了口气，但又见主星旁有一克星，刘瘸子掐指一算，有救了。看来今晚陈四爷必然是能挨过这一劫，克星在旁明亮，陈四爷福大命大啊！

各位看官不要生疑，克星本是克主，但今晚有灾星来冲煞，必可转灾为福。这与今日碰到的老者点吉日办白事是如出一辙。只是令刘瘸子不解的是这克星在何方，为何到现在都不现身，难不成要等到陈四爷与金烟杆命丧黄泉了才肯现身？

话分两头，刘瘸子在这边掐指算命理，但那头的陈四爷与金烟杆可就不那么舒服了，两人被包围在七尸阵里脱不了身，而且包围圈是越缩越小。

刘瘸子虽然能算出今晚有克星来救场，但算不出这克星在何方，要知道四爷与金烟杆可是危在旦夕，若克星再不出现，这俩人可就真要去阎罗王那里报到了。

“金爷，看来今日咱们俩要在这里交代了。”陈四对金烟杆说道。

“能结识四爷这样的英雄好汉，不枉我金烟杆人间走一趟啊。此生足矣！”金烟杆说道。

“只可惜，陈四曾经答应金爷要帮忙去看老宅子，这个诺言不能实现了，等下辈子，陈四做牛做马也要还上。”陈四说道。

“四爷客气了，金某只是觉得窝囊，没想到自己纵横江湖这么多年，今日却死得这么不明不白。”金烟杆说道。

陈四心想，得了吧，金烟杆，要说死得不明不白的是我陈四，不明不白地被这几个赶尸人盯上了，连个缘由都不知道。你金烟杆顶多就是个陪死的。

“哈哈，你们两个有什么遗言赶快说，免得到阎王那报到的时候，说我没给你们机会。”矮骡子冲陈四与金烟杆说道。

“矮骡子，别太嚣张，你死了我陈四都死不了。”陈四怒骂道。

话说回来，金烟杆真是仗义，拼上命都要保护陈四，追随陈四，两次救四爷，可谓是一片忠心啊！

这可真是“刘瘸子神机妙算，金烟杆赤胆忠心”。欲知陈四等人后事如何，且听下回分解。

第十一章 克星救场

上回书说到陈四爷与金烟杆被围在了七尸阵里，刘瘸子掐指一算，算得今晚会有克星来救场，却不知这克星何时会来。

算到这儿，刘瘸子也是捏了一把汗啊，这克星的确是能救场，不过，克星终究是克星，矮骡子这个灾星是狼，克星就可能是虎啊！这才是令刘瘸子担心的。

话分两头，陈四与金烟杆被困在其中，虽然还没有被拿下，但已是精疲力竭。只不过这俩人身手好，凭着这些死尸，还不容易将他们擒拿。

这时候，在一旁的矮骡子有些着急了，眼看着这俩人快要被拿下了，但仍然在奋战。再这么拖下去，天可就要亮了。抬头看一看天，东方有些鱼肚白了，必须得尽快了结这俩人，要不天亮了就麻烦了。

赶尸人有规矩，白天不赶尸。白天是用来休息的，晚上才赶尸。而且一到天明，尸体就会立刻倒下，不管赶尸人如何用手段都不会再起来，只有等到天黑才会再起来。

矮骡子这时候准备用阴招对付陈四与金烟杆，只见他一摇铃召回一个僵尸，在其口中安放了一个黑布包，又将僵尸遣送了回去。陈四爷与金烟杆正跟僵尸打得天翻地覆，哪看得见这一幕。

刘瘸子虽然在一旁看到了这一幕，却不知矮骡子此为何意，只得仔细观看，并对四爷喊道："四爷小心，矮骡子要使阴招了。"

但为时已晚，只见那僵尸冲到陈四面前，陈四一个冲拳打过去直中僵尸的胸口，陈四本以为躲过了这一击，但不曾想僵尸从口中喷出白雾，喷到了四爷的脸上。陈四中了这一击，当即倒地昏厥。

“四爷。”金烟杆喊了一声，冲上去腾空跃起，纵身一脚将那僵尸踢了出去。

金烟杆扶起陈四，只见陈四脸色煞白，浑身冰冷，没了人气。刘瘸子见此一幕，胆战心惊，暗叫糟糕。莫非陈四爷今晚等不到克星相救了？但刘瘸子早已算出，今晚陈四会躲过这一劫，为什么局面又会变成这样？

“四爷撑住啊，众兄弟们可都看着你呢，你他娘的别在这里丢了份儿。”金烟杆连脏话都出来了，此时此刻，金爷不是真的骂四爷，而是怕四爷真的醒不过来了。

金烟杆背起重伤的陈四，欲冲出七尸阵，但一个人怎可敌得过七个僵尸，况且身上还背着一个人，毕竟金烟杆不是七进七出的赵子龙。金烟杆刚往前迈了一步，就被僵尸打回了阵里。

矮骡子在一旁见到陈四与金烟杆如此落魄，更是来劲了，指挥僵尸再一次冲上去，想要把这俩人一举拿下。

但金烟杆也不是吃素的，虽不是七进七出的赵子龙，但要是论起身手也是响当当的，虽然身上背起了陈四爷，但想把他一下就拿下，也不是那么容易的。

只见金烟杆抬起脚，踢翻了冲上来的一个僵尸，金烟杆双手背着陈四爷，只能用脚跟僵尸大战。

这时候金烟杆最怕后面的僵尸进攻，要是冲前面来，金烟杆还能应付，就算自己挨两下也没什么，但后面背的可是咱们陈四爷，像金烟杆这样为兄弟两肋插刀的人，又怎么能让四爷受伤。

但是，有的时候就是怕什么来什么。只见后面一个僵尸扑了过来，直冲四爷的后背打去。金烟杆心想，他娘的，有种冲我来，对着受伤的四爷下手，算什么英雄好汉。

还好金烟杆反应快，身体一倾，躲过了这一击。这一击要是下去，恐怕四爷还真吃不住了，本就中了僵尸的毒气，要是再被这家伙来一下子，四爷可真就小命不保了。

刘瘸子在一旁直看得胆战心惊，心都提到嗓子眼了，现在是金烟杆独自大战七尸阵，要说刚才有四爷在还好点，这俩人虽说破不了阵，但好歹有个照应。

刘瘸子看在眼里，急在心里。要是陈四爷与金烟杆都在这里交代了，那云台山可怎么办，山上的一干弟兄可怎么办，南七省的绿林好汉经过这么多年的分裂，好不容易让咱们四爷统合起来，难道又要陷入僵局？

这刘瘸子是越想越急，恨不得自己有三头六臂，可以冲进去帮陈四爷与金烟杆，但自己手无缚鸡之力，进去了只能让三人死得更快。

刘瘸子心想，今晚有克星救场，可是这克星到现在怎么还不现身，难道是我瘸子算错了。想完，刘瘸子掐指连算三遍，没有算错，这到底是怎么回事呢，莫不是克星救场也要讲究场面，还得用八抬大轿给抬过来。

再一看这七尸阵里的金烟杆和陈四爷，这俩人确实是顶不住了，只见一个僵尸扑了过来，抓住金烟杆的领口，一把就把他甩出了几米远，金烟杆在空中要落地的时候，一转身将背面的四爷冲上，自己的脸就这么重重地摔在了地上。

金烟杆晃晃悠悠地爬起来，还没来得及回过神来，就被僵尸掐住了脖子，金烟杆此时一点力气也使不出来了，只见金烟杆就像刚才陈四提僵尸一样，被提了起来，金烟杆双脚离地，脸色都开始变紫了。

刘瘸子见此情形，也不知道哪儿来的力气，搬起一块大石头朝僵尸扔了过去，那僵尸受了这一下子松开了手。金烟杆掉在地上，猛烈地咳嗽起来。

金烟杆边咳嗽边心想，看来师爷还是有些本事的，这秀才发起火来，也不是好惹的，这搬石头砸人本是小孩子的把戏，不曾想这种把戏到了师爷手里却救了我金烟杆一命。

那些僵尸丝毫不去理会刘瘸子，矮骡子更是看都没看刘瘸子，跳梁小丑，只不过会玩些小孩子把戏，我看你能救他们俩几回，下次就要了你们的命。

金烟杆大喘了一口气，见僵尸已经不是刚才的七尸阵了，七个僵尸一起扑来，看来矮骡子已经不用任何阵法了，只让僵尸猛扑，目的就是快点解决了陈四与金烟杆。

本来矮骡子只想杀陈四，但想起屋里被金烟杆打翻的领尸人与长白条，不禁怒火中烧，既然这俩人这么想死在一起，那我就成全你们。

此时的金烟杆已经使不出半点力气了，刚才为了背起陈四，连腰刀都放下了，现在是手无寸铁，这下怎么跟这群刀枪不入的家伙干啊。

只见僵尸们慢慢逼了过来。金烟杆心想，今天就要交代在这里了，只是临终前没有再见到母亲一面，心中不免有些遗憾。

就在这时，树林里忽然传来一个声音，“得饶人处且饶人，何必赶尽杀绝，给别人留条生路吧。”

这一声音打破了寂静的夜，矮骡子停下了手上的镇魂铃，刘瘸子和金烟杆也开始四处观望，找寻声音的来处。

这可真是“金爷誓死护掌眼，瘸子算定克星救”。欲知来者是何人，陈四等人后事如何，且听下回分解。

第十二章　斗法

上回书说到，陈四与金烟杆大战七尸阵，陈四一着不慎中了矮骡子的阴招，昏厥了过去，金烟杆背起陈四爷，左右突围想冲出去，但一个人纵使是身手再好，也打不过七个死尸，况且身上还背着陈四爷。

刘瘸子神机妙算，虽已算出今晚会有克星救主，但不曾想这克星却迟迟不肯登场。就在金烟杆毫无力气再与僵尸大战之时，忽然听见空中传来一个声音："得饶人处且饶人，何必赶尽杀绝，给别人留条生路吧。"

刘瘸子掐指一算，知是克星来救主了，便长长吐了一口气，在暗地里只等那克星出现，好一睹容颜，见一见这个克星到底是何方神圣。

"来者是谁？竟敢扰我的事，为何鬼鬼祟祟，快快现身。"矮骡子一边四处观望，一边喊道。

金烟杆听到这一句，知道是有人来搭救了，一时双脚没站稳，坐在了地上，这会儿可把金烟杆给累坏了。刘瘸子上前扶住四爷和金烟杆只等那人现身。

"这位小兄弟，冤冤相报何时了，还是不要再纠缠下去了，正所谓'展颜消宿怨，一笑泯恩仇'，还是放下恩怨吧。"这时一老者从黑暗处走了出来。

刘瘸子打眼望去，仔细一瞧，这不是今天点吉日给人办白事的那个老者吗，他今日怎么有这雅兴到这里来啊，莫不是他在背后一直跟踪我们？

"放屁，什么一笑泯恩仇，难道我白鹤门人就这样被绝迹了，此仇不报，我誓不为人。"矮骡子看来还挺倔犟的，从语气中听出来，誓要杀陈四不可。

看来刚才咱们四爷猜得不错，这两个人的确是白鹤门人。怪不得刚才冲草屋内墙壁上的两句题词三拜九叩呢。

刘瘸子听完矮骡子的话倒是吃了一惊，他是白鹤门人？这白鹤门不是早在二十年前就绝迹了吗，今天怎么又会出现在这里，而且对陈四爷下如此毒手。

刘瘸子又想起了墙壁上的两句题词，上面的落款是宋九一，莫不是宋翁与白鹤门有什么恩怨，所以白鹤门人要杀陈四爷。但咱们陈四爷是宋翁养子这件事，除了平州城里的人，也没多少人知道，这苗人就更不知道了。这到底是怎么回事，刘瘸子越想越糊涂了。

“过去的事都已经过去了，上辈人的恩怨不要再留给这辈人了。这位小兄弟，听老夫一劝，快快离开此地吧。”老者好心地劝导着矮骡子。

但矮骡子好像是一条心横了下来，今天非要把四爷弄死，丝毫不把老者的话放在耳边。手一摇镇魂铃，只见僵尸直扑向陈四他们。

看来这矮骡子是没把老者放在眼里，他的目标还是陈四爷。这时候老者直冲僵尸而去，从袖口内取出一个拂尘，一下子扫开了一个僵尸，老者驾轻就熟，丝毫没有多余的动作。接着，老者以一招仙人指路击倒了另一个僵尸。

金烟杆看了这一幕，心中暗暗惊叹，想不到这位老者的身手如此之好，恐怕我与四爷加起来也不是他的对手啊。

刘瘸子更是对老者刮目相看，想不到老者看起来文质彬彬，一派道骨仙风，却有如此好的身手。

“挡我者死。”只听那边的矮骡子冲老者喊道。

顿时，七个僵尸在地面上摆起了七尸阵，更是将老者装进了勺子里，老者就像陈四爷与金烟杆一样，被困在了阵中。

“不错，想不到你居然连‘七尸阵’都会，厉害。”老者笑道。

这个人来头不小啊，居然能识得出七尸阵。这刘瘸子看了半天才看出七尸阵啊，他打眼一看就识出了此阵，而且面无惧色，好像压根没把七尸阵放在眼里。

“厉害的还在后面呢，今天要你好看，让你多管闲事。”矮骡子怒骂道。

“先生小心，此阵非同小可。”刘瘸子在一旁提醒道。

“呵呵，区区一个‘七尸阵’，这位兄弟不必担心。照看好陈掌眼，老夫一会儿就过去救他。”老者在阵中答道。

“啊！”刘瘸子这一声差点喊出来，他怎么知道躺在这里的是陈四爷啊，况且连四爷是南七省的掌眼都知道，莫非此人真的是神机妙算到了这种地步。如此神机妙算之人，我刘瘸子在白天的时候还想要刁难他，看来我瘸子的确是自取其辱啊！

反过来一想，既然这位老者说要搭救陈四，就说明此人不是坏人。刘瘸子心想，只要不与我们为敌就好，看来我刚才的担心确实是有些多余了。

话说，七尸阵已经摆开，老者是身处阵中，虽然老者让刘瘸子不必担心，但刘瘸子还是有些不放心，毕竟七尸阵不是小阵，刚才陈四爷与金烟杆都未能破此阵，他一个老头子能行吗，千万别耍嘴上的功夫。

还没等刘瘸子想完，就见老者已与七个僵尸展开了激战，老者手持拂尘，将僵尸打得毫无还手之力，一拂尘下去必有一个僵尸倒地。转眼间，七个僵尸都被打翻在地，不过这僵尸是被人操纵，被打翻了还能站起来，除非打倒矮骡子，不然这阵法破不了。

老者就算身手再好，也架不住车轮战的攻击啊，不过刘瘸子的确是小瞧了这位老者。只见老者从袖口内取出一个瓶子，将瓶子里的东西洒向倒地的僵尸。顿时空气中传来一股药味，不过，刘瘸子却闻不出是什么药的味道。

矮骡子见僵尸倒下了，立刻摇起了镇魂铃，不过任凭他怎么摇铃，这僵尸也起不来了。刘瘸子在心里叹道，这位老者真乃神人啊，竟然这么简单就破了这七尸阵。

矮骡子见僵尸倒地不起，顿时恼羞成怒，拔出剑冲老者刺了过来，这矮骡子哪是老者的对手，他连陈四爷和金烟杆都打不过，如今过来单挑老者这不是找死吗？两个回合下来，矮骡子就被打翻在地。矮骡子虽然被打倒，但仍不死心，执意起来要与老者再战，老者叹了口气，逼不得已出手将其打昏。

金烟杆在一旁看了直笑，想不到你个矮骡子还挺有毅力的，不把你打倒，你是不死心啊。

刚才的一幕幕，被刘瘸子和金烟杆看在眼里，不过区区一炷香的工夫，在陈四爷和金烟杆看起来无法解决的事情，就被这位老者轻轻松松解决了。

刘瘸子更是在心里犯嘀咕，这老者到底是什么人，他冲僵尸撒的是什么东西，为什么僵尸受了这东西之后便倒地不起？

矮骡子倒地之后，老者向金烟杆和刘瘸子走来。正所谓“害人之心不可有，防人之心不可无”。虽然老者出手搭救，但金烟杆还是有些不放心，攥紧了拳头，生怕万一出了什么差池。

这可真是“陈四爷危在旦夕，克星老者来相救”。欲知陈四爷三人后事如何，且听下回分解。

第三卷　宋九一

第一章　苗蛊

上回书说到，刘瘸子夜观天象，算出今晚会有克星来救主，但不曾想到的是，今日来的克星竟是刘瘸子白天所遇到的老者。让刘瘸子担心的是，老者可否斗得过这赶尸人。

但见老者身手不凡，没三两下便摆平了七尸阵，更是将矮骡子打翻在地。刘瘸子正在思索间，见老者已向这边走来，金烟杆更是攥紧了拳头，生怕老者会对陈四爷不利。

老者走了过来，见金烟杆攥紧了拳头，便说道："这位兄弟不必担心，今日老夫是来救陈掌眼的，二位不必惊慌。"

听到老者这么说，金烟杆才收起了拳头，将陈四爷扶起来。

"这位老先生，四爷乃是我们南七省的掌眼，还望老先生施术相救，南七省的众位兄弟绝不会忘老先生的大恩大德。"金烟杆说道。

"老先生，今日白事之事，实属瘸子眼拙，得罪了老先生，还望先生海涵。"刘瘸子也站起来说道。

"今日老夫能遇到人称'判官'的刘先生，也是老夫的荣幸，陈掌眼能得到先生的辅佐，难怪可以执掌南七省的众英雄好汉啊！"老者看了看刘瘸子说道。

说着，老者走上去，将陈四平放在地上，老者翻开四爷的眼皮，看了一下陈四的眼睛，但见只露白眼，全无黑眼，面色发白，浑身冰冷。老者又摸了摸陈四的脉搏，脉搏微弱，于是从衣袖里取出一个药瓶，从瓶中取出一个黑色药丸，放入陈四口中。

"二位放心，陈掌眼已无大碍，他只不过是中了苗人赶尸匠的蛊毒，刚才老夫已为其解毒，陈掌眼稍后便会醒来。”老者说道。

刘瘸子心想，早知道苗人擅长用蛊，不曾想到会如此厉害。老者说道：“这苗人的蛊毒，分为植物蛊和动物蛊。植物蛊是从蛇胆草等毒物中提取出来，动物蛊是从巨蝎、蜈蚣等毒物中提取。蛊毒无色无味，用法是千变万化，刚才陈掌眼所中的乃是植物蛊，老夫已经以毒攻毒，将陈掌眼的毒化解了，只要陈掌眼将体内的毒血吐出来，便无大碍了。”老者说道。

“多谢先生相救，先生可留下大名，日后我南七省好汉定当相报。”刘瘸子说道。

“呵呵，区区小事，判官先生何足挂齿。这位兄弟，老夫见你也是一身的伤，不如由老夫来为你诊治。”老者看了看金烟杆说道。

这位老者说得对，金烟杆为了救咱们四爷也是受了一身的伤，现在连站起来都感觉腿软臂麻的，不过金烟杆的这些伤都是小伤，对其来说不算什么，江湖中人受些皮肉之伤也是正常的。俗话说得好，人在江湖漂，哪有不挨刀啊！

“老先生不必担心，只是些皮肉之伤，对金某来说不算什么。”金烟杆说道。

“老先生，在下还有一事不明，不知可否向您请教？”刘瘸子说道。

“请讲。”老者说道。

刘瘸子话虽说出口，但支支吾吾地还是不敢问。

“莫非有何难言之隐，判官先生但讲无妨。”老者见刘瘸子不敢讲便说道。

刘瘸子心想，反正白天已经得罪了你了，也不差今晚这一次了，既然你说但讲无妨，那瘸子我就问了。

“老先生，今晚刘某见空中主星微暗，灾星明亮，早已算出四爷有大灾，但又见空中主星旁有一克星，便斗胆算出今晚会有克星救场，但不曾想到克星竟是老先生。正所谓，克星能救主，亦能克主，克星与主星相生相克，必定是有渊源。不知老先生可否为我解答此疑惑？”刘瘸子斗胆问道。

“先生不愧被人称为‘判官’，果然名不虚传。今晚老夫的确是克星来救场。但渊源之事，先生就不要多此一问了，只管等陈掌眼醒来，继续做你们的事就好。”老者是话里有话，仿佛不愿说起与陈四之间的渊源。

这边的金烟杆休息过来之后，捡回腰刀上去就要杀掉矮骡子，并想要一把火烧掉那些死尸。

“他娘的，这些玩意儿差点把老子害死，今日不除了你们难消我心头之恨。”金烟杆怒骂道。

金烟杆出来闯荡江湖这么多年，还没吃过这么大的亏，就连官府都奈何不了他。以前总是他欺负别人，今日却被别人给收拾了，这心里当然气不过了。

“住手。”老者厉声说道。

“这位兄弟，你把这些死尸烧了，就真的是赶尽杀绝了，这些死尸是赶尸人的命根子，他们出来赶尸讲的就是信誉，宁可自己流血，也绝不能让死尸蹭破点皮，老夫还望这位兄弟给人留条生路。”老者继续说道。

“金爷，还是听老先生的吧，得饶人处且饶人。”刘瘸子也在一旁说道。

金烟杆见这俩人这么说，也就打消了这个念头。没一盏茶的工夫，就听见四爷猛烈地咳嗽起来，接着陈四吐出了一大口黑血，身体也开始逐渐暖和过来。

“四爷，你醒了。”刘瘸子和金烟杆赶忙上去扶起陈四。

“师爷，金爷，发生什么事了，僵尸呢？”陈四问道。陈四爷现在还有些迷迷糊糊，只记得自己刚才中了矮骡子的阴招，就倒地不起了。

“四爷，是今天给人办白事的那个老先生救了我们。”刘瘸子说道。

陈四一听是那个老先生来了，晃晃悠悠地就站了起来，他现在有很多疑问，为何他知道我与宋九一有缘，他想知道答案。但陈四刚站起来，老者便不见了踪影。

只听见空中传来一个回音：“万事莫求究其根源，陈掌眼一路保重，有缘我们自会相见。”

陈四站起来还没见到老者，老者便已经离开了。之后，三个人没有再谈起老者之事，只是这一路上，刘瘸子和金烟杆将那晚陈四昏倒之后的事情，给他从头到尾讲了一遍。

陈四爷只恨自己没有追上老者弄明白事情的真相，还有那个赶尸人说的那通吴侬软语，也是令陈四难以忘记。

陈四爷醒来之后，便与金烟杆、刘瘸子继续赶往金家老宅，想必金母在家盼金烟杆一定是盼得心都快碎了。

各位看官，至于今日在树林的怪事，还有赶尸匠为何要杀陈四，以及那位神秘的老者是谁，咱们后话再说。

这可真是“克星救主主必兴，四爷不死有后福”。欲知陈四爷的真相如何，且听下回分解。

第二章　金家老宅

上回书说到，承蒙老者搭救，陈四爷脱险，老者施术解除了四爷所中的蛊毒，陈四爷真是大难不死，必有后福。

只可惜陈四爷还没来得及问出老者真相，老者便已匆匆离去，眼见天已逐渐亮起来，陈四爷三人只好继续赶路，待出了树林好找间客栈休息，等饱休之后再前往金家老宅。

这一日，陈四爷三人来到了据金家老宅不远的一个小镇上，三人找了间客栈歇脚。陈四爷身体未愈，只好在内房休息。刘瘸子与金烟杆便在下面喝茶。

“师爷，这一路来劳烦你和四爷了。昨晚在树林里更是险些让二位丧命，金某心里过意不去，回云台山后，金某愿受处罚。”金烟杆是个重情重义之人，看着房间里躺着的陈四心里确实有些过意不去，毕竟别人是为了自己的家事，才来趟这浑水的。

“金爷，此言过重了，想四爷与我，早已跟金爷义结金兰，如今为兄弟办事，又何来劳烦之说。金爷之事，本就是我和四爷的事，金爷不必在意。”刘瘸子说道。

话虽如此，但金烟杆仍然心有余悸，坐在那里闷闷地喝起了茶。

两人坐在那里只听得旁桌的人说起了话。

“你知道吗，听说附近有一处老宅，老宅家的人好像姓金。家里连连死人，好像二十五口人都死了七个了。”

“听说了，据说那家人的儿子是个土匪，肯定是这些年在外面做了坏事，老天爷来惩罚他们了。”

金烟杆听完此话，怒火中烧，想我金烟杆这些年在外面树义旗，杀富济贫，竟被人说成是丧尽天良之人，金烟杆想着就要站起来去教训那两个胡说八道的小子。

刘瘸子按住了金烟杆，示意他不要动粗，且听旁边的人把话说完。金烟杆忍住了怒火，端起茶来喝了一口，又慢慢放下。

“听说连镇上去看宅子的人都没能活着回来，后来有一个算命先生说，那处老宅是个凶穴，活人占了死人的地方，你说家里的人能得到安宁吗？”旁桌的人喋喋不休地说个没完没了。

刘瘸子与金烟杆只是细细地听着，并没有说话，只等茶水喝得差不多了，刘瘸子走了上去，前去打探一下虚实。

“这位小兄弟，不知你所说的那位阴阳先生长得什么样，此人现在在何处啊？”刘瘸子上前打探道。

那人见刘瘸子上来打听，看了一眼刘瘸子，说道：“我也不知道那人是什么人，听说他云游四海，也没什么名号。”

“那你可知此人穿着打扮什么样，他经常在哪儿出现？”刘瘸子继续问道。

“这个我就更不清楚了，听说那人穿一身道袍，看上去年过花甲。”那人说道。

一听说身着道袍，刘瘸子立刻想起了在树林搭救陈四爷的那位老者，莫非他已提前一步去过金家老宅，反念一想，这天底下穿道袍出来行骗的人多了去了，一个个都说自己是神仙转世，动不动就要踏上西天跟玉皇大帝谈判，好给你们消灾解难。

刘瘸子在湘军大营给曾国藩当门生的时候，就曾遇到过这样的事，不过那是粤寇（太平天国）的事。

那时候洪秀全动不动就封王封侯，封这个王管西天，封那个王管南天。好家伙，一共就打下了三个城镇，连玉皇大帝都快被他管了。

更叫刘瘸子好笑的是，洪秀全说自己是上帝的次子，这传教士发的小册子，刘瘸子也看过，心想，这家伙可真会忽悠人，搞得自己跟耶稣很熟似的，上帝就一个儿子叫耶稣，难不成他也是。

话说回来，刘瘸子想要上前打探事情的虚实，却没有打听出任何一点消息。

金烟杆这哥们在一旁，可是把这些话一句不漏地听了进去，越听心里越急，合着自己的老宅子下面是一个墓地。下面睡死人，上面睡活人，听着就瘆得慌。难不成我金烟杆真的是祖上没积德，落下了这么一灾祸。

刘瘸子走了回来，没等张嘴呢，金烟杆就问上了："师爷，此话何意啊，莫不是我家老宅下面真的是一墓穴，这可如何是好啊？"

刘瘸子心想，我这还没去看呢，怎么知道下面是什么啊，人云亦云你就信了，就那几个家伙还人五人六地说风水，他们配吗？

"金爷，此事不可当真，现在市面上挂羊头卖狗肉的江湖术士多如牛毛，还是等咱们去了老宅子看一看再下定论。"刘瘸子说道。

话正说着呢，陈四爷从楼上下来了。看上去咱们四爷气色好多了，不像是刚解了毒那会儿了，看上去蔫巴巴的。

"四爷，怎么不在楼上多休息会儿，不急着出发。"金烟杆说道。

"是啊，四爷，你身体虚弱，还是多歇息些日子再走吧。"刘瘸子也跟着说道。

"师爷，金爷，还是早日出发吧，如今已离开云台山多日，山上境况不明，还是早点办完事回山吧，再说金爷之事也不能再拖下去了，家中变数极大，还是速速了结此事吧。"陈四说道。

金烟杆与刘瘸子见陈四爷主意已定，也不好再说什么，只好随着四爷前往金烟杆老宅。

这金烟杆老宅离此处不远，陈四爷他们走上几个时辰便到了，至于在镇上滞留，也是为了四爷的身体着想，要不三人早就到了金家老宅了。

在路上，刘瘸子把今日在客栈之事告诉了陈四爷，陈四爷的第一反应与刘瘸子一样，莫不是那位老者已先行到过金家老宅，这一路上陈四爷总感觉像是被人盯着一样，走到哪儿都有一双眼睛在背后看着。

尤其是那位神秘的老者，当日刘瘸子已算出他是四爷的克星，所谓"克星冲煞可救主，亦可灭主”。刘瘸子虽然佩服老者的本事，但内心里还是有一丝忌讳，这三人武斗斗不过他，论起文斗，刘瘸子更是自愧不如。

陈四爷心想，这个可恶的老头，既然知道一些事，还不跟四爷说，害得四爷现在还糊里糊涂，别让我逮着你，要不然四爷要你好看。

赶了几个时辰的路，三人就到了金家老宅，只见金家老宅气势堂皇，门口的两个石狮子，威风凛凛，张着大口镇守着金家的宅邸。

两丈高、八尺宽的大门上面有一牌匾，牌匾上挥毫篆刻“金府”两个鎏金大字。

三人心想，总算到了金家宅邸了。金烟杆上去便要敲开大门，迎接陈四爷和刘瘸子入内。谁知金烟杆上去一敲大门，门就自己开了，大门没锁，金烟杆大吃一惊，怎么连门都没上锁，难不成里面出了什么状况？

这可真是“历尽艰辛到金宅，侧敲大门已自开”。欲知金宅到底发生了什么事，且听下回分解。

第三章　三角龙脉

上回书说到，陈四爷与刘瘸子、金烟杆三人到达金家老宅，陈四爷与刘瘸子见金宅威风凛凛，霸气十足，刚好配上金烟杆这等豪杰。金烟杆回到老宅，便上去敲门，但不曾想到门居然没锁。

这哪有不锁门的事啊，再说了眼下时局动荡，天下大乱，就不怕贼人来抢啊！

金烟杆反念一想，自己就是最大的贼人，金爷我就是贼人他祖宗，谁敢来抢啊。话虽这么说，但金烟杆还是吃了一惊，想罢，立刻推门而入。

进门后，只见家中一派颓废，连佣人和丫鬟都不见了踪迹。屋里的人听到动静，立刻出来相迎，只见打里面出来一个老太太，想必这位就是金烟杆的老母亲了。

老太太上来抱住金烟杆："金儿啊，家里都快变成坟地了，今天你总算是回来了，你要再不回来，这个家就要败了，前几天赵管家逃了，家里连个主事的都没有了。"说着老太太就哭上了。

"娘啊，孩儿不孝，让娘受惊了，今天孩儿给娘请罪来了。"说罢金烟杆扑通一声就跪下了，娘俩抱头痛哭。

金烟杆虽说是川粤二省绿林的瓢把子，却是一个十足的孝子。在江湖上，认识金烟杆的人都知道他义薄云天，侠肝义胆。但此刻的金烟杆，早已没了江湖匪气，只剩下一片孝心。

看着金烟杆与老母亲抱头痛哭，陈四爷的心里十分酸楚。他想起了自己的生母，在母亲把自己过继宋九一之后，就没了消息，也不知道母亲现在过得怎么样，在什么地方。

“老夫人受惊了，今日有我陈四在，老夫人大可放心。”陈四爷上前劝慰道。

此时金烟杆才想起陈四爷和刘瘸子，忙给老夫人介绍。

“娘，这位是陈四爷，这位是刘师爷，这两位是孩儿的挚交，今日是来帮孩儿处理此事的。”金烟杆擦了擦眼泪说道。

“陈四爷，刘师爷，金儿能有你们这样的朋友，真是他的福气啊。”老妇人看了看陈四爷和刘瘸子，这俩人真是英气逼人，乃人中之龙凤啊。

“老夫人放心，陈四爷此次带我们前来，就是来破此宅邸煞气的。”刘瘸子在旁安慰起了老夫人。

说话间，几人已到了内堂，内堂里装饰朴素，却不失雅致，一看便知，金母是个讲究的人。金烟杆吩咐人上茶看座，令人将老夫人搀回去休息，免得因伤心过度，哭坏了身子。

“四爷，师爷，家中出此事，真是让二位见笑了。”金烟杆说道。

“师爷，你可看出什么来了，此处有何不妥？”陈四爷问刘瘸子。

“四爷，我已将金爷的宅邸看了几分，并无不妥。但煞气不一定在内堂，须将宅邸丈量一番。”看刘瘸子成竹在胸，陈四心里也吐了一口气。

刘瘸子将金烟杆的宅邸仔细丈量了一番，也没有看出什么不对的地方，反而觉得这处宅邸倒像是一处风水宝地。

刘瘸子看完后，感觉此宅是：前屋乌鹊成群，后屋池塘水清，左屋古井生韵，右屋磨盘呈祥。古人讲“井青龙，磨白虎”，意思是井中住着青龙，磨盘前能拴白虎。此处宅邸真可谓是“左青龙，右白虎，前朱雀，后玄武”，是一块不可多得的风水宝地。

“师爷，可曾看出什么来了？”金烟杆焦急地询问刘瘸子。

“恕小可直言，金爷的宅邸龙凤呈祥，乃是一块风水宝地。”刘瘸子说道。

“莫不是有人带了煞气，冲了此处的祥瑞？”陈四爷说道。陈四爷虽然对看宅邸的风水学知之甚少，但跟随宋九一这么多年，也是略知一二。

“四爷所言正是，依小可之见，冲煞气之人乃是金爷。一块风水宝地，怎可容一江湖中人落此？”刘瘸子说道。

“师爷，可有什么破解之法啊？”金烟杆问道。

“破解之法，只要将宅邸颠倒阴阳就行，不过要先看看这里的风水位。”刘瘸子说道。

“师爷有何吩咐请直说，金某为家人死而无憾。”金烟杆豪情万丈，更是一个大孝子，既能说得出此话，必定做得到。

“金爷多虑了，此事不需金爷拿命相抵，只需在下看一看宅邸坐势，颠倒阴阳即可。”刘瘸子解释道。

这颠倒阴阳是要将宅地附近的风水看一遍，看出这里是什么风水局，然后再想办法破解。既然刘瘸子话已经说到这里，想必是有办法破解了。

说完，陈四爷三人便来到一处高地上，刘瘸子看起了此处的地势，看完之后，顿时明白了这里的风水位。

“四爷，金爷，你们看这里的地势，左面山坡正处金爷宅邸的古井附近，这是一龙脉。右面的山坡正好处在一块凶地上。金爷宅邸正好处在两地之间，地处龙的第三角，金家老宅刚好是在一三角龙脉上。龙头上多了一个角，龙脉就没了价值，这样就变成了独角龙。”刘瘸子说道。

“独角龙，师爷此话何意？”金烟杆问道。

“独角龙乃是龙子貔貅，此物性情残暴，常做恶事，但貔貅以金银为食，可广纳四方之财。”陈四爷说道。

“四爷所言极是，但凡是三角龙脉，其下一般是有尸骨。”刘瘸子说道。

看来今日在客栈之内，那些人所言不虚，的确是有人曾经来看过宅邸。

“难道说真的是有人来看过宅邸？”陈四爷心想，莫不是那位老者已提前到来。

话刚说完，金烟杆便去求证母亲，果然家中曾经有一位老者来看过宅邸，不过金母也说不出那位老者是何人。

待问过母亲之后，金烟杆又想起家中老宅该如何办理，便立刻去问刘瘸子。

“师爷，既然这里地处三角龙脉，那此宅可有破解之法？”金烟杆问道。

“金爷只需换宅邸，将家人移至别处即可。”刘瘸子说道。

“家母已居此地，又怎可换宅邸，还望师爷另寻他法。”金烟杆说道。金家刚搬到此处，又要老夫人搬离此地，便是怎么也不答应。金烟杆了解母亲，家中所有布置乃是其一番心血，如此讲究的一个人，早已将此地当作是养老之地，只等将来百年之后葬于此地。

“办法不是没有，不过需下一番工夫，还望四爷出手相助。”刘瘸子说道。

“莫非要深入地下？”陈四爷问道。

“不错，三角龙脉的破解之法就是要深入地下，取其龙角，此处风水一破。家中便可无事。”刘瘸子肯定地说道。

陈四已明白刘瘸子的意思，既要深入地下，便需入地下的本事，陈四爷一双“入地耳”，正是探听地下、破风水局必不可少的本事。

金烟杆看着陈四爷，希望陈四出手相助。

“金爷放心，你的事便是我陈四的事，这件事陈四一定鼎力相助。”陈四爷豪气地说道。

“多谢四爷，师爷。”金烟杆此时已不知该如何表达对两位的感激。

说罢，三人便回府准备深入地下，取其龙角，破凶地。破凶地说难不难，说简单不简单。因为地下的事，并不是刘瘸子所能决定的。运气好，下去就能找到挡祥瑞的龙角，如果像刘瘸子所说下面有尸体，这可就不好办了。

话说乾隆年间就有这么一档子事，当年京城里有一恶霸，名叫白五爷。这人是个旗人，在京城开一家药铺。白五爷生性残暴，专卖假药，在京城更是因为卖假药害死多人，更有轰动一时的假药案。

这位白五爷家大业大，生怕自己的家人受到仇家暗算，于是在关外买了一处宅邸，将家人全部安置到那里，就如同金烟杆一样，毕竟自己是出来跑江湖的。话说，这一家人搬到关外后，怪事就不断发生，家中接连传来死讯，这白五爷在京城坐不住了，欲回趟老家看看，但自己又不懂风水相地之术，只好在京城里找了一个阴阳师，陪同自己回去。

这位阴阳师深知白五爷生性残暴，如若不肯助他，自己的小命恐怕不保，因此在白五爷的威逼之下，答应了他。

到了关外，阴阳师一看此宅，便知是一块不可多得的风水宝地，只是宅邸下面多了煞物，才会发生命案。阴阳师找来白五爷，命其在院中打个洞，然后进入地下取出煞物，此局便可破。白五爷听后，立即找来人在院中打洞。但白五爷生性狡猾，怕下去会有什么危险，因此只让阴阳师带人下去，自己则在上面等他们的消息。

这阴阳师带人下去后，在地底下找了半天才发现了煞物，煞物乃是一具裸尸。这尸体是俯着身子埋在地下，这平常人的葬法一般是脸迎面朝上，而这具尸体却是脸面朝下。

这种葬法也有讲究，此葬法名为“俯身葬”，这是一种非常邪恶的葬法，意为死者紧紧抱住这处风水宝地，绝不松手。这回阴阳师可碰上难缠的事了，于是只好先将尸体抱了上来，再想其他方法破除凶地。

白五爷一看抱上来一具女尸，以为是天下太平了，还没等阴阳师说完便大摆筵席，宴请众人。阴阳师没法，只好在宴席上偷偷地告诉了白五爷，白五爷听后勃然大怒，想要杀掉阴阳师，但苦于除去了此人，便无人可破此局，才收了怒火。

阴阳师派人将院中的地洞填好，将女尸重新安葬在了一处老林子里，便返回了京城。临走时，阴阳师告诉白五爷，此局已破，望万事小心。

风水师走后，白五爷听闻关外老林子里有一种鹿角乃是珍贵药材，便想抓头野鹿回来，以便做假药材，回京城贩卖。于是当天便带人进了老林子去抓野鹿。谁知白五爷等人在老林子里迷失了方向，就再也没有走出来。

事后，有猎人在老林子里打猎时，发现了白五爷的尸体，白五爷的尸体跪在一座坟前，熟悉的人发现，那座坟正是从白五爷的宅邸下面抬出来的那具女尸坟。

白五爷死后，白家树倒猢狲散，家也就落败了。在白家分家产的那晚，天降一场大火，将白家万贯金银烧了个精光。有人说，阴阳师在临走的时候就已料到白五爷会进那老林子。也有人说，这件事从头到尾，就是阴阳师设的一个局。总之，以后就没人见到过白家人了……

真可谓是“善恶到头终有报，今日不报明日报”。欲知陈四等人如何破此风水局，且听下回分解。

第四章　瘸子破穴

上回书说到，刘瘸子已判断出金烟杆家中犯煞气，金宅处于三角龙脉处，其下必有尸体挡煞。刘瘸子更是想起了，今日在客栈之内听人所言的阴阳师，便想到是不是在树林里搭救陈四爷的那位老者。

金烟杆不愿母亲年老受搬家之苦，便打算入地下、破凶地取出龙角，破除此地的风水。

“四爷，金爷，你们可知这三角龙脉出自何处？”刘瘸子问道。

陈四与金烟杆哪知道这个，要说陈四爷知道，那是跟着宋九一学的，但金烟杆对风水学是一窍不通。

“还请师爷指点。”陈四爷说道。

“不瞒二位，听说这三角龙脉是苗区的独特风水，这地下的东西是深不可测。四爷，金爷，此去必定是十分危险，所以在下建议，四爷尚未痊愈，还是由我和金爷下去吧。”刘瘸子说道。

陈四一听这话，当然不答应了。合着你刚才让我用入地耳，就是为了打发我啊，我陈四是什么人啊，能在这种地方掉链子，不可。

“师爷是瞧不起陈某了，认为陈某下去会给二位拖后腿不成。”陈四爷有些怒道。

“四爷，在下绝无此意。只是四爷身肩南七省绿林的命脉，如果这里出了差池，那我和金爷怎么向云台山的众兄弟交代。”刘瘸子说道。

“四爷，师爷说得对，四爷尚未痊愈，还是由我们二人下去吧。”金烟杆也在一旁说道。

“不用多说了，这事我定了，陈某今日非下去不可。”说罢陈四从腰间取出掌眼令牌，以掌眼之令压制二人。

刘瘸子与金烟杆见陈四爷拿出了令牌，也就没再说什么，只好遵命了。

陈四爷用入地耳听了听下面的动静，觉得下面的东西非比寻常，不是金银碰撞的声音，也不是弓弩暗器发出的声音，仿佛地下有活物，莫不是下面有死尸已经尸变？陈四爷又想起那日在树林里遇到的僵尸，顿时毛骨悚然。

“师爷，金爷，下面有活物，并不是弓弩暗器，我们还是带上些防身的家伙。”陈四爷对二人说道。

金烟杆就不用说了，一把腰刀是从不离身，陈四爷带上了防身的短刀，刘瘸子一个文人，就算手上有兵器，也是舞不起来，索性不带了。

三人在金宅之内打通了一个通往地下的甬道，三人说着便要下去看地下到底是何方神圣，竟敢挡着金爷的宅邸。

三人打通的甬道并不是很长。

“四爷，金爷，你们可知这三角龙脉为何是苗区的独特风水吗？”刘瘸子问道。

“师爷所言何意，还请指点。”陈四爷问道。

“四爷，据说当日白鹤门遭遇劫难之地，就是在三角龙脉处。自那以后，就再也没人见到过白鹤门人和千鹤门人。”刘瘸子说道。

“莫非咱们所处的地方就是当日白鹤门人消失的地方？”陈四爷问道。

“不错，依在下之见，这里可能就是白鹤门的劫难之处。这里本是苗区的地界，但自从白鹤门失踪之后，原本这里的苗人也没了踪迹。”刘瘸子说道。

金烟杆一听，原来自己的宅子是处在赶尸人的地界啊。想着想着，心里不由得胆战心惊，怪不得家中出了变故。

听到这里，陈四爷来了精神，既然这里与白鹤门有关，那就有可能解开我心中的谜团，为何白鹤门人在树林之内追杀我，还有那个神秘的老者，为何出手相救。看来这里或许就是陈四爷的解惑之地。

三人在漆黑的通道里走着。透过火把，但见石壁上刻着一些奇怪的壁画，上面画的尽是一些男人女人。只见壁画上面有一男的，手中持一个铃铛，后面跟着一些身着寿衣的人。陈四爷看到这里，当即明白了，这就是湘西的赶尸人。看来这里的确与赶尸匠有关。再往前走，便见到了另一幅壁画，这上面画的便是一女人了。画面上有一个男人躺在地上，仿佛是中了毒一样，倒地不起，旁边有一个女人正从袖口里取出一个瓶子。

陈四看了一眼，大体明白了，大概是这个女子，将那个男子毒死了。各位看官，苗人最厉害的就是赶尸和用蛊。赶尸一般是男人的事情，虽然赶尸匠可以召回魂魄，但有的时候必须用蛊，才可以使尸体听从摆布。那日在树林里的矮骡子便是用此法对付四爷的。

要论到用蛊，还是苗人的女人最擅长，她们常把蛊毒放在袖子里，以便随时下蛊。那位神秘老者曾说，蛊毒分为植物蛊和动物蛊，此言不假。但这两种蛊到了女人嘴里就换了称呼，女子是将用蛊的方法来区分的，例如这幅画上的用蛊方法，女子的称呼就是用“情蛊”，苗人女子对那些不忠于自己的男子便会用情蛊，用情蛊将男子毒死，这也是一种比较毒的用蛊方式。

陈四心想，果如刘瘸子所言，这里的确与苗人有关，单看这壁画就看出来了，要不然谁闲着有病来这里画这么几幅壁画。

三人越往前走，便隐约听到前面有动静，金烟杆走在最前面，觉得前面好像有东西，而且不像是人的动静，而是活物发出的声音。

这声音连走在后面的刘瘸子和陈四爷也听到了。只听陈四爷提醒道：“师爷，金爷，小心，陈某方才已用入地耳听过，这下面的确是有活物，只是陈某耳拙，没能听出是何物。”

“莫非这下面也有僵尸？”金烟杆问道。

“金爷，不必惊慌，我们只管向前走，取出龙角煞气，便回去。”刘瘸子说道。

话虽这么说，但这里既然是白鹤门失踪的地方，自然是非同小可，赶尸匠的本事，这三位爷是有目共睹的。

三人越往前走，声音越来越靠近。金烟杆握紧了腰刀，准备随时应对突来的事件。陈四爷在最后面，也是握紧短刀，以便保护身后的刘瘸子。

这时，突然听到走在最前面的金烟杆大叫一声“不好”。这一声响彻狭小的空间。只见后面的陈四爷以迅雷不及掩耳之势，把刘瘸子拉到了自己后面。陈四爷最担心的就是刘瘸子，现在又在地下，万一出了什么状况，自己和金烟杆还可以应对，刘瘸子手无缚鸡之力，要不及时把他拉到后面，下一秒钟见到的可能就是他的尸体了。

陈四爷走到金烟杆身边才看清，只见前面出现了一对发光的物体，但依然看不清到底是什么。刘瘸子从后面将火把递了上来，陈四与金烟杆一看，差点连手里的家伙都给扔了。

在微弱的火光下，三人见前面正趴着一只黑色的毒蝎。那毒蝎看起来有三四岁的婴儿大小。这三位爷哪见过这么大的蝎子，在咱们四爷的眼里，蝎子是什么啊，抬起脚来就可以碾死几十只的东西，眼前这个别说是抬脚了，就算是爬上去，也不一定能把它压死。

刘瘸子心想，看来这里的确是与白鹤门有关，寻常的地方哪能养出这么大的蝎子？

金烟杆见那巨蝎正瞪着两个大眼朝这边看。这下糟了，遇到这么大个家伙，这可怎么对付，光巨蝎的尾巴看起来就得有三尺长。

还没等金烟杆反应过来，就见那巨蝎已经冲了上来，金烟杆腰刀都来不及使出，就被巨蝎的两个大螯给拿住了，接着巨蝎的尾巴就甩了上来，准备对着金烟杆就来上一针。

好家伙，要是被这家伙给来一针，这人还能活吗，估计当时就得断气。

说时迟那时快，只见黑暗中一个刀光闪了过去，一刀接住了巨蝎的大尾巴，挡住巨蝎尾巴的是何人啊，当然是咱们陈四爷。陈四爷这一刀不偏不倚，正好砍在巨蝎的毒刺上，陈四爷什么力气啊，这一下子居然没把巨蝎的毒刺砍下来。

被钳住的金烟杆顺势抬起双腿，冲巨蝎的那张大黑脸就是一记重脚，巨蝎挨了这一下子，松开了两个大螯。金烟杆顺势提起腰刀，一刀砍在了巨蝎的身上，想不到，这家伙的壳居然如此坚硬，这一刀下去，好像没什么作用。

陈四爷一用力，抵开巨蝎的尾巴，顺势往后退了几米。金烟杆顺着腰刀砍下去的方位，转手又一刀砍在了巨蝎的大螯上。这时，巨蝎的尾巴又向金烟杆刺来，还好金烟杆闪得快，要不这一下非刺在金烟杆身上不可。

两人退了回去，一个手持腰刀，一个拿着短刀，正对着巨蝎。

“师爷，你先躲一下，这家伙不好对付，小心别让它刺着了。”陈四爷对刘瘸子说道。

“四爷，金爷，攻其软肋，攻它腹部。”刘瘸子此话不假，这蝎子就跟鳄鱼一样，虽然浑身长满了硬壳，但腹部是它的软肋，也就是它最柔软的地方，要攻就攻它腹部。

这时候，巨蝎又挥舞着两个大螯冲了上来，陈四与金烟杆兵分两路。陈四爷上去抵住了巨蝎的两个大螯，金烟杆冲到后面想要一刀削去巨蝎的毒刺，对他们来说，毒刺才是最大的威胁，要是不除去那根毒刺，两人的手脚就施展不开。

但见金烟杆上去，一手抱住巨蝎的尾巴，接着用刀刃抵住了巨蝎的毒刺。金烟杆心想，这下够你老小子喝一壶的了。金烟杆想要用力削去那根毒刺，但不曾想陈四却坚持不住了，巨蝎的身体摇摆起来，把二人甩了出去。

金烟杆明白，四爷的身体还没有完全康复，有些力不从心。此时，二人正对着巨蝎，想着怎么先除去它的毒刺，然后再想把办法，攻击它的腹部。

“金爷，你掩护我，我上前除去那根毒刺。”陈四爷对金烟杆说道。

“四爷，小小的一只蝎子，何须四爷出手，看我怎么拔了它的刺。”金烟杆说道。

金烟杆心想，陈四爷身体还没痊愈，怎么能让他去拔巨蝎的毒刺，万一出点什么闪失，那可就对不起云台山的众兄弟了。

陈四爷心想，你得了吧，刚才咱们俩都没摁住它呢，你还一个人干掉它，得，还是我跟你一块儿上吧。

陈四爷还没说话，就见金烟杆冲了上去，金烟杆一把抱住巨蝎的尾巴，抬刀就要削去那根毒刺，但是金烟杆低估了巨蝎的实力，刀还没出手，就被巨蝎的尾巴甩了出去，重重地摔在了墙壁上，巨蝎转身，挥舞着两个大螯，就要钳住金烟杆。

刘瘸子暗叫一声：“不好。”蝎子刺人是有步骤的，当它要刺东西的时候，一般是先用大螯将东西钳住，然后尾巴往上一翻，就用毒刺刺中物体。眼下这巨蝎钳住金烟杆，就是要上翻毒刺，刺金烟杆。

说时迟那时快，只见洞穴里一个闪光冲到了巨蝎旁边，一柄短刀抵住了巨蝎的尾巴，陈四爷出手极快，要不金烟杆这条小命就玩完了。

二人被巨蝎一上一下地给困住了，金烟杆被巨蝎用大螯钳住，陈四爷双手持刀，抵住了巨蝎的尾巴，二人一蝎就这样进入了相持状态。

这一幕叫刘瘸子在旁看得惊心动魄，他只恨自己不是一只大公鸡，要不就上去啄它一通了。

金烟杆双臂被钳住，浑身使不出力气，陈四爷更是双臂不能抽出，要不然巨蝎的尾巴就冲金烟杆来一针了。

刘瘸子心想，这巨蝎常年在地底下生存，定当是惧怕火光。想到这儿，刘瘸子挥舞着火把冲了上去，对着巨蝎就是一通火烧。

果如刘瘸子所想，这东西的确是怕火，烧了几下子，大螯也开始松动了，金烟杆双臂一用力，挣脱开了巨蝎的大螯。接着，抬脚对着巨蝎来了一个正踹，一脚将巨蝎踹了出去，陈四爷顺势将短刀一收，退了回去。

这可真是“三角龙脉有奇缘，兄弟三人遇巨蝎”。欲知陈四爷三人如何收拾巨蝎，且听下回分解。

第五章　杀巨蝎

上回书说到，三人一起进了地下，但还未进入深处，便在通道里遇到一个挡路的巨蝎。

刘瘸子一看便知，这定是苗人的蝎子，寻常的地方哪里出得了这么大的蝎子。看来这三角龙脉的确是与赶尸匠有关。

三人深知，要对付这只蝎子，必定是要攻其腹部，但眼下三人却不敢冒然攻击，毕竟巨蝎的毒针可不是闹着玩的，所以陈四爷与金烟杆准备先除去巨蝎的毒刺，然后再收拾它。

面对这个大家伙，金烟杆与陈四爷必须得有一人先去制住巨蝎，才能有机会除去那根毒刺。金烟杆冲上去想制住毒蝎，却差点连命都丢了。

还没等三人喘口气，那巨蝎又挥舞着两个大螯冲了上来。金烟杆心想，刚才金爷我一不留神让你给拿住了，着了你的道，这次让你见识一下金爷的厉害。

金烟杆提起腰刀，一刀砍在了巨蝎的一只大螯上，接着身体一倾，避开了另一个大螯的攻击，再顺势以一招连环穿心腿，对着巨蝎的头部踢了上去。只见金烟杆顺着巨蝎的头部用力一蹬，便借着这个力跳了起来，接着腰刀一舞，便直砍向巨蝎的尾巴。

金烟杆这些招式一气呵成，毫无半点多余动作，直看得一旁的刘瘸子目瞪口呆。

陈四爷也在一旁暗暗佩服金烟杆的身手，一个人独战巨蝎，而且毫无惧色。

只可惜，巨蝎将身体一摆，金烟杆一刀没砍中，身体在空中失了重心，便要摔倒在地，不过金烟杆身手敏捷，他自己更是知道，要是摔在了地上，那就危险了。所以，金烟杆在落地之前，以一招空心连环翻身，避开了巨蝎。

金烟杆还未站稳，陈四爷就短刀一挥捅向了巨蝎的硬壳。只可惜，这一刀并没有刺破巨蝎的硬壳，只是将巨蝎刺倒在地上。

巨蝎将身体一甩，那只大尾巴便朝四爷刺来，四爷顺势一躲，退了回来。陈四爷心想，这个蝎子的壳是用什么做的，连短刀都刺不进去，莫不是连刀都中了邪。

刘瘸子心想，这巨蝎定是被苗人施了术，寻常的刀剑绝对砍不进去，要砍只能砍它的腹部和头部。从一开始，巨蝎就一直缩着头，想必是怕头部受到创伤。

“四爷，这巨蝎定是被苗人施了术，要砍就砍它的头部。”刘瘸子对陈四说道。

“师爷说得对，不过得先把它的毒刺拔了，要不然我和金爷的身手施展不开。”陈四爷明白，这家伙虽有两只大螯，但更厉害的是它的毒刺，要是不把它的毒刺拔掉，就得边顾忌它的大螯，边防着毒刺跟它打，这样的话身手定当施展不开。

都说体大的东西笨重，这话要是放在巨蝎身上可真说错了，这家伙不但身体灵活，而且两个大螯和一根毒刺运用得炉火纯青。仔细一想，这是人家吃饭的家伙，能用得不好吗，这不就跟金烟杆一把腰刀使得出神入化是一样的嘛。

金烟杆看了看陈四，又直冲巨蝎杀过去。只见金烟杆猛然冲过去，一把抓住巨蝎的尾巴，将其摁在地上，接着握紧腰刀就要砍去巨蝎的尾巴。巨蝎将尾巴一甩，以大龙摆尾之势，将金烟杆甩了出去。金烟杆被甩在了墙壁上，这一下子撞得不轻，金烟杆剧烈地咳嗽起来。

巨蝎见金烟杆没了气力，又挥动尾巴冲金烟杆刺来。这时，金烟杆已来不及躲防了，两个眼睛瞪着巨蝎的大尾巴。就在这时，陈四爷一柄短刀甩了过去，这一刀不偏不倚，正好射中巨蝎的尾巴，将其钉在了墙壁上。

咱们四爷要是搁到今天，说不定可以当神枪手，一把刀竟能准确刺中巨蝎的尾巴，看来咱们四爷的身手也不是吹的。

看着巨蝎被刺中，金烟杆松了一口气。要知道四爷这一刀是擦着金烟杆的脸皮，将巨蝎的尾巴钉在墙壁上的，短刀的闪光还在金烟杆脸上晃动呢。

陈四爷扔这一刀用力过猛，刀出去后，他也是瘫坐在了地上，毕竟陈四爷中了蛊毒，身体还未痊愈，这一下子叫咱们陈四爷闪了腰也说不准。

那巨蝎的尾巴被固定在了墙壁上，身体剧烈地晃动起来，想要甩开短刀，两个大螯对着陈四爷挥舞起来，估计想上来把咱们四爷给撕了。

刘瘸子见到陈四瘫坐在地上，赶忙上前扶起四爷。这时候金烟杆回过了神，拿起腰刀，对着墙壁上固定的蝎子尾巴就是一刀，金烟杆这一刀用尽全力，只见手起刀落，将巨蝎的尾巴砍了下来。

原本以为砍下了巨蝎的尾巴，陈四爷和金烟杆的身手就得以施展了，但天有不测风云，就在金烟杆砍下巨蝎尾巴的时候，巨蝎的尾部喷出了黏稠状的毒液，金烟杆一个躲不及防，被巨蝎的毒液射中。

金烟杆大叫一声，捂住了左半边脸。巨蝎挣脱开了短刀的束缚，直冲陈四爷而来。但陈四爷丝毫不怕它，巨蝎没了毒刺，对于陈四爷来说，就像没了牙的老虎，要论起打架，这几十年来，陈四爷没怕过谁。

趁陈四爷与巨蝎对战的时候，刘瘸子赶忙冲到金烟杆身边，只见金烟杆左边的脸像是被硫酸腐蚀过一样，已经面目全非，并且左眼已经瞎了。刘瘸子看了看金烟杆心想，金爷中了巨蝎的毒，没死掉已经算是福大命大了。但受了这一下子，金烟杆痛苦地在地上翻腾起来，刘瘸子按住金烟杆给他把起了脉。

刘瘸子一把脉，见金烟杆脉象平稳，并无不妥，知是金烟杆没有大碍，只不过左眼可就是真瞎了。金烟杆真是奇人啊，要是寻常人中了巨蝎的毒早就死了。

话分两头，陈四爷以为巨蝎没了尾巴的毒刺，这家伙便好对付了，不曾想这巨蝎被砍掉尾巴后狂性大发，几个回合下来，陈四爷就被打翻在地。

看来这位蝎子爷也认人了，看准了刚才是四爷下的手，把四爷当成是眼中钉肉中刺了，非得置他于死地不可。陈四爷架不住巨蝎的攻击，便退到了一面墙壁前，巨蝎挥着两个大螯，冲上来就钳住了四爷的手臂，顿时四爷双手不能动弹，巨蝎将四爷举起来，猛烈地往后面的墙壁上撞，四爷被这几下撞得是眼前直冒金星。

四爷被这么一撞，都快哭了。心想，没这么折磨人的，想杀我也别这么折腾我啊，难不成要把我玩够了再杀。

刘瘸子虽在一旁看着四爷被折腾，却想不出办法去救陈四，这甬道里也没个石头，要不然刘瘸子又要玩搬起石头砸人的招式了。

这时候，只见陈四爷借势凌空一脚踹在了巨蝎的头上，接着陈四爷背靠墙壁，双臂用力，双脚用力一顶，将巨蝎顶了出去，那巨蝎挨了这一脚，被顶出了几米远。

陈四爷跑到刘瘸子旁边说："师爷，你赶快带金爷出去，我来对付那个巨蝎。"

眼下金烟杆已受了伤，即便两人留下来对于陈四来说也是累赘，要一边保护刘瘸子和金烟杆，一边对付巨蝎，恐怕陈四爷还没那么大能耐。

"四爷，眼下巨蝎狂性大发，你对付不了它，咱们还是一起出去，等回去休整之后再做打算。"刘瘸子说道。

"师爷，来不及了，如果你跟金爷再不出去，咱们三个人就都要死在这里了。"陈四爷说道。

这时候，只见巨蝎又挥舞着两个大螯冲了上来……

这可真是"金烟杆砍蝎毒尾，陈四爷独战巨蝎"。欲知陈四爷后事如何，且听下回分解。

第六章　金鸡报晓

上回书说到陈四爷三人在甬道内大战巨蝎，陈四爷与金烟杆合力砍下了巨蝎的毒尾，但金烟杆却不幸中了招，一不留神被巨蝎的毒液射中，顿时左脸面目全非，并且刘瘸子断定，金烟杆的左眼已盲。

陈四爷要刘瘸子带着金烟杆先走，自己一个人在洞穴内先顶住巨蝎，刘瘸子见巨蝎狂性大发，哪肯走啊。

“四爷，要走一起走。”刘瘸子说道。

“师爷，再不走就没时间了，你们快走。”陈四爷焦急地说道。

就在这时，巨蝎又挥舞着两个大螯冲了上来，陈四爷推开刘瘸子，用两个粗壮的手臂顶住了巨蝎的两个大螯。

虽然巨蝎没了毒刺，但现在狂性大发，凭四爷一个人也难以对付。这时候，金烟杆慢慢站了起来，金烟杆见陈四爷一个人制伏不了巨蝎，便拿起腰刀要上去助阵，但无奈左眼看不见，走起路来却是跌跌撞撞的。

刘瘸子一把拉住金烟杆。“金爷，你现在不能过去，你过去只会给四爷添麻烦。”

“师爷，四爷一个人顶不住那怪物，我如果不上去四爷会死的。”金烟杆撒开刘瘸子的手，迷迷糊糊地冲了上去。

咱们金爷左眼看不清楚，只能靠右眼来断定两人的位置，加上现在又处在这又黑又暗的甬道里，所以上去一刀砍偏了位置。金烟杆这一刀砍在了巨蝎的硬壳上，巨蝎见金烟杆砍了上来，断尾一扫，将金烟杆扫了出去。

看来金烟杆左眼看不见，身手是大打折扣。陈四爷见金烟杆被甩了出去，以一招狮子滚绣球到了金烟杆旁边，但见金烟杆手中的腰刀都拿不稳了。

“师爷，快带金爷出去，要不就来不及了，我在这里先顶一会儿。”陈四爷冲刘瘸子喊道。

“四爷，斩不了这个怪物，我金烟杆的左眼就白瞎了。今日我如果不把它拿下，就对不起我的左眼。”金烟杆说道。

“金爷，现在可不是意气用事的时候，你和师爷快出去。”陈四爷说道。

这金烟杆真是一条汉子，跟巨蝎大战了这么长时间，又一刀砍下了它的毒刺，现在左眼看不见了，还要挥刀上去跟它决斗，就冲这些，没几个人能做到。

想咱们金爷乃是堂堂川粤两地的瓢把子，如今又是南七省掌眼陈四爷的左膀右臂，什么时候吃过这么大的亏啊，这要是传了出去，金烟杆的名声还不毁了。

再说，这关系到金家宅邸的安危，此次下来还没有找到挡祥瑞之物，就要金烟杆回去，那是怎么也不行的。金烟杆如此孝顺之人，怎么能眼睁睁看着老母受难，所以就算是拼上老命也要把此事解决了。

金烟杆握紧腰刀，冲上去将腰刀打横，身体往后一斜，避开了巨蝎的两个大螯，金烟杆靠着右眼的视力，一刀劈在了巨蝎的脸上，果如刘瘸子所说，这巨蝎的头部是它的软肋，金烟杆这一刀下去，砍得巨蝎连连往后退。

陈四爷见金烟杆孤军奋战，提起短刀便冲了上去。陈四爷上去直对准要害，便想一刀结果了巨蝎，但这一击被巨蝎躲过，陈四爷被巨蝎的两个大螯弹了出去，不过这下子并不厉害，陈四爷只是往后退了几步。

这时候巨蝎又发起了狂，趁着咱们四爷不备，将陈四爷钳了起来，四爷哪是那么容易就被制伏的，反手将短刀握在手上，一把甩了出去，这一刀正好刺中了巨蝎的左眼。

陈四爷心想，金爷的一只眼被你弄瞎了，四爷要让你血债血偿，让你知道南七省的好汉不是好惹的。巨蝎中了这一刀，双螯便松开了，两个大螯护着眼部往后退了回去。

“四爷，干得好。”金烟杆在一旁喊道。

“金爷，咱们南七省的好汉不是那么好惹的，既然它夺了一只眼，陈某就让它也瞎一只眼尝尝。”陈四爷在一旁喊了出来。

刘瘸子见巨蝎瞎了一只眼，也在心中暗暗高兴，心想这回对付巨蝎就容易得多了。

就在陈四爷和金烟杆想要一鼓作气干掉巨蝎的时候，忽然从巨蝎的身后冒出了许多小蝎子，虽然这些蝎子看起来比巨蝎小了很多，但也比寻常的蝎子大很多。

这是从哪里出来的那么多蝎子？只见那些小蝎子有的到了巨蝎的身边，有的冲陈四他们过来。

“四爷，这些小蝎子一定是那只巨蝎产的，看起来它们是想保护那巨蝎。”刘瘸子在一旁说道。

“四爷，你们先走，这里我顶着，等你们上去想好办法再下来，金家的宅邸还全仰仗二位。”金烟杆说着从刘瘸子的手里抢过了火把。

金烟杆心想，如今我已瞎了一只左眼，小命早已经丢了一半，也不怕再把另一半丢了，只是四爷和师爷，不仅关乎着金家老宅的安危，还关乎着南七省绿林的大业，死了我一个金烟杆不要紧，四爷和师爷不能死。

想着金烟杆就要冲上去与蝎子们决一死战，陈四爷心想，金烟杆哪是这些蝎子们的对手啊，恐怕冲上去就会被刺一身的洞回来。

陈四爷使劲拉住金烟杆，叫他不要他往前冲，“金爷，留得青山在，不愁没柴烧，你要是在这里把小命丢了，还怎么把金家的宅邸建起来啊？”

“四爷，这件事就全仰仗二位了，如今金某没有什么牵挂的了，就剩下老母是唯一的挂念，还望四爷善待家母，金某去了。”金烟杆说道。

就在金烟杆摆脱陈四的手，想要冲到蝎子阵里的时候，只听见外面传来了一声鸡叫。刘瘸子心想，大白天的鸡怎么叫了，难不成连鸡都吃错了药？

就在刘瘸子想东想西的时候，甬道里冲进来了十几只大公鸡，只见这些大公鸡一个个神采奕奕，见了蝎子更是来了精神，一只只大公鸡扑了上去，与蝎子们展开了激战。公鸡是蝎子的天敌，此时此刻有公鸡下来助阵，刚好解了围。可又是谁知道了地下的情况，知道往下面放公鸡呢？

公鸡们展开翅膀，一个个备足了精神，见了蝎子如同被放了血一样，上去就开始啄那些蝎子。蝎子在公鸡的猛啄之下，被杀开了一条血路。

陈四爷与金烟杆见状，连忙上去对付巨蝎，陈四爷上去掰开巨蝎的两个大螯，用力向后一顶，巨蝎被顶了出去。金烟杆腰刀一闪，冲过去攻击巨蝎的左边，巨蝎的左眼上还插着陈四爷的短刀，对于金烟杆这一下子躲不及防。金烟杆一刀劈在了巨蝎的头上，巨蝎挨了这一刀，挥舞着两个大螯向金烟杆攻过来，但咱们金爷也不是吃素的，身体往后一斜躲开了这一击。

陈四爷见状，过去一脚猛地踹在了巨蝎的左眼上，一柄短刀深深地刺进了巨蝎的左眼，那巨蝎受了这一击连连往后退。

陈四爷手疾眼快，不等巨蝎站稳脚跟，上去握住巨蝎的两个大螯，如同扳倒一头牛一般，将巨蝎扳倒在地，露出了腹部。

“金爷，赶快出手。”陈四爷冲金烟杆喊道。

陈四爷这一举动惊得金烟杆和刘瘸子目瞪口呆，都知道陈四爷力气大，没想到竟能有如此力气，力能扛鼎，这一下子颇有当年楚霸王的气势。

金烟杆楞了一下，接着一刀直刺进巨蝎的腹部，这一刀下去后，巨蝎使劲地翻滚起来，陈四爷怎肯撒手，要知道能不能制伏这大家伙，就看这一击了。金烟杆也懂陈四爷的意思，连忙对着巨蝎的腹部又是几刀，看着巨蝎没了气力，陈四爷才松开了手。

“师爷，快走。”金烟杆冲着一旁的刘瘸子喊道。刘瘸子赶忙跟了上来，三人沿着大公鸡杀出的血路，往洞穴里面走了进去。

这真是“兄弟齐力杀巨蝎，金鸡报晓来助阵”。欲知陈四爷三人后事如何，且听下回分解。

第七章 取出龙角

上回书说到，三人在洞穴里被一群小蝎子围住。不知为何竟从上面冲下来一群公鸡，帮助三人解了围。

刘瘸子虽然心中有所疑惑，但终究还是不敢妄加猜测，只是在心中怀疑，会不会是那日的老者又从中帮忙了。陈四爷上前拉住金烟杆，金烟杆左眼已盲，四爷生怕他再受到什么伤害，要再丢了性命就不好了，不但无法跟金母交代，也无法跟云台山的众兄弟交代。

刘瘸子跟了上来，三人一瞧，地上仍然有很多小蝎子挡道，对付这些小家伙，陈四爷本来可以不费一丝一毫的力气，抬抬脚就能把它们灭了，但眼下蝎子数量众多，虽有公鸡在浴血奋战，但还是不可力敌。三人心想，大风大浪都过来了，不要在这阴沟里翻了船。

陈四爷收起短刀，从身后取出一件铁家伙，只见陈四爷将此物在手中拨弄一番之后，那铁家伙居然成了一个梯子，上带四个钩子。不错，这正是宋九一的翻山越海梯。

翻山越海梯是宋九一的至宝，在他撒手西去之际，将这件宝贝连同掌眼令牌一起给了陈四，想当年宋九一就是凭着这件器物在墓中横行霸道，并取得了令牌。

刘瘸子看见翻山越海梯，口中喊道："'翻山越海梯'，听闻宋翁的翻山越海梯乃是至宝，今日托四爷鸿福，在下能见到此物真是大开眼界啊！"

"师爷，这翻山越海梯是何物，竟令你如此惊奇。"金烟杆在一旁看到陈四爷拿出一个怪玩意儿，又见刘瘸子如此惊奇，便开口问道。

"金爷有所不知，四爷养父宋翁有神鬼莫测之术，更擅长地下活动，但地底下机关重重。宋翁凭借多年的经验，制造出了翻山越海梯，此物上可以挂钩翻山，下可以变船过海。”刘瘸子解释道。

金烟杆听完后对宋九一更是佩服万分了，下地之前见识了宋九一的“入地耳”，本就打心眼里佩服了，如今又听刘瘸子说了这翻山越海梯，更是瞪大了眼睛看着陈四爷，想要见识一下这至宝了。

只见陈四爷双臂用力一拉，这翻山越海梯立即变长了，陈四爷将前面的两个钩子往墙壁上一挂，这梯子就如同长在了墙壁上一样，怎么都拉不动。

陈四爷顺着梯子爬到了墙壁上：“师爷，金爷，快上来。”

陈四爷爬上去后，金烟杆看得是目瞪口呆。刘瘸子手无缚鸡之力，金烟杆便在后面托住他，陈四爷把他拉了上去。金烟杆的身手就不用了。金烟杆双手刚握住这梯子，便觉得一股凉气往身体里窜，看来这翻山越海梯真不是凡物啊！

“四爷，这梯子不会掉下去吧？”金烟杆问道。

“金爷放心，这梯子是用玄铁打造，只要被它挂住的东西，除非我陈四亲手解开，否则是怎么也掉不下去的。”陈四爷说道。

说话间三人已经在墙壁上了，金烟杆见巨蝎已死，便想快点到里面，找出挡祥瑞之物，好救全家大小的性命。

“四爷，现在该怎么办？”金烟杆问道。

“金爷，你抓住师爷，我要把梯子打横了。”陈四爷说道。

看来这回咱们四爷是要玩特技了，要抓住梯子在墙壁上横着走了，要知道这可不容易，双臂如果没点力气，就会掉下去被蝎子们蛰成蜂窝，所以四爷才让金烟杆牢牢抓住刘瘸子。

只见陈四爷双臂一用力，梯子就打横了，刘瘸子一个不小心，差点掉了下去，金烟杆抓住刘瘸子背上的衣服，就如同老鹰叼兔子一样，悬空抓住了刘瘸子。

这场面，简直就是三个特技师在玩飞檐走壁。要说这一路上可真苦了刘瘸子了，没什么身手，只能靠脑子办事，但这一路上的东西，哪一个都不是省油的灯，一个赛一个厉害，人家还不跟你玩脑子，就跟你玩身手。没办法，咱们鼎鼎大名的“判官”刘瘸子，也只能如同是陈四爷和金烟杆的附属一样了。

刘瘸子经历了这回，心里也叹了口气，看来在道上混，真是不如在湘军大营容易啊。

话说回来，这三人在墙壁上爬着前进，金烟杆凭着一身的力气，单臂拉住梯子，拿着刘瘸子再往前走，要说金烟杆还真是力气大，往前爬了几十米了，仍然面不改色。

陈四爷边往前爬，边往前移动梯子。三人前进了一炷香的时间，终于越过了蝎子们。三人从墙上下来，四爷取下翻山越海梯，收好。刘瘸子和金烟杆也跟了上来。

三人进了一个墓穴似的洞穴里，许是很久没有人进来的原因，刘瘸子刚一进来，就觉得里面阴风阵阵。

洞穴里面充斥着死尸的味道，陈四爷和金烟杆倒没有太在乎，只是刘瘸子一向生性谨慎，尤其是对地下之事，更是慎之又慎，所以时时刻刻地注意着四周。

陈四爷与金烟杆沿着洞穴往里走，刘瘸子跟在身后提醒道：“四爷，金爷，这洞穴里充满了死尸味，咱们要小心。”

“师爷，莫不是这里又会有死尸。”陈四爷说道。上次在苗区树林里误入喜神客店的事情，还让咱们四爷心有余悸呢。

不过金烟杆倒是没有说什么，觉得遇到死尸，说不定是家里的煞气可能要破了，因此一马当先地走在最先面，恨不得现在就把那些挡祥瑞的死尸拖出来狂砍三百刀。

“四爷，师爷，不用怕，遇到那些家伙，金某非得把他们大卸八块不可，要不是这些家伙，金某的家人怎么会遭到这种劫难。”金烟杆怒气冲冲地说道。

“金爷，此事非同小可，就算是有尸体在这里面，也不能把他们大卸八块，要把他们带出去化解煞气。”刘瘸子说道。

“师爷，那煞气怎么化解？”金烟杆问道。

“金爷，此事须见过之后才能分晓。待见到煞物尸体后，再想办法去除。”刘瘸子说道。

三人边说边往里面走，越往里走，腐尸的味道就越浓重。走到洞穴的尽头，三人被眼前的场面惊呆了，只见遍地都是骷髅，看来这些人已经死了很久了。

陈四爷上前看了一下骷髅，只见尸骨上有伤痕，有的尸骨还有骨折的痕迹。陈四爷断定，这些人在临死前有打斗的痕迹，说不定这地底下发生过激烈的争斗。

金烟杆上前说道："四爷，看来这里发生过争斗，而且有不少人死亡。"

"不错，这么多的尸骨，到底该把哪具尸骨抬出去，哪具才是挡煞的尸骨呢？"陈四爷说道。

刘瘸子走了上来，看着这场面，也有些不知所措，只知道抬出尸体可以去除煞物，没想到这煞物有这么多。

"师爷，咱们该怎么办？"金烟杆问道。

"金爷，在下走南闯北这么多年，还从未遇到如此蹊跷之事，竟会有这么多的尸骨。依在下之见，这挡祥瑞之物，如若不是一具尸骨便是这里的全部尸骨，还是小心使得万年船，把尸骨都带上去，免得有什么疏漏。"刘瘸子说道。

好家伙，刘瘸子这话说得简单，做起来却很难，这么多的尸骨，难不成要把这些东西全部装起来——打包带上去。堂堂的七省绿林几个当家的，今儿就要在这里当搬运工了，这可真是亘古未闻啊！

陈四爷也没有别的办法，事到如今只好按照刘瘸子说的办了，只是这么多的尸骨，看来这三个人要下大力气了。还是咱们金爷够聪明，也不知从哪儿找来的麻袋，一手一个就像装玉米似的开始收拾尸骨。

旁边的陈四爷见金烟杆忙着收拾尸骨，也不好说什么，这毕竟是关乎金家老小的事情，金烟杆自然是卖命地开始干起来。事到如今，陈四爷也只好低下头来，帮着金烟杆当搬运工了，既然是答应了金烟杆，要来帮别人的忙，那就帮到底。陈四爷虽然有些不情愿，但也只能硬着头皮收拾这些东西了。

就在陈四爷准备收拾地上的尸骨的时候，刘瘸子突然大叫一声，只是这一声不是惨叫，而是惊叫，好像是刘瘸子发现了什么。

陈四爷赶忙放下手中的麻袋，朝刘瘸子走了过去。“师爷，出什么事了？”金烟杆听到这一声音，也放下手中的尸骨，问了起来。

“四爷，金爷，快过来看看。”刘瘸子朝陈四爷和金烟杆喊道。

陈四爷走过去一看，只见刘瘸子旁边有一口紫檀木棺材，棺材盖不翼而飞，陈四爷打眼往里面看去，只见里面躺着一个人，尸体并未腐烂，仍然栩栩如生，五官看上去有些鹤发童颜，俨然一副得道成仙的样子。尸体身着一件灰色的袍子，看上去像是一件道袍，但貌似又不像。

看到这里，陈四爷与刘瘸子、金烟杆顿时都惊呆了，三人并不是被眼前的这副棺材惊住的，而是因为这口棺材仿佛是从天而降，刚才三人进入洞穴的时候，发现里面除了遍地的尸骨之外，就什么都没有了，现在忽然又跑出来一副棺材，这着实是把眼前的三人吓了一跳。

刘瘸子和陈四爷见多识广，对于地下的暗格机关是略有所识，但金烟杆在这方面一窍不通，本就因为家里连死七口人而耿耿于怀，如今又是在这里见到了这么诡异的事情，心都快提到嗓子眼了。

“师爷，这是怎么回事，莫非这里面有什么机关暗格？”陈四爷问道。

“四爷，刚才刘某走到这里的时候，还没有发现这口棺材，可是一转身的工夫，就发现了它，仿佛从天而降。”刘瘸子惊奇地说道。

这时候，三人之中只有金烟杆一个人看起来有些神色不对，就像是做错了事情的孩子。

这可真是“兄弟三人杀巨蝎，进入洞府见疑棺”。欲知陈四爷三人后事如何，且听下回分解。

第八章 逃出洞府

上回书说到，陈四爷与刘瘸子、金烟杆在洞穴内发现了遍地的尸骨，三人一时之间不知道这挡祥瑞之物是哪具尸骨，刘瘸子建议把所有的尸骨都抬出去，就在陈四爷和金烟杆准备动手装尸骨的时候，刘瘸子身边却突然多出了一副紫檀木的棺材。这副从天而降的棺材，难住了眼前这三位好汉。

要知道这紫檀木可不是寻常的木材，那时候的紫檀木一般都是从南洋运来的，只有皇家才有这个实力采办紫檀木，寻常的人根本是用不起紫檀木的。所以，紫檀木象征着皇族的权力，也是只有皇家才用得起的东西。

对于紫檀木，即使是见多识广的陈四爷，也只是在宋九一所收藏的书中见过图画，而从没有见过它的庐山真面目。今天三人在这里也算是开了眼界。

更让人疑惑的是，这么贵重的东西，怎么会在这里出现，这棺材里的人又是何人，他怎么会用得起这紫檀木棺材，难道他是皇家的人？既是皇家的人，又怎么葬在这湘西的洞穴里呢？

管不了那么多了，陈四爷走到棺材面前，就要看他一看，到底这口棺材是怎么避过了南七省的三位当家的，从天而降的。陈四爷走近一看，发现这棺材上有勒痕，棺材像是被吊起来过。

“师爷，过来看看。”陈四爷说道。

刘瘸子赶忙走了过来，也看到了这棺材上的勒痕。“莫非这棺材是从上面掉下来的，如果是这样，那就不稀奇了。”

说罢，刘瘸子抬起头来看了看上面，只见上面吊着四条大粗绳子，看起来像是蜘蛛网一样，密密麻麻的，棺材盖也在上面吊着，看来这口棺材的确是从上面下来的。

“四爷，你看上面，这棺材果然是从上面掉下来的，而且棺材盖还在上面吊着，这里肯定有机关，一定是我们不小心动了机关，所以棺材才会从天而降。不过这棺材盖与棺材不是连在一起的，所以棺材盖才留在了上面。”刘瘸子说道。

陈四爷看了看上面，果然如刘瘸子所言。四爷心想，刘瘸子果然是刘瘸子，不愧是判官，什么事情都瞒不过他的眼睛。只是这么一点引子，就让他看出了端倪。

“师爷，你是说我们其中有人动了机关，可是自从我们三人进来，谁都没有动过这里面的东西啊。”陈四爷说道。

“四爷，咱们三人里面有人动过这里的东西。金爷，你手上的麻布袋是从什么地方来的？”刘瘸子向金烟杆问道。

刘瘸子一向是心思缜密，绝不放过任何一点蛛丝马迹，所以对金烟杆手里突然冒出来的麻布袋起了疑心。

陈四爷心想，怪不得刚才金烟杆一言不发，就像是做错了事情的孩子，原来是你个老小子动了机关啊。不过这也怪不得他，他也是为了家人心切，所以才会误动机关的。

“四爷，师爷，刚才金某看到这遍地的尸骨，心里一着急，就跑到墙壁上撕了几个麻布袋下来，但没想到这居然是洞穴的机关。”金烟杆说道。金烟杆的确是无心之失，不过金烟杆向来是小心驶得万年船，今日居然会如此鲁莽，看来金烟杆的确是太担心家人了。

刘瘸子走近一看，只见墙壁上有几个麻布袋连着上面的绳子，还有几个麻布袋里面装满了沙土，看来这是吊重的东西，吊住了上面的棺材，在吊重的麻布袋旁边还有几个空袋子，金烟杆撕的就是这几个空袋子。

想是金烟杆撕了几个空袋子，吊重不够，所以棺材就落了下来，只是几个空袋子也起不了多大作用，所以棺材就像羽毛一样，在三人的毫无知觉中像是从天而降一样落了下来。

话说回来，在这棺材里的人到底是谁呢？既然可以睡得起紫檀木的棺材，便非同凡人。要知道当时紫檀木的价格并不是可以用金钱来衡量的。一把小小的紫檀木茶壶，便是宝贝中的宝贝，更别说用紫檀木做成一口大棺材了。

陈四爷与刘瘸子、金烟杆三人打眼上前一瞧，只见棺材里那位不像是普通的人物，只不过三人还弄不清楚，里面这位爷到底是何方神圣。别说，里面这位，说不定还真是位爷，能睡得起紫檀木棺材，可能是位王爷。

“师爷，这里面是何许人啊，他居然能睡得起紫檀木棺材，这紫檀木可不是寻常人可以弄到的啊。”陈四爷问道。

“四爷说得对，金某走南闯北，都未曾见过紫檀木。这里面的人居然可以用紫檀木做棺材，看来此人定是非同小可。”金烟杆眯着右眼看着棺材说道。

金烟杆的身体还真是好，刚才左眼被巨蝎的毒液射中的时候，身体异常虚弱，想不到过了这一会儿，身体居然慢慢地好了起来。

“四爷，金爷，想知道这人是谁并不难，只要到上面取下棺材盖便可以见分晓。”刘瘸子说道。

刘瘸子此言不假，这紫檀木乃是名木，一般紫檀木做出来的东西，上面都有雕刻的饰物或字迹。这么名贵的东西，难不成就把它光秃秃地做成棺材，让它白白地晾在洞穴上面，那可真好比是让陈四爷当伙夫——屈才了。

刘瘸子说完这话以后，陈四爷便取出翻山越海梯。攀援这种墙壁对于陈四爷来说简直是轻而易举，只是这棺材盖的重量，陈四爷在空中未必可以单臂提住。

于是三人在洞穴里又玩起了过蝎子阵那时的伎俩，不过这次变成了只有陈四爷和金烟杆两个人，刘瘸子则在下面看着了。

陈四爷和金烟杆的配合浑然天成，这俩人要是搁到现在绝对是最佳默契的杂技演员。毕竟这空中取物，可不是容易的事情。俩人沿着翻山越海梯，一人一只手小心地拿住了棺材盖，毕竟这紫檀木的棺材盖可不是凡物。要是普通的棺材盖，咱们四爷和金爷才不会如此小心翼翼地拿它呢，说不定翻到空中直接就把它扔下来了。

四爷和金爷小心翼翼地把棺材盖拿了下来，刘瘸子走上前去，仔细观察起了那个棺材盖。只见这棺材盖上刻着一只白鹤，白鹤起舞，好似是已经升仙入化境一样。

又是白鹤，怎么又是白鹤呢？前些日子在树林里误“喜神客店”的时候，便见到了“白鹤起舞影翩翩，似曾相识遇故人”这两句题词。如今怎么又在这里遇到白鹤了，莫不是这紫檀木棺材里安放的是白鹤道人？三人你看我，我看你，对起了眼。

刘瘸子和陈四爷又仔细看了一遍棺材盖，只见这棺材盖上除了那只白鹤之外，就没有别的雕刻物了。

“师爷，这棺材盖上雕刻着一只白鹤，莫不是这里面的人是白鹤道人？”陈四爷心想，这一路上总是与白鹤结缘，莫不是今天在这里碰到了白鹤道人？

“四爷，单凭这只白鹤便断定里面的人是白鹤道人，实在是有些武断了。”刘瘸子说道。

这刘瘸子一向是以谨慎著称，对于陈四爷的猜测以证据不足、予以驳回的口吻反驳了回去。

“四爷，师爷，你们看看这具尸体，我怎么好像在哪里见过。”金烟杆疑惑地说道。

陈四爷和刘瘸子打眼过来看，两人定睛一瞧，这棺材里的人的确是有些面熟。不错，这棺材里躺着的人的确是好像在哪里见过，不过又好像不能确定是谁，仿佛冥冥之中与他有过一面之缘。

“四爷，你看这具尸体像不像我们这一路上遇到的一个人。”刘瘸子看着尸体想起了这一路上遇到的一个人，并疑惑地问道陈四爷。

“什么人？”陈四爷也有些疑惑了，并开始回想这一路上所遇到的人，陈四爷觉得自己的大脑像是回放一样，一幅幅画面从脑子里一遍遍闪过，只是有一个人的面孔，过了好几遍，又闪回来。最后，陈四爷确定了此人是谁。

“那位老者。”陈四爷和刘瘸子异口同声地说了出来。这回刘瘸子没有以证据不足的想法将这个念头抹去。

这棺材里的人，看起来如同是年轻了二十岁的那位老者一般。这两个人如此相像，真叫人惊奇不已，三人更是体会到了“世间之大，无奇不有”这句话的内涵。

“师爷，这人到底是谁，为何与那位老者如此相像，莫不是这俩人竟是同一人，还是咱们遇到什么不干净的东西了？”陈四爷问道。

“四爷，此事并不像是这么简单，但在下断定那位老者绝不是想要害我们的人，如果他要害我们，恐怕我们三人早就死无葬身之地了，他何必出手相救呢？”刘瘸子说道。

刘瘸子这话不假，如果那位老者想要害这三个人的话，不必动手，这三个人就能去见阎王。看来这事情有蹊跷，其中必有隐情。陈四爷心想，一路上这位老者多次出现，并且搭救我陈四爷的性命，他到底是何用意呢？

这时候，还是金烟杆打破了这份寂静。

“我说四爷，师爷，别在这里磨蹭了，咱们还是赶快离开这里吧。这遍地的尸骨还要收拾出去呢，要不然这煞气怎么除去啊。”金烟杆无论走到哪一步都忘不了如何去除煞气的事情。这不，咱们金爷到现在还记得这刘瘸子刚才说的话呢，还记得这些尸骨需要打包运出去呢。

“金爷，那些尸骨不必带出去了，只需将这尸体运出去就可以了，他便是宅子的煞物。风水学有言，‘煞物者，有尸则必尸，无尸则为骨’，刚才小可没有见到这副棺材，所以才把那些尸骨当作了煞物，幸亏金爷破了机关，不然咱们这趟就要白走了，说来在下真是惭愧惭愧啊！”刘瘸子看着尸体说道。看来这次刘瘸子的确是大意了，险些捅了篓子，要不然金家这十几条人命可就危险了。想不到金烟杆的一个无心之失，竟然救了全家的性命。

陈四爷和金烟杆将尸体装好，三人眼见着这紫檀木的棺材，却无法将其全部运出去。陈四爷对紫檀木如此迷恋，便拔出短刀在紫檀木的棺材上削下一块装了起来。

三人顺着洞穴走回通道，但见洞穴里已经没有了蝎子，也没有了公鸡，只剩下一地的公鸡尸体和死蝎子。看来这里的激战是打完了，应该是公鸡取胜了，要不然陈四爷这三个大活人从这里经过，这蝎子能不出来保卫家园啊。

三人顺着洞穴走了出来，这时候天已经快要黑了。陈四爷出来之后见到了一张脸，这张脸把他自己都吓了一跳。连在一旁的刘瘸子都有些吃惊，因为他们看到的那张脸正背在金烟杆的身上。

这可真是“地洞奇遇檀木棺，棺内竟是相识人”。欲知陈四爷等人后事如何，棺材内的人究竟与老者有何渊源，请听下回分解。

第九章 白鹤道人

上回书说到，三人在洞穴内见到了一副紫檀木的棺材，取下棺材盖后才发现，这棺材盖上竟然雕刻着一只白鹤，于是刘瘸子将棺材内的人与白鹤道人联系在了一起。

但金烟杆却发现这棺内之人似乎非常面熟，陈四爷经过回想，最终想起了这一路上遇到的那位神秘老者，而棺材内的人正与那位神秘老者一模一样，只是棺材内的人看上去比老者年轻了二十岁左右。

三人带着尸体出了洞穴，但不曾想到的是出了洞穴看到的第一个人竟是那位神秘的老者。

陈四爷被这么一吓，差点又从洞口里掉了下去。陈四爷心想，您老就算是出来也先打声招呼啊，这么神不知鬼不觉的，就算是死人也得吓活了，想完陈四爷又回头看了看金烟杆背着的那具尸体，还好他没有被吓活，要不然可就出大乱子了。

出来后，三人发现金家的人也都在场，金母看见金烟杆抱头痛哭，但见金烟杆瞎了一只眼，金母差点哭得昏厥过去。

三人上来后，陈四爷上前抱拳说道：“上次在树林的‘喜神客店’若不是老先生出手相救，陈四的小命早就不保了。今日又在这里遇到老先生，陈四特此相谢，多谢老先生救命之恩。”

“呵呵，陈掌眼客气了，举手之劳，何足挂齿，陈掌眼不必放在心上。”老者说道。

一旁的刘瘸子见到二人如此客气，便有些急不可待了，心中的疑惑像是一个个问号写满了整张脸。

“老先生，在下有一事不明，不知可否向您请教？”刘瘸子问道。

“不知刘判官有什么疑问，请尽管问来，老夫定当全力回答。”老者说道。

刘瘸子心想，还挺能装的。事到如今，还非得我刘瘸子把话挑得这么明吗？不过话说回来，凡是这些大人物，都挺能装的，要不然怎么显示出他们的神秘感呢。

刘瘸子曾在湘军大营呆过，对于这些潜规则是深深明白。那时候湘军大营里的一些人便是这样，常常揣着明白装糊涂，尤其是那些看似是湘军领导的人物，更是一股子文人酸腐之气，装模作样的。

“老先生，在下想问一句，你是不是白鹤道人，如若不是那金爷肩上所扛的又是谁，怎么会与老先生如此相像？还望老先生回答在下的问题，解答我的疑惑。”刘瘸子问道。

旁边的陈四爷心想，刘瘸子所问的不正好也是我想问的嘛，既然师爷问了，那也省得我再费口舌了。只有金烟杆对这些问题不感兴趣，此时的金烟杆最想知道的就是如何解决这具尸体，好救全家大小的性命。

“呵呵，这里不是说话的地方，咱们还是换个地方吧。”老先生问道。

“四爷，师爷，你们先跟老先生到客厅去，金某要先去看望家母，等你们谈完了，再来告诉金某，如何除去家中的煞气，破了这三角龙脉的风水。”说罢，金烟杆便前往内堂了。

陈四爷与刘瘸子、老先生三人来到客厅坐了下来。

还没等刘瘸子说话，老先生便开口了。“不错，在下正是白鹤道人。”

此话一出，刘瘸子和陈四爷简直不敢相信自己的耳朵，眼前的这个人竟是当年江湖上叱咤风云的白鹤道人。

“老夫知道二位要问什么，二位只须听在下慢慢讲来便是。”老先生说道。

陈四爷心想，看来这位老先生果然不同凡人。

“老先生，在下想多问一句，不知地洞内的公鸡可否是老先生放进去的？”刘瘸子问道。

“呵呵，刘判官果然是有双慧眼。不错，地洞内的公鸡正是老夫所为。”老先生说道。

“那老先生又怎么知道这地洞内的情况，莫不是老先生曾经到过这下面？”陈四爷问道。

“正如传言所说，这里的地脉非常特殊，是三角龙脉。这三角龙脉正是当年白鹤门与千鹤门厮杀的地方，也是当年白鹤门绝迹的地方。所以，老夫对此是非常了解的。”白鹤道人说道。

“当年湘西的赶尸门并没有分千鹤门与白鹤门，两派同为一宗。后来赶尸门传到了我与师兄千鹤道人的手里。本是一宗的赶尸门，却因我与师兄的性格不和，而起了分歧。陈掌眼，你可知道这千鹤道人是何人？”白鹤道人问道。

陈四爷心想，我怎么知道这千鹤道人是谁啊，我又不是赶尸门的人。

“在下不知，还请老先生指教。”陈四爷说道。

“这千鹤道人正是陈掌眼的养父，宋九一先生。”白鹤道人说道。

此话一出，让陈四爷有些不敢相信自己的耳朵。想不到宋九一竟是千鹤道人，那他又是如何成为天下名算的呢？这个跨度也有点太大了吧，从赶尸人变身为阴阳先生。

“陈掌眼，当年我与师兄同为赶尸人的头领，统领湘西的赶尸人，但我与师兄的性格一向不和。师兄脾气有些极端，在赶尸时不愿避开生人，如遇生人便要杀之，以防止赶尸秘术传了出去。我却以为赶尸的时候，最好避开生人，这样赶尸秘术就不会传出去了。但师兄从不听我的话。”白鹤道人说道。

陈四爷心想，想不到当年宋先生竟会如此残暴，这与陈四心中那个慈善的宋九一完全不相符。

“从那时起，我便与师兄有了分歧，我们赶尸人有‘三赶三不赶’。所谓‘三赶’是指，坐牢而死的可以赶，处以斩首的可以赶，但要将尸体缝合，异地死的人可以赶。这些人的魂魄容易招回来，所以这些人的尸体可以赶。所谓‘三不赶’是指，自杀的不赶，跳河淹死的不赶，打雷或被火烧死的不赶，这三类人的魂魄大都被阎王爷的牛头马面给勾走了，魂魄不容易招回，所以这三类人不赶。但师兄从来不遵守这些规矩，经常冒着危险赶一些不该赶的尸体，导致赶尸门内有些人死去。我与师兄多次提到此事，但师兄却从不放在心上，久而久之，赶尸门内逐渐有了分歧，慢慢地滋生出了两派，一派的人支持我，另一派的人支持师兄。结果，赶尸门里出了两个门派，白鹤门和千鹤门。”白鹤道人说道。

“想不到湘西的赶尸人竟是因为这个而导致了分裂。”刘瘸子说道。

“其实这还不是导致赶尸门分裂的最终原因。那时候，赶尸人个个身手不凡，又善于风水阴阳的学问，在盗墓方面个个都是好手。于是师兄曾经带领赶尸门人前去盗墓。后来师兄又在云南的一个洞穴里找到了掌眼令牌，靠着令牌，师兄统一了南七省的盗众。师兄的实力逐渐壮大起来，但我不愿与师兄这种残暴的人在一起，所以并没有带领门人与师兄合并。”白鹤道人说道。

“后来，师兄派门人赶一具从南洋来的商人的尸体，这本是客死异乡的人，是可以赶的尸体，但他偏偏是被水淹死的，这不符合赶尸人的规矩。所以，他们找我时，我并没有接这桩生意。但后来，其家人开出了以紫檀木为条件赶尸。师兄被这份优厚的条件吸引了，接了这桩生意，因为紫檀木，我与师兄彻底决裂了。正如你们看到的，这紫檀木最终是到了我的手里。后来师兄想要抢回紫檀木，便带领南七省的盗众前来攻打我白鹤门，白鹤门寡不敌众最终全军覆没。”白鹤道人继续说道。

“既然老先生脱离了此劫，那为何我们又在洞穴内找到一具与老先生一模一样的尸体，难道那具尸体有诈？”刘瘸子问道。

“不错，那具尸体是我的门人冒充的。对于赶尸人来说，做点易容术并非难事。当日得知师兄带人来攻打我白鹤门时，门人们便将紫檀木打造成了棺材，将假的白鹤道人放了进去，并把它吊了起来，以防止师兄找到紫檀木。将紫檀木打造成棺材，就算是师兄找到了也不会再用了，毕竟没有人愿意用装过尸体的紫檀木再去打造别的东西。所以，那一次门人们救了我。后来我听说有几个门人也逃了出来，并且我白鹤门有了传人，我想在树林里遇到的那三个赶尸人，便是我白鹤门的传人。”白鹤道人说道。

陈四爷心想，怪不得那三个赶尸人要将我置于死地呢，原来是因为当年宋九一灭了白鹤门，才滋生的祸端啊。所以那三个赶尸人一听到南七省的名号，立刻有了杀心。

“为什么当年不让宋九一得到紫檀木，而要将其做成棺材，难不成这里面有什么隐情？”陈四爷问道。

“不错，当年师兄想要用紫檀木去盗墓，所以我才拼命地护住了这块珍宝。”白鹤道人说道。

“当年因为门人的帮助我躲过了一劫。逃命出来的我，本想聚合力量再次找师兄报仇的，但转念一想，即便是我报了仇，门人也不会复活过来。而且这样只会滋生更多的仇恨。所以我放下了仇恨，开始云游四海。”白鹤道人说道。

陈四爷心想，难道你还想学陶渊明，想去世外桃源。但话说回来，白鹤道人所言确实如此，也许正是因为这样，他才在树林里不计前仇地救了陈四爷一命。

“后来，我再次回到了曾经与师兄一起赶尸的地方，也就是苗区树林里那个‘喜神客店’，并在那里遇到了师兄。师兄见到我，才得知我并没有在当日的激战中死掉。感慨之余，师兄写下了‘白鹤起舞影翩翩，似曾相识遇故人’这两句话。”白鹤道人说道。

“既然老先生知道这里是当年的激战之地，而且知道这副紫檀木棺材在地下，为何不自己下去，而要让我等年轻后生去做。”刘瘸子问道。

刘瘸子问得刚刚好，这白鹤道人一直是在背后帮助陈四爷他们，虽说一直没有表露身份，但像他这样的人何必掩掩藏藏的呢，他自己完全可以进入地下取出以前的东西，又何必指导四爷他们去做呢？

“在师兄去世之后，我便打算从这里下去，化解这段恩怨。但不曾想到，这里已经被人买了去，老夫一打听才得知，买这里的是金烟杆。于是心想，像金烟杆这样的人，身边一定不乏高人辅佐，所以就没再放在心上，时过境迁，待老夫再回来时，这里已经出了事情。恰巧，陈掌眼又从云台山赶来，因此老夫便做个顺水人情，将这件事情交于陈掌眼来做了。”白鹤道人说道。

陈四爷心想，好你个白鹤道人，还做个顺水人情，你这是做的哪门子人情啊，我们三兄弟差点去森罗宝殿里报到了，你倒说得风轻云淡，还真以为四爷是铜皮铁骨打不死啊！

这可真是“二十年风云恩怨，白鹤道人释前嫌”。欲知后事如何，且听下回分解。

第十章 燕门三宝

上回书说到，陈四爷三人从地下上来后居然碰到了那位老者，想不到那位老者竟是二十年前的白鹤道人。二人更从那位老者口中得知，原来宋九一正是白鹤道人的师兄，当年的千鹤道人，这可令陈四爷大跌眼镜。

在白鹤道人的解释下，陈四爷总算解开了心中的疑惑，想不到自己的养父宋九一竟然是一个如此心狠手辣的人。

“老先生，你刚才说，为了不让宋翁去盗墓才将紫檀木做成了棺材。不知宋翁想去盗何人的墓？”刘瘸子问道。

“师兄当年想去盗的是湘西中部的大明燕小八的墓穴。”白鹤道人说道。

“老先生，这燕小八的墓穴我们在云台山就已经盗了，虽然是疑冢，但怎么又冒出来一个啊？燕小八到底设了几个疑冢，哪个才是他的真身所在啊？”陈四爷说道。

陈四心想，这个燕小八真是厉害了，到底设了几处疑冢啊？难不成也像曹操一样，设了七十二处疑冢。

“陈掌眼此言差矣，当年师兄曾经告诉过我，燕小八在弥留之际，选中了三块地方作为自己的葬身之地，但尸体的栖身之地只能选择一个。燕八爷聪明过人，这三块地方都被他选用了。其一是用来放置掌眼令牌，望有缘人得到，重整南七省的大旗。其二是用来放置自己的财富，就是前朝古银，望以后有人得到这笔钱可以振兴大明江山。其三是用来放置自己真身的。闻言燕八爷墓穴中机关重重，而紫檀木是打开机关的法宝，所以进燕八爷墓穴必带紫檀木。师兄当年只找到了令牌，却没有找到银子，他本想去找燕八爷真身的，但他始终都没有得到紫檀木。”白鹤道人说道。

“不瞒老先生，这古银陈某已经得到。现在只是燕八爷的墓穴在下还没有进去。”陈四爷说道。

“这个老夫已经得知了，要不然陈掌眼不会集合南七省盗众的。燕八爷的最后一个墓穴里还藏有一件珍宝，听闻是当年燕八爷的盔甲，价值连城，世人将这三个墓穴中的宝贝誉为‘燕门三宝’。”白鹤道人说道。

“老先生，在下还有一事相求，我的朋友金烟杆中了蝎毒，左眼已盲，不知老先生可有办法治好他。”刘瘸子问道。

“金烟杆的眼睛怕是治不好了。赶尸门所炼的巨蝎奇毒无比，平常人只要碰到毒就会死，但老夫早就在紫檀木棺材上抹了解药，但是这也与金烟杆的体质有关，药只是辅助作用，能够在这么短的时间就恢复过来，而且还力战巨蝎，金烟杆真是个奇人啊。”白鹤道人说道。

“先生真是料事如神啊，在下佩服。”刘瘸子说道。

陈四爷听完了白鹤道人所说的话，自己内心的疑惑也就解开了。

“这一路多谢老先生相救，在下不知该说些什么才好，还望老先生改日来我云台山，陈某定尽地主之谊。”陈四爷说道。

“呵呵，陈掌眼客气了，在下还有一事要告诉陈掌眼，你们此次的行踪已经败露，官府的人已经盯上了你们，这一路上自打出了树林，就一直有人跟踪你们，不过老夫已经为陈掌眼扫清他们了，这一路回去还望陈掌眼保重。”白鹤道人说道。

“竟有这样的事情，不知是什么人跟踪我们？”陈四爷惊奇地问道。

“我想此人陈掌眼也认识，是个独眼龙，那日老夫没有捉住他，被他跑掉了，还望陈掌眼万事小心啊，老夫告辞。”说罢，白鹤道人便离去了。

陈四爷心想，白鹤道人说的人，莫不是当日在茶楼里遇到的那个独眼龙，那天四爷还救过他一命呢，今日怎么跟踪起我来了，真是不识抬举，想不到这豆芽菜竟也上了台面，真是世间奇闻，等下次见了非灭了他不可。

在刘瘸子的指点下，陈四爷帮金烟杆解除了家里的煞气。事后，三人决定回云台山，毕竟出来的时日太长了，也不知山里出是什么情况。不过，四爷一直记着白鹤道人所说的“燕门三宝”。四爷现在是得到了三宝中的两宝，对于第三件也是势在必得。

这可真是“白鹤道人说八爷，燕门三宝只缺一”。陈四爷回云台山之后，四海钱庄的贾掌柜便来拜访，欲知二人所谈何事，且听下回分解。

第四卷　燕小八

第一章　返回云台山

话说陈四爷与刘瘸子、金烟杆处理完了金烟杆的家事，三人便准备返回云台山。临行前金母抱着金烟杆痛哭，并不时地嘱托陈四爷与刘瘸子照看好金烟杆。其实金母心里最心疼的是金烟杆的左眼，本来仪表堂堂的金烟杆如今却废了一只眼睛，变得面目狰狞，这才是让老人家最难受的。

不过好在金烟杆福大命大，中了剧毒居然没死，这也多亏了洞穴里的那具紫檀木棺材。那具棺材上有治疗剧毒的解药，解药从棺材上发出气味，所以金烟杆在刚进入洞穴的时候，身体就变得好多了，要不然，中了剧毒还与巨蝎战了几个回合的金烟杆早就去见阎罗王了。

三人启程返回云台山。白鹤道人也继续云游四海去了。陈四爷心想，关于养父宋九一的事情总算是落下帷幕了，不知道云台山最近怎么样，钱八与燕儿姑娘可好，官兵可否来攻打过。

刘瘸子坐在车上闭目养神，金烟杆则坐在一边抽起了烟，陈四爷自打认识金烟杆，只见他腰里别着烟杆，却从没见过他抽烟，今儿却抽起烟来，实在是让四爷有些捉摸不透。

“金爷，自打陈某认识你以来，只见你有烟杆，却从未见你抽过烟，今儿怎么有这雅兴？”陈四爷打趣地问道。

金烟杆徐徐地吐出一口烟，慢悠悠地说：“四爷有所不知，世人都知道我金某腰里别着烟杆，却不知我这根烟杆一般是不会抽的，只有在我金烟杆吃了败仗的时候才会抽，反思自己怎么会打败仗，自己的左眼怎么会就这么瞎了。”说罢，金烟杆又慢慢地抽起了烟。

陈四爷心想，这人可真奇怪，不抽烟居然老是别着一根烟杆，不过话又说回来，金烟杆虽是江湖中人，却容貌不凡，如同秀才一般秀气，其骨子里还是十分重视自己的仪表的。如今变成了一个独眼龙，的确叫人寒心。

这要是搁在现代，说不定还能给咱们金爷整整容，换个眼珠子，可那时候哪有这技术啊，再说既然老天爷把金烟杆变成这个样子，自然有它的用意。人有多少种容貌就有多少种美，所以，金烟杆对此还是十分看得开的。

“师爷，咱们离开云台山有些日子了，不知山里是否有状况，记得临行前师爷说过，咱们三人不是刘备、关羽、赵子龙，钱八也不是张飞，这云台山更不是徐州城，所以这山里不会出事。但我还是有些放心不下，师爷，你再给算算。”陈四爷担心地说道。

还没等刘瘸子开口，这边的金烟杆就说话了。

“四爷，都是金某耽误了云台山的大计，回去之后，金某愿受责罚，还请四爷处置。”对于四爷的担心，金烟杆有些过意不去。

“四爷，金爷，刚才在下已经算过，这平州城里最有灵气的莫过于云台山，所以山里并无不妥，只是最近平州城有些萧条，很多人无法生存，都投奔了云台山。所以山里可能会多了一些生面孔，多了一帮弟兄。”刘瘸子说道。

陈四爷听见这话，心里大喜，这回我云台山的势力又要大增了。

“但是，俗话说得好，‘物极必反’，这云台山如今是到了最强盛的时候，刘某担心山里早晚会有一场劫难。”刘瘸子话锋一转，便把好事往坏了说去。

“啊！”陈四爷心中一惊，方才只想到山里人手多了是好事，但不曾想到，这物极必反啊。好你个刘瘸子，刚给我一个惊喜，又给我一盆冷水，你这不是打个巴掌，然后给颗红枣吃吗？

不过，像刘瘸子这样的人还真是少见了。自古只有忠臣才会忠言逆耳地进谏，凡是小人必然是阿谀奉承，只求升官发财，要不然这小人怎么会一路高升，吃着朝廷的还贪着百姓的呢？这或许就是亘古不变的官场潜规则吧。

“既然师爷这样说，那可有破解之法，怎样才能破解我云台山的此次劫难？”陈四爷问道。

刘瘸子掐了掐手指，道：“四爷，阴阳未成，卦不成卦，现在还无法算出来啊！”

陈四爷叹了口气，心想，难不成我云台山就只能眼睁睁地看着这场劫难发生而束手无策，真叫人无奈啊。

“四爷，万事必有因缘，何必如此执著呢？再说了‘谋事在人，成事在天’。何必在乎天意？天意如此，我等还有什么好顾虑的？”刘瘸子宽慰四爷道。

“师爷，你相信天意？金爷，你相信天意吗？”陈四爷问金烟杆。

金烟杆方才一直在抽烟，默默地听着他俩说话，听到陈四爷这么一问，立刻将烟锅磕了磕，道：“金某出来行走江湖多年，从不相信天意。一切东西都是靠自己争取来的。如果当年金某没有靠自己的双手，而坐在家里相信天意，那么哪里来的如今的一切呢？”金烟杆说得很有气力，毫不客气地驳回了刘瘸子的话。

“呵呵，看来金爷和师爷都是各有见解啊。这倒让陈某想起了一个故事。前朝的时候，有一个人天天做梦自己可以福禄寿三全，天天在家祈祷，希望老天庇佑，但直到他死了，都没有得到老天的庇佑，而且又穷又短命。于是，他死了之后就跑到天帝那里去告状，质问神仙们为什么没有庇佑他福禄寿三全。天帝为了维持公平，只好找来福禄寿三星，问他们是什么原因使这个人如此短命又没有福分。福星说，我已将福气摆在他的家门口，可是他就是没有出来沾福气，他不出门，我也没有办法。禄星说，我已将福禄放在他的石阶上，只要他一出门就会踩上，可是他没出门啊。寿星说，我已经给他加了二十年的寿，并在他家的门口等了几十年，可他就是在屋里不肯出门迎寿，我也没办法啊！说到这里，那个死去的人方才幡然醒悟。”陈四爷说道。

“呵呵，看来四爷说的故事意味深长啊，对命理阴阳之说，也是点得十分透彻！”刘瘸子笑着说道。

金烟杆抽着烟心想，这四爷说的不就是我的意思吗？不论你有多大的福气和命理，都是要靠自己的双手来争取的，若只是坐在那里干等，是等不来任何东西的。

三人边说边笑，说话间已经到了云台山。门口的人一看是三位当家的回来了，赶忙回去禀报，只听见门口的人冲里面喊："四爷回来了！四爷回来了！"

一盏茶的工夫，就看见钱八和燕儿姑娘出来了，几只大猎狗汪汪地叫着。钱八看见三人高兴地说道："四爷，师爷，金爷，你们终于回来了。"

"钱八，最近山上可有什么事情，官兵可否来打过？"陈四爷问道。这一去虽说有些日子，但这云台山倒是没有变样，走来走去，不论走到哪儿还是觉得云台山亲切，像是自己的家，陈四爷想着。

"四爷，你们走后，官兵来打过几次，不过都是些小鱼小虾的，不值得一提。燕儿姑娘带人就把他们给收拾了，我连出手的机会都没有，哈哈！这官兵真他娘的不经打。不过前些日子，平州城里闹灾，我与燕儿姑娘想去为老百姓争取口粮，结果与官兵又打了起来，百姓们见咱们有情有义，很多人都来投靠咱们云台山了。"钱八说道。

看来，果如刘瘸子所言，这云台山的确是来了许多生面孔，人手确实增加了不少。

"呵呵，咱们燕儿姑娘真是巾帼不让须眉啊，连官府的人都敢打了，真是让陈四刮目相看啊。"陈四爷说道。看着乖巧可爱的燕儿姑娘，陈四爷的心里忽然冒上来一股感觉，但又说不上来是什么感觉。顿时便盯着燕儿姑娘打量了起来。今日的燕儿看起来格外漂亮，一身红色的猎人袍子，柔美中多了几分英气。

被陈四爷这么一看，燕儿姑娘的脸都红了，娇羞地说道："四爷，即使是这样，你都不肯带我出去，让我跟你出去见见世面。"

陈四爷回了回神，笑呵呵地说道："看来咱们燕儿姑娘也长大了，下次如果我再出去，一定带上你。"

"说话算话，不然的话，我就放狗咬你。"燕儿姑娘开始耍调皮了。

"我陈四乃是七省绿林的瓢把子，说话一言九鼎，怎么会食言呢。说了下次带你出去就一定会带你出去。"陈四爷被这个倔犟的丫头逗乐了，哈哈地大笑起来。

陈四爷这只是一句玩笑话，不过咱们的燕儿姑娘可没有当成是玩笑话，而是把它当了真，记在了心里，并时刻盼着四爷带她出去，好去见见世面。

刘瘸子在一旁听四爷这么说，心想，看来这下次出去不带燕儿是不行了，依着这丫头的性格，要是不带她谁都别想消停。刘瘸子虽然不懂男女之情，但是对人说话的语气和眼神可是分析得很透彻，刚才燕儿姑娘的语气和神情，可是把句句话都当真呢。

“不过，有一次官军带了大队人马来攻打，但到了半山腰上又撤了。”钱八继续说道。

“撤了？这是为什么，怎么会撤军呢？”陈四爷心想，难不成官兵有诈，这次是来探底的，但是官兵已来打过多次，底子也该探得差不多了，怎么这一次到了半山腰又撤了？

“这件事情我派人查过，据说是粤寇（太平天国）进军急速，快打过江了，所以正从各地抽调兵马去打仗。”钱八说道。

陈四爷听完后，心中一惊，双眼紧闭，像是闭目养神一般站住了。刘瘸子见到四爷这样，便走过去低声说道：“四爷不必惊慌，这粤寇是难以剿灭的，而且我云台山的这次劫难，与这件事情无关，这次劫难在下一定会想办法破解的，只是时候未到，还望四爷多忍耐些时日。”

听完这番话，陈四爷的心情好多了。究竟这刘瘸子所说的劫难是在什么时候，是什么劫难，怎么破解呢？咱们后话再说。

“这不是金爷吗，你的眼睛怎么了，四爷，这是怎么回事？”钱八看见了受伤的金烟杆，惊奇地向陈四爷问道。

“这不关四爷的事，是金某一不留神，着了那蝎子的道，瞎了左眼。”金烟杆说道。

钱八英雄相惜地看着金烟杆，心里有一种说不上来的感觉，像是打倒了五味瓶，什么味道都有。依着钱八的本事从未逢敌手，好不容易碰到了一个金烟杆，却又瞎了一只眼，真是让人高兴不起来。

陈四爷和刘瘸子看着这二人，一言不发。燕儿姑娘眨着两个水汪汪的大眼睛，有些不解地看着钱八和金烟杆。

“金爷，你可答应过我，咱们要比试一下的，没有分出胜负之前，谁都不能当孬种。你可是我钱八至今为止碰到的第一个敌手，我可不想趁你的眼睛瞎了打败你，我胜之不武。”钱八说道。虽然钱八嘴上说得很硬，但这时候是在为金烟杆惋惜，如同刘瘸子所言，这天底下能与钱八匹敌的，除了金烟杆估计再也找不出第二个人了。

“钱爷，你放心，金某虽然眼睛瞎了一只，但身上的拳脚功夫还在，你若不相信，咱现在就比画比画，看谁把谁撂倒，谁要是先倒下谁就是孬种，以后把他的名字写在云台山众兄弟的鞋底。”金烟杆也是毫不松口，很想现在就跟钱八比画一下。

这两位虽然嘴上都说得非常狠，但实际上都只是把对方当做自己的对手，并没有真正地想要对方怎么样。

“钱八，金爷，咱们不要在这里说了，还是回寨子里再说吧。”刘瘸子见这两人你来我往的，说不定被对方一激怒，就地开始比画可就不好了，毕竟今天是陈四爷归来的大好日子。

就在这时，门外传来一声通报，说有人来拜访，这究竟会是谁呢？正赶上陈四爷归来之时便来拜访。

这可是“四爷破煞气归寨，钱金二爷欲比武”。欲知何人前来拜访，且听下回分解。

第二章 贾掌柜拜访

上回说到陈四爷回到云台山，见到燕儿姑娘和钱八，陈四爷听钱八说山寨有小股官兵来打过，不过尽是些小鱼小虾，成不了气候，心里也松了一口气。

而钱八看到了瞎了一只左眼的金烟杆时，心中更是无比惊讶。同时，也感到十分惋惜。毕竟，金烟杆是目前能够找到的唯一一个可以与自己过招的人。

三人在说话间，听到外面通报有人前来求见。陈四爷心想，我这才刚回来，怎么就有人来拜访呢，要说这风声传到江湖上也没这么快啊，谁会在这时候来拜访我陈四爷啊？想也没用，让他进来便知道了。

“让他进来。”陈四爷说道。

只听见外面一阵爽朗的笑声，转瞬间一个白胡子的老者已来到四爷的面前。陈四爷定睛一看，这不是四海钱庄的贾掌柜吗，今日他怎么有雅兴来我云台山了？难不成贾掌柜是因为前些日子在钱庄有些对不住陈四爷和刘瘸子，今日特意前来道歉？

各位看官，如果陈四爷真这么想的话，那他可就真想错了，毕竟这位贾掌柜也不是一般的人。再说，他第一眼便看出陈四爷异于常人，所以贾掌柜绝对不会因为这等小事而前来向四爷致歉。

“陈四爷，多日不见，最近可好？今日贾某特来拜访。”贾掌柜还是一如既往的客气，见到陈四爷，与当日在钱庄里一样，毫不做作，好像与四爷是故交一样。

“老掌柜，当日一别，陈某甚是想念，多次想前去拜访，只是苦于抽身乏力，所以只好请老掌柜见谅了。”陈四爷见到贾掌柜说话还是如此客气，一点掌柜的架子都没有，心中甚是高兴，看来这贾掌柜并不是势利之人，不会因为你的身份高低而阿谀奉承或者狗眼看人低。这种人现在可不多见啦！要知道，如今世上的人多是冲着你的钱或者冲着你的权而来的，如果没钱没权那就等同于一个爹不亲娘不疼的弃儿。

“承蒙陈四爷抬爱，今日贾某真是受宠若惊。不过，贾某今日前来是有要事相商的，难道堂堂的云台山就是这样的待客之道，将客人晾置在外面，而不请到内堂里说话？”贾掌柜有些开玩笑地说道。

陈四爷听完也只是哈哈一笑，看来这贾掌柜还真是有些意思。其实，贾掌柜是将陈四爷当做自己人来看待了，所以才会在四爷面前说这种话，要不然凭着四爷的脾气，不把他拉出去捅几刀，也得将他轰出云台山。

“哈哈，老掌柜见笑了。今日四爷刚刚回山，跟老掌柜一样，也还没进内堂呢。这不，老掌柜就前来拜访了，还望老掌柜见谅。”刘瘸子见四爷哈哈大笑，便替四爷补上了这一句话。

“呵呵，刘师爷客气了，刚才老夫不过是开玩笑的。”贾掌柜见到这二人还是一如既往的客气，便打了个圆场。

“老掌柜里面请。”陈四爷说道。

一盏茶的工夫，几人便到了内堂。吩咐人看茶上座，陈四爷只留下了刘瘸子在身边，其他人都打发下去了。陈四爷明白，老掌柜此番前来，定是有要事相告，所以陈四爷很明智地让所有人都退下，只留下了可以见机行事的刘瘸子。

“老掌柜，此番前来我云台山有何要事？”陈四爷开门见山地说道。

“四爷可否记得那个独眼龙，就是当日老夫提醒二位去茶楼找的那个独眼龙？”贾掌柜说道。

“记得，如果不是他，那陈某至今还不知道这掌眼令牌的用处，老掌柜怎么今日提起了他啊，莫不是此人最近又到钱庄去骚扰老掌柜了？”陈四爷说道。

“四爷多虑了，此人不过是个鼠胆之人，对于任何事向来都是半瓶水，成不了气候。不过，近日独眼龙到我钱庄告诉了我一件天大的秘密，我想这件事情对于陈掌眼至关重要，所以今日前来告诉四爷。”贾掌柜神色凝重地说道。

“哦？是何事啊，竟会让老掌柜如此惊慌。”陈四爷惊奇地问道。说到这里，陈四爷想起了白鹤道人所说的话，当日这个独眼龙还跟踪过四爷，只是白鹤道人没有抓住他，让他给跑了。陈四爷回来正想要抓他呢，贾掌柜就前来告诉四爷独眼龙的消息了，真是踏破铁鞋无觅处，得来全不费工夫啊。

在一旁的刘瘸子看了看贾掌柜，并没说话，似乎是明白了几分语意，只等着老掌柜来揭开谜题的答案。

掌柜看了看二人，半晌才说出一句话来：“不知二位可否知道燕小八？”好家伙，这贾掌柜憋了半天就说出了这么一句话，真是让刘瘸子和陈四爷大跌眼镜。面对如此简单的问题，咱们陈四爷还是强忍了忍，将嘴里的茶水咽了下去，没有吐出来。

虽然这句话问在这二位身上显得过于浅显，但是陈四爷还是客气地说道：“认识，不知贾掌柜所说之事与燕小八有何关系？”

“陈四爷，贾某虽然不知道燕小八是何人，但只要是从独眼龙嘴里说出的人，绝对是江湖上的大人物，而且都是手中有至宝的人物。今日贾某就是来告诉二位，这独眼龙近日要启程去湘中地区盗掘燕小八的古冢，并且来向我打听这湘中地区的地形图。”贾掌柜靠近四爷低声地说道。

陈四爷心想，好你个老掌柜，什么时候当起了卧底，居然干起了这种吃力不讨好的活。不过话说回来，这独眼龙是怎么知道燕小八的古冢的呢？这件事除了陈四爷的师叔白鹤道人知道以外，好像并没有人知道了。难道是白鹤道人泄密，导致这件事在江湖上流传？

但是，当日白鹤道人与陈四爷一别，就已云游四海去了，怎么会将这件事情泄漏出去呢，莫非白鹤道人已遭遇不测？那么这独眼龙又是如何得到消息的呢？

据贾掌柜说，这独眼龙还有一个绰号，叫“包打听”，专门打听江湖上的事情，因此对于江湖上的消息此人是颇有了解，不过这人是个顺口溜，心里藏不住秘密，总是轻易地把自己知晓的事情告诉他人。所以，秘密到了他的嘴里也就不是秘密了，但这次为何贾掌柜却来将此事告与了陈四爷呢？

“老掌柜，在下有一事不明，还望老掌指点。”站在一旁的刘瘸子提出了疑问。

“哦？刘师爷请讲。”贾掌柜看了看刘瘸子说道。

“老掌柜，这件事情如此重要，你又是受独眼龙所托，怎么可以轻易地告诉我们，你这样做岂不是毁约？将来还怎么让我云台山众弟兄相信你？况且你的钱庄百年信誉，你就不怕毁于一旦？”刘瘸子一针见血，毫不保留地说出了自己的疑问。

“刘师爷问得好，这也正是老夫要说的第二点。受人之托当然不可以毁约，但是要看是受谁人之托，这独眼龙已经不是江湖上的人了，他现在是官府的人，独眼龙靠着自己见过陈四爷与刘师爷，加上自己‘包打听’的本事，竟然在朝廷里得到了重用。这燕小八乃是江湖上的前辈，当然不应该让官府的人践踏，你说我前来告诉二位这件事情，算不算是毁约呢？”贾掌柜反问道。

“听闻老掌柜一言，刘某深感佩服，老掌柜深明大义，虽不是我江湖中人，却对绿林弟兄如此重情重义，刚才刘某冒犯了先生，还望先生见谅。”刘瘸子听完这番话，赶忙给老掌柜赔不是。

陈四爷听独眼龙受到了重用，大吃一惊，想不到这个独眼龙这么没有骨气，居然投靠了官府，亏着当日在茶楼里我陈四爷还救了他的性命，如今居然做了朝廷的走狗，怪不得会跟踪我和金爷。不过，连他这样的人都能重用，看来这朝廷的确是无法再让人相信了！

“老掌柜，多谢你的提醒，今日陈四承蒙老掌柜的消息，才可以想办法阻止官兵，不然这燕八爷的安身之处，可就真的要让官府的人糟蹋了。”陈四爷虽然嘴上这么说，心里可不这么想。

这燕小八的墓穴，陈四爷可是在金烟杆的老家的时候，就想要去看一看了，如今这老掌柜来得正是时候，要不然陈四爷去盗燕小八的墓穴，还不得让七省绿林的好汉们用唾沫星子给淹死啊，这道上的人最注重的就是对祖师爷的尊敬，这位燕小八在江湖上威望极高，陈四爷如果没有一个恰当的理由就去挖燕小八的墓穴，那么这掌眼的位子上也是朝不保夕啊！

“陈四爷，刘师爷，今日贾某就将此事告知二位了，至于独眼龙那边，如果有消息我会及时前来告知二位的，在下告辞。”说罢，贾掌柜站起来就要走。

“为了我七省绿林的事情，还烦劳老掌柜亲自来跑一趟，陈四心里万分感激，等这件事情过去之后，陈某定当登门拜谢，以还老掌柜的恩情。”说罢，陈四爷给贾掌柜行了一个大礼。

贾掌柜看着陈四爷行大礼，眼里闪过一丝悔意，连忙就赶下了山。究竟这老掌柜为何会有后悔的眼神，莫非他有难言之隐？对于此事咱们后话再说。

送走了贾掌柜，陈四爷开始在屋里徘徊。陈四爷心想，这次去湘中要进的是燕小八的墓穴，这燕小八可是明末有名的侠盗，虽然他的前两个墓穴已经被破开了，但最后的这个墓穴才是最重要的，而且听白鹤道人说，墓穴里面机关重重，所以此次盗墓要万分小心。对于燕八爷的那件战甲，陈四爷早就想见识一下了。

这时候刘瘸子走了进来。这刘瘸子一向是最懂得陈四爷的心思，这次进来看到陈四爷有些愁眉不展的，便明白了四爷心中的顾虑。

“四爷不必担心，这独眼龙不过是小角色，就凭他，想进入燕八爷的墓穴，恐怕他人还没进去，命就已经丢了。而且，咱们此去盗墓有理有据，江湖上的人是无法说闲话的。”刘瘸子说道。

刘瘸子说了一大堆，就只有最后的一句话让陈四爷听着顺心，陈四爷就怕此去是无凭无据，遭到江湖上的人的唾骂，这次有了刘瘸子的包票，心里顿时开朗。

“师爷说得对，说什么都不能让独眼龙这个杂碎去打扰燕八爷的清修，宁可我们前去毁了，都不能让官府的人前去打搅。”陈四爷心里其实早就下了决心，只是过早将想法亮出来，就不符合掌眼的身份了，就好比是古代的皇帝要禅让一样，被禅让的人要三辞而就，如果你不这样便认为你有篡逆之心，会把你杀掉。其实这时候那人的心里早就像猫挠一样了，只是还不到时候，因此只能装模作样地忍着，并将此作为自己的修养和底蕴，将这种压抑性的品德列为人品的最高境界。只不过，境界是达到了，人品到没到就不得而知了。

不过咱们四爷可不是处在这一层面上，他只是为了看看，如果这样做，会不会得到兄弟的支持，看来刘瘸子是挺支持的，既然是这样陈四爷就放心多了。

当天陈四爷便召集众弟兄，并告诉大家，陈四爷这次出发是要去同独眼龙斗一斗，并保护好燕小八的墓穴。陈四爷的出发准备一向简单，带的人多了反而会招惹耳目。因此，陈四爷每次只带几个人就足够。

金烟杆瞎了左眼，因此四爷想要金烟杆好好休息，此次出行不打算带上他，况且能守住云台山便是头功。陈四爷这次想要带着钱八前往。钱八爷身手与金烟杆不相上下，论起拳脚更是无人能敌。因此，带着钱八绝对保险。

还没等陈四爷出发，燕儿姑娘便站出来反对了，说陈四爷明明答应她下次要带她出去，怎么又成钱八了？

这可真是“陈四爷欲斗独眼龙，燕儿姑娘不让须眉”。欲知后事如何，且听下回分解。

第三章 前往湘中

上回书说到，陈四爷欲前往湘中，正在准备人手，本来是想带上钱八的，但是燕儿姑娘却不让，因为之前四爷答应过她，下次出去要带上她。如今堂堂的七省掌眼怎么可以食言，说话不算数呢？

陈四爷拗不过燕儿姑娘，只好答应了她，带她前去湘中，钱八留下来和金烟杆一起看守云台山。

这钱八可是在山上憋了很久了，这次好不容易有了机会可以出去一趟，却不曾想被一个小丫头抢了去，心中颇为不快，就差要骂娘了。这时候刘瘸子过来对钱八说道："钱八，我有件事情要你去做，十分重要，你可能办得到？"

"师爷，您有什么事情，尽管吩咐，钱八一定做到。"钱八一听刘瘸子有任务留给他，心里异常高兴，看来这刘瘸子还是十分了解钱八的。

"钱八，这镇上有一个四海钱庄，钱庄的老板贾掌柜就是今日来山寨的那个人，他是我和四爷的恩人，今日他将消息告诉了我和四爷，我怕他会受到朝廷的迫害，你一定要保护好贾掌柜，做到了这件事你也是立了一件大功了。"刘瘸子有些担心贾掌柜，这独眼龙是个脑子缺货的人，如果被他知道了贾掌柜前来告密，那贾掌柜可就危在旦夕了。因此，刘瘸子才让钱八前去保护贾掌柜。

"师爷放心，钱八一定不负所托，完成任务。"钱八拍着胸口打包票道。

"钱八哥，不好意思，这次妹子抢了你的风头，占了你的位子，替你下山了，不要记恨妹子啊！"燕儿姑娘顽皮地跟钱八说道。

"妹子，这是哪的话啊，只要保护好四爷和师爷的安全，谁下山都一样。别说抢不抢的，都是自己人，有什么好抢的。”钱八这时候倒表现得像个男人似的，乍一看起来还真有几分英雄气。

陈四爷没有过多的废话，带着刘瘸子和燕儿姑娘下了山，前往湘中。三人刚进平州城，便看见墙上贴满了告示，上面正写着要通缉陈四爷和刘瘸子。仔细一瞧，下面的落款是独眼龙的名字。

好家伙，合着一个独眼龙，竟然也混出了名堂，竟敢在告示上落自己的名号，真是个不怕死的瞎子。

看到这告示，陈四爷怒火中烧，恨不得把独眼龙大卸八块，不过现在不是时候，还有要紧事要办。陈四爷心想要是能在湘中地区遇到独眼龙，定会除之而后快。

刘瘸子和燕儿姑娘拉住陈四爷，便出了平州城，若是在这里让人认了出来，就难以出城了。说罢，这三人便朝着湘中的方向走去。这湘中看起来确实是湘西的一块宝地，一进入湘中地区，燕儿姑娘就像是刘姥姥进了大观园一样，看见什么都想上去摸摸，都想上去看看。燕儿姑娘一边玩一边看，好像从云台山出来只是为了玩似的。

三人走在集市上心想，该如何才能找到燕小八的墓穴？对于打探消息，陈四爷和刘瘸子都不在行。况且这两位当家的，还从未腆下脸来求人，上次到钱庄里想要求人来着，结果差点跟人打起来，因此对于打听消息这件事，还得由燕儿姑娘来比较合适。

于是，三人走到一个阴阳先生的卦摊前，四爷心想你是阴阳先生，对于这湘中地区应该是略知一二了，如果连你都不知道，那就很难有人知晓了。一般情况下，当地知道事情最多的人不是村里年岁大的，就是这些算命先生。这些人往往见多识广，对于这些蹊跷的事情，知道得比较多。

三人走了过去，坐了下来。只见那位阴阳先生看起来很年轻，陈四爷打眼一瞧，便感觉此人是挂羊头卖狗肉的江湖术士。刘瘸子看了此人，脑子里闪过的也是“江湖术士”四个字。

“先生，麻烦你给指一下路，我们想要找一个地方，不知先生知不知道？”燕儿姑娘客气地问道。

旁边的那二位爷好像是空气一样，没有开口说话，只是听着燕儿问话，四爷怕自己一上去就把人吓跑了，尤其是看着这人像是江湖术士，依着四爷的脾气，还不得一两句话不对头就得打起来啊！

只见那位阴阳先生抬起头来看看眼前的这三位，不紧不慢地说：“问路二两银子，算命三两银子，先付钱再指路。”这人倒是不紧不慢的，看起来比四爷还像个爷。四爷看了看他，忍了忍将银子给了他。心想，看你有什么本事，如果说不上来看四爷怎么收拾你。

“请问这附近可有洞穴之类的东西，我想给先人造个墓穴，但是想依傍着一个大人物的墓穴，沾沾别人的福气，因此来问问先生。”燕儿姑娘照着刘瘸子教的，一字一句地问了出来。

“嗯，到那条街的东边去。”阴阳先生照样是头也不抬地说道。

“难道这洞穴就在那条街的东面？”燕儿姑娘惊奇地问道。就连在一旁的陈四爷和刘瘸子都有些惊讶，难不成今日是遇到活神仙了，怎么一开口就直接给算了出来呢？

只见那位算命先生说道：“你们有见过在街道上有洞穴的吗？真是脑子有问题，那条街有个奇人，名叫陈四，是七省绿林的总瓢把子，上知天文，下知地理，中晓阴阳，你们可以去问他。”

“什么？就这本事你还要二两银子？”陈四爷的怒火烧到了极点，马上就要爆发出来。你收我陈四的银子倒不要紧，你居然拿了钱不办事，这才是让四爷最恼火的。并且，你一直连眼皮都不抬，照你这样谁都能开卦摊，来人算卦收了银子告诉别人直接去那条街找陈四……等等，陈四？四爷这回才明白过来，那边居然有一个陈四，四爷今儿正在这里，怎么会突然冷不丁地又冒出了一个陈四？

“你说什么？那边有一个陈四？他是什么人啊？”陈四爷问道。两个眼珠子都快要瞪出来了。

“你连陈四爷都不知道啊，他可是大名鼎鼎的七省绿林总瓢把子，今儿来湘中是为了拯救万民的，他可是我们的大英雄啊，只要谁有困难去找他，他都能解决了。”算命先生说道。

陈四爷听完，顾不得自己的怒气，便拉着刘瘸子和燕儿直奔那位陈四爷那里去。想不到居然有人敢盗版四爷的名字，居然冒出了一个山寨版的陈四，在这里败坏我的名声。我堂堂陈四爷乃是南七省的绿林掌眼，祖上四世三公，怎么能在这里被人坏了名声呢。这可真是人怕出名猪怕壮啊！

刘瘸子见到陈四爷神色有些慌张，便知道这次是要出大事了。刘瘸子不是为陈四爷担心，而是为了那个假的陈四爷担心，希望他可以福大命大死不了。要知道得罪四爷可是没有好下场的，你说那人招惹谁不行，哪怕是假扮我刘瘸子都行，非得去假扮陈四爷，这不是找死吗？

还没等陈四爷三人走到那里，一路上就已经听到有人在谈论那位假陈四爷，说那位陈四爷神机妙算，本事通天，可以预测未来。好家伙，这山寨版陈四爷比真的陈四爷都要吃香，名气真大。想不到，原来盗用别人的名号可以混得这么好啊，还能混口饭吃。

话说三人到了算命先生说的那条街，只见那里有一座祠堂，看起来这祠堂花了不少银子，上面的金雕银饰个个价值不菲，看来这位陈四爷在这里已经刮了不少油水了。

仔细往里看，只见里面盘腿坐着一人，身边站着两个童子一般的人物，拥挤的人群差点把陈四爷三人挤了出去。还没等陈四爷进去，满院子的人都像求菩萨一样，拿着香，上着贡钱祈求着。陈四爷按理说是七省绿林的瓢把子，怎么到了这里却变成了一个江湖术士骗钱的人呢，这可把陈四爷气恼了，说罢就要上去掀假陈四的摊子。刘瘸子及时地拉住四爷，示意四爷不要轻举妄动，先看看情况再说。

看来这里的人已经被这位假四爷给迷惑了。老百姓都来这里供着他，拿他当成了活神仙。就在这时，坐在莲花上的假四爷站了起来，大声说道："大家都听着，我陈四是七省绿林的总瓢把子，这次来到湘中是为了给大家化解灾祸，大家只要听我的，按时交粮交钱，我保证大家平平安安，过上好日子，不会在这乱世中受苦。"

"各位，我刚才跟天帝谈过了，只要你们凑出五千两银子贡给他老人家，保你们这里年年风调雨顺，没有任何灾祸。"那人继续说道。

这时候，地下的人都跪了下来，齐声喊：“谢过陈四爷！谢过活神仙！”

好家伙，这个人挺厉害，就这么三两句，就把老百姓耍得团团转。这人居然把这里的民心都收住了。陈四爷看不下去了，这不是在坏我名声吗，我陈四爷的脸面还往哪里搁，堂堂七省绿林的字号就让你这么给臭了？看四爷怎么收拾你个老小子。就在这时候，四爷还未出手，便听到有人问了一句：“请问这位陈四爷，你跟天帝谈的是什么啊，这五千两银子天帝是干吗用的啊，可否告诉大家啊？”

陈四爷打眼望去，只见这人群里不只是陈四爷三个人没有跪下，那边还有一男一女没有跪下，男的看起来文质彬彬，女的看起来倒是与燕儿有几分相似，不过看起来没有燕儿可爱，而是多了一丝女人的风韵。只见那个男的问完了话，并没有一丝的畏惧，只是两个眼睛死死地盯着那假陈四爷。

“我跟天帝谈什么，岂可让你知道，你可知道泄露了天机会受到什么处罚吗？你个刁民，在这祠堂重地休得放肆，把他撵出去！”台上的人有些怒了，对身边的几个狗腿子命令道。但不曾想，那个女的三两下就把那些狗腿子们给收拾了。

“想不到堂堂七省绿林的瓢把子陈四爷竟是这样的人，真是让我失望，亏在下还特地过来想要一睹四爷的容颜，想不到竟是这等鼠辈，余某人不愿与你为伍。”说罢那人一甩袖子与那个女子走了出去。

陈四爷在一旁将这般情形看得清清楚楚，看来此人是来拜访四爷的，想不到在这里碰上了假四爷，弄巧成拙了。看起来这人也并非凡人，就冲刚才的魄力，此人定是一位了不起的人物。

“四爷！”刘瘸子过去叫了一声正在发愣的陈四。

“看来是道上的人。师爷，你和燕儿姑娘去探探他们的底子，不要让他们误会了咱们南七省的字号，我稍后就到。”陈四爷对刘瘸子和燕儿姑娘吩咐道。

“好，四爷小心。”刘瘸子说着便带着燕儿姑娘前去追那两个人了，只留下陈四爷在祠堂里了。

话说这三人兵分两路，只剩下陈四爷自己一人在祠堂里。那个假四爷在上面叫叫喳喳地喊着，让那些人去把那两个人追回来，那些狗腿子都被打得趴在地上起不来了，更别说去追了。

这时候旁边的一个穿着像童子的人站了起来，说道：“方才四爷不愿意伤害众生，便给了他们一条生路，让他们回去自己反省，大家不要慌张，在下是陈四爷的左膀右臂，人称‘判官’的刘瘸子。”

听完这话，陈四爷差点吐出来，你是刘瘸子？麻烦你就算是要假扮别人也要下点本钱，这刘瘸子一个大老粗，到了这里居然变成了一个白脸童子，要是让师爷听到了还不得气得拿石头砸人啊。

话分两头，这边陈四爷正在盯着假四爷，想看他玩什么花样，那边的刘瘸子和燕儿姑娘已经追到了大街上。

这可是“假四爷兴风作浪，真四爷路遇敌手”。欲知陈四爷等人后事如何，且听下回分解。

第四章 余秀才

上回书说到，陈四爷三人本打算到湘中地区，来打探燕小八的墓穴，结果却发现了一个假四爷。四爷还没弄明白事情的缘由，不曾想在祠堂里却碰到了一个想拜访陈四爷的人物，此人将假四爷羞辱了一番后便离开了。陈四爷感觉此人不是寻常之辈，便叫刘瘸子与燕儿姑娘跟着他们。

话说陈四爷在祠堂里看着那位假四爷在台上像是在耍猴一样，自己就在下面看他玩什么花样。只见那位陈四爷站了起来，令旁边的人拿起一块板砖，将板砖磕了磕，示意这块板砖并没有断开，然后冲自己脑门上就是一下子，板砖顿时断做两半。底下的人大呼："陈四爷神功无敌，陈四爷神功无敌！"

这回可把四爷乐坏了，想不到这种低等的把戏，到了这里居然变成了神功，要知道这种把戏，当年四爷跟随宋九一的时候，可是见识过多次了。说得简单一点就是一个变戏法的小把戏，那块板砖只不过是一块早已经断开的砖，只是将其用软泥接了起来，接得密不透气，看起来像是一块真正的板砖。只不过这种把戏早就已经没有人玩了，没想到今儿在这里还有人耍弄这玩意儿，看起来这位假四爷，也不过是个变戏法的小人罢了。

话分两头，这边的刘瘸子和燕儿姑娘跟在那一男一女的背后，刘瘸子正在想个说法，上去跟他们自报一下家门，但还不曾开口，却见到那俩人已经站在了一个十字路口上，面对面地看着刘瘸子和燕儿姑娘。

"你们是什么人，居然跟踪我们，莫非你们是祠堂里陈四爷的走狗？"那个女人开口说道。

这刘瘸子一向是好男不跟女斗，不懂得如何跟女子斗嘴，可惜旁边的那个男的就是不开口说话，搞得刘瘸子也不好开口，看来这刘瘸子的确是读圣贤书读得多了。

刘瘸子没开口，燕儿姑娘便开了口：“呸！你才是那个冒牌货的走狗呢？看你们形迹可疑，居然敢冒犯我们四爷，看我在这里不好好教训教训你。”

这燕儿姑娘是个急性子，听到有人这么说陈四爷，心里自然是非常不高兴，不过刘瘸子却不气，只是想上去跟这俩人解释解释，免得大水冲了龙王庙，一家人不认识一家人。

“你还想教训我，就凭你那点能耐，还太嫩了点。看我怎么收拾你。”说罢，那个女的便抽出了一根九节鞭。

“香菱，不要与人动手，免得惹人耳目。”旁边的那个男的说道。

“当家的，今天这事你就不要做主了，今儿我做一回主，你就在一旁瞧好了吧！”看来这位叫香菱的姑娘也是被激怒了。

这回刘瘸子倒是等到了那个男的开口了，刚想说句话劝住这俩人，却不曾想到这俩人已经动上手了，燕儿姑娘也拿出自己的鞭子，冲了上去。没办法这回只能眼睁睁看着俩人打起来了。

这刘瘸子见多识广，还从未见过这女人打架，这两个巾帼不让须眉的女人，你来我往地打了起来。只见这燕儿姑娘上去就是一鞭子，直冲香菱打过去，这香菱姑娘顺势一躲，将身体一斜避开了，反手就将九节鞭甩了出去。这一鞭子直冲燕儿打去，燕儿姑娘一个腾空翻身躲开了这一击。

这燕儿姑娘果然也是好身手，一个翻身以海底捞月之势一鞭子甩向香菱。这俩人都是用鞭子，只不过燕儿姑娘用的是打猎用的猎狗鞭子，而香菱用的是九节鞭，这俩人你来我闪，只听得一声声“啪啪”作响，整条街上往来的人都被吸引了过来看热闹。

众人见到两个女人打架，都以为是在街头卖艺的，拍手叫好。这刘瘸子却在一旁看得触目惊心，这燕儿姑娘要是有点什么闪失，可怎么跟四爷交代啊。

再看那边的那个男的，也是有些焦虑地看着俩人，看起来这个男的跟刘瘸子一样，也是一个没有身手的人，要不然的话早就冲上去帮香菱了。

俩大男人看着两个女人动手，这可真是奇闻，更好玩的是，两个大男人只能干瞪眼瞅着，却不能帮忙。就好像是两个惧内的男人，看着两个泼妇骂街一样，不过这当然不是那么回事，这两个女子可都是巾帼女子，怎可与泼妇相提并论。

话分两头，这边的陈四爷看到台上的那个假四爷兴风作浪，有些看不下去了，便不再管众人怎么想，四爷一个箭步直冲上台子，上去就先将两个童子一脚一个踹开了。这时候，那个假四爷还没回过神来，四爷便到了他面前。

“你是什么人？竟然敢冲上我的神台，真是胆大包天。”假四爷拿着一个拂尘冲四爷说道。

“你连你假扮的人都不认识，还敢自称是七省绿林的瓢把子陈四？”陈四爷说道。

“啊？你是？”假四爷的眼睛都快掉到地上了，这回是遇到真四爷了。

“不错，在下正是陈四。”陈四爷说道。台下的人见到台上出现了两个陈四，有些麻木地看着俩人。

“你不是会脑壳开砖吗，你再给我开一个。”这时候陈四爷又从地上拿起一块板砖递了过去，这块板砖可是货真价实的板砖。

假四爷见事已如此，话都没说就向四爷冲了过来，这人哪是四爷的对手啊，三两下四爷就将他摁住了。

“你今天要是不把这块砖开了，还怎么在你这帮教徒中间混啊。来，今儿给你个机会展示你的神功。”陈四爷在一旁督促着假四爷用脑门开转。

假四爷哪里开得了砖啊，那不过是用来骗人的把戏，但见四爷如此面目狰狞地看着他，便不得不用脑门开砖。只见他拿起砖头冲脑门开去，一下一下地砸上脑门，疼得假四爷嗷嗷乱叫，就差哭爹喊娘了。陈四爷毫不搭理他，转身怒目看了看旁边的几个打手，几个人被陈四爷一看，吓得把棍子一扔，跑掉了。

“各位乡亲父老，在下陈四，给各位添麻烦了，这个假的陈四盗用我的名号，给大家带来诸多不便，还望各位原谅，日后陈四定当给大家一个交代，大家都回去吧。”陈四爷冲着各位说道。

所有人在见到假四爷那副糗样后，转身就要走了，如今再听完了四爷的话，大家便如同树倒猢狲散一样散去了。只剩下真假四爷还在那里，那位假四爷用脑门开了半天砖，也没开得了，更别提那副狼狈相了。

陈四爷走到他的面前，假四爷跪下来求饶，希望陈四爷放他一条生路，说他上有八十岁的老母，下有妻子儿女，全家老小都指望着他，望四爷宽宏大量饶了他这一次。

陈四爷心想，怎么所有人的求饶都是用这一套话，难道这已经成为了道上的标准求饶用语？看着假四爷跪地求饶，陈四爷想起了一个人，那人当初也是跟他一样。独眼龙当日在茶楼如同这个假四爷一般求饶，当时陈四爷一时心善救了他一命，却险些酿成大祸。今日四爷是无论如何也不会再心慈手软了。陈四爷对准假四爷的脖子后面就是一击，假四爷受了这一下子，便倒在地上昏厥了过去。

这边的陈四爷将假四爷打昏了，便把他捆绑起来放置在了祠堂里，然后前去寻找刘瘸子和燕儿姑娘。在陈四爷看来，今日所遇的两个人像是同道中人，看起来也不是好对付的。

所以四爷现在心里有些担心刘瘸子和燕儿。刘瘸子虽然可以应付事情，但毕竟只要别人一动手就会吃亏，燕儿姑娘虽然跟人动手不会吃亏，但是江湖经验不足。因此，陈四爷赶忙离开了祠堂追燕儿他们去了。

话说到刘瘸子和燕儿这边，此时的刘瘸子在一旁看着燕儿姑娘和香菱动起手来，却帮不上忙，站在那里干着急。只见这燕儿姑娘和那位香菱打得正起劲，谁都不肯退让一步，两人的鞭子你来我往，舞得是风生水起。要说起来，正如陈四爷所料想的，这燕儿姑娘的确是江湖经验不足，面对跟自己身手差不多的香菱却慢慢地占了下风，更是被香菱一步一步地往后逼退，不过以燕儿姑娘的身手还是能抵挡住一阵子，燕儿姑娘且战且退，在寻找反击的时机。

对面的那个男人，这时候看起来却不是那么着急了，好像是料定了香菱会取胜一样。正在这时，忽然燕儿姑娘脚底下一滑，身体往后一倾便要倒在地上，看来这燕儿姑娘是撑不住了，抵挡不住香菱的攻击了，香菱姑娘趁势抓住机会便一鞭子想要往燕儿姑娘的身上抽过去。

刘瘸子在一旁看到这一幕，惊得后背都出汗了，只听见对面的那个男人说："香菱，不许放肆，快住手！"

但香菱姑娘已经收不住手了，一根九节鞭马上就要抽到燕儿姑娘身上了，就在这时一只大手抓住了抽过来的九节鞭，顺势将鞭子往前一拽，香菱姑娘被这一股猛力拉了过去，随后香菱姑娘被那人一掌推了出来。

来人是谁啊，是咱们堂堂七省绿林的总瓢把子陈四爷。还好陈四爷来得正是时候，要不然这回可够燕儿姑娘受的了。香菱姑娘受了这一击往后退了几步，还好咱们四爷手下留情，不然这香菱姑娘非得跌出去不行。

"好大的胆子，连本姑奶奶的事情都敢管，看来你是活腻歪了！"说罢，香菱就要拿起鞭子冲到陈四爷面前。

陈四爷扶起燕儿姑娘，抬头看了看眼前的这位姑娘，的确长得与燕儿姑娘有些相似，不过她看上去更老道一些，像是在江湖上闯荡了很久的人。虽然是江湖中人，但这位香菱姑娘却非常有姿色，讲起话来有些像是湘西的辣妹子，不过姿色中透着一股风情。

"香菱，快住手，连我的话都不听了，你是不是想要造次啊？"这时旁边的男人走了上来拉住了香菱。

刘瘸子心想，这个男的可够窝囊的，怎么这时候才站出来说话呢？

陈四爷打量了一下这男人，此人身体细长，显得有些清瘦，不过五官看起来倒是有些清秀，像是一个读书人，怎么看都不像能与这等泼辣的香菱站在一起。还有这位香菱姑娘名字听起来有些秀气，不过依刘瘸子看来，却是一个十足的辣妹子。

这时候刘瘸子也走了上来，站在了四爷身边。两边的人开始对峙起来，还是陈四爷先打破了沉默。

"这位兄台，这两个人是在下的朋友，如果有什么事情的话尽管找在下，不要找他们的麻烦。"陈四爷很有担当地说道。

"这位兄台，刚才是一场误会……"还没等那个男的说完，香菱姑娘就插上嘴了，"你的朋友，你的朋友为什么跟踪我们？"香菱怒气冲冲道。

"这里轮到你说话了吗？走在同一条街上就叫跟踪了吗？这位兄台，手下人不懂事，还望见谅。"那个男的狠狠地将香菱的话顶了回去。

陈四爷出来走南闯北这么多年，还是第一次见到如此宽宏大量之人，这次确实是陈四爷让刘瘸子与燕儿姑娘跟踪这俩人的，到了他的嘴里，却变成了只是几个人同时走在同一条街上而已。

陈四爷听完此话有些惭愧道：“不知这位兄台贵姓，是何人？可否给在下留下一个字号，在下走南闯北喜欢结交天下的英雄豪杰。”

听到陈四爷夸自己是英雄豪杰，那人有些客气地说道：“客气了，在下姓余，是北省绿林的瓢把子，江湖上的人都叫在下余秀才，不知这位兄台是何人？”

各位看官，想不到这南北二地的绿林瓢把子在这种情形下见了面，这可真是“南北龙虎来相会，四爷秀才是一家”。欲知这余秀才到湘中一带来所为何事，且听下回分解。

第五章　双龙际会

上回书说到陈四爷在祠堂里收拾了假四爷，刘瘸子和燕儿姑娘追了出去，跟上余秀才和香菱姑娘，却不曾想还没等刘瘸子开口，燕儿就先跟那香菱打了起来，燕儿姑娘不敌香菱差点吃了亏，幸亏四爷及时出手才救了燕儿姑娘。

真是不打不相识，没想到陈四爷得知眼前这个人，竟然是北省的绿林瓢把子余秀才。这可真是让四爷感到意外，想不到这余秀才居然会出现在湘中地区。

这余秀才是谁？怎么会让四爷如此吃惊呢？原来，此人乃是北方绿林的总瓢把子。余秀才人如其名，年轻的时候是一个秀才，参加过多次科举考试。怎奈官场黑暗，几次考试名落孙山。之后，余秀才决心隐退，不问世事。

落魄的余秀才没有像洪秀全那样，称自己是上帝的第二个儿子，起来跟朝廷对着干，而是在一次偶然的机会，救了被官府追杀的北方绿林上任的总瓢把子，也就是香菱的父亲，从此便入了绿林。老总瓢把子没有儿子，只有一个女儿香菱，恰好余秀才心思缜密，性格谨慎，又有安邦定国之才，因此老总瓢把子在弥留之际，将北方绿林的总瓢把子位置传给了余秀才。

只是香菱姑娘是巾帼不让须眉的辣妹子，一直不肯遵守老父亲的遗愿，没有嫁给余秀才。在香菱的意识里，余秀才只是一个手无缚鸡之力的落魄秀才，没有多少能耐，而自己虽为女儿身，也一直想做出一番事情来，让众英雄好汉看一看，女人也能坐上这头把交椅。所以，香菱经常不听余秀才的话，总是一意孤行，不过好在她吃了亏就会收起大小姐的脾气，听余秀才的话，就像刚才被陈四爷打了一掌之后，才会收敛一点。

“想不到竟是鼎鼎大名的余秀才，失敬失敬，在下陈四，余兄的大名在下早有耳闻，今日一见果然不同凡响，陈某在这里有礼了。”陈四爷一听是余秀才立刻起了敬意，要知道这位余秀才可是北省绿林的总瓢把子，统领北方众盗，在江湖上大名鼎鼎，曾经带领北方众盗夜袭天津英法联军。这事在江湖上早就传得出神入化，余秀才也是第一个以文人身份在绿林里混得最好的，其次就是刘瘸子了。

看来今日陈四爷和刘瘸子是遇到同道中人了。不过可惜了，这个余秀才虽然年纪与陈四爷相仿，但至今仍是独身一人，要说陈四爷是因为没有当上掌眼之前穷困潦倒而没本事娶亲，那余秀才可是天天守着一个大美人，却没能娶了她，真是让北方各地的众好汉伤透了脑筋。

“你是陈四？那刚才在祠堂里的那个人是谁？”余秀才有些惊奇地问道。虽然眼前的这个人看起来十分威武，并且面相上颇有几分英气，但余秀才也没想到这个是陈四，经过刚才那件事一闹，余秀才以为陈四爷不过是江湖上的浪荡子，是道上的人把他的名气给吹捧出来罢了。

“在下的确是陈四，刚才在祠堂里的人，不过是假扮在下的人，余兄如若不信，在下可以拿出南七省的令牌让余兄过目。”说罢，陈四爷从怀里掏出一块血玉，上书篆刻“掌眼”二字，这正是统领南七省众盗的信物，掌眼令牌。

“听闻南七省绿林有一至高信物，乃是掌眼令牌，今日一见果真不同凡响，方才在祠堂里辱骂陈兄，对陈兄有所不敬，还望陈兄海涵。”余秀才一听眼前的人是陈四，也是肃然起敬。毕竟四爷在湘西大战赶尸人，破七尸阵的事情早就在江湖上传开了。

香菱姑娘一听眼前的人是陈四，也是大吃一惊，怪不得此人的身手这么好，竟然可以一掌把我推开。

“余兄客气了，不知者不罪。况且刚才在祠堂里，余兄是替我教训了假陈四，陈某感激还来不及呢。余兄，今日我们难得相见，不要在这大街上说话了，还是借一步找间酒楼。今日陈某做东，尽地主之谊，权当是给余兄接风洗尘。”陈四爷说道。

“好，陈兄请。”余秀才做了个请的手势。

说罢几人找了间安静的酒楼，在一间雅间里坐了下来。

“余兄，这两位是在下的左膀右臂，刘师爷和燕儿姑娘，刚才陈某忘了介绍。”陈四爷指了指坐在一旁的刘瘸子和燕儿姑娘。

余秀才打眼看起了坐在一旁的刘瘸子，只见此人颇有些道骨仙风状，一看便是见过大世面的人。

“刘师爷？莫非正是江湖上鼎鼎大名的‘判官’刘先生？”余秀才回过了神，一时想起了江湖上传言陈四爷身边有位料事如神的“判官”刘瘸子。

“正是在下，承蒙江湖上的兄弟捧场，余爷不必如此客气，叫在下刘瘸子就好了。”刘瘸子说道。

“想不到今日能在这里见到刘先生，失敬失敬。”余秀才客气地说道。

“余兄，不知这位姑娘是何人？”陈四爷看了看香菱，问余秀才道。

“陈兄，这位是在下的未婚夫人香菱姑娘，也是老瓢把子的女儿。”余秀才说道。

听到这里，香菱有些不高兴地说道：“谁是你的未婚夫人，我父亲让我嫁给你，可我不同意，父亲不过说我是女儿身，不肯让我接任总瓢把子，早晚我会证明给你看，我也能撑起北省绿林，让众兄弟瞧一瞧。”

这香菱姑娘确实是个倔脾气，虽然嘴上这么说，但其实已经对余秀才有所动心了。这女人往往是刀子嘴豆腐心。她越喜欢一个人，越故意在众人面前不理他。其实，这时候的余秀才，如果当着众兄弟的面提出来要与她成亲，也不是难事，只不过这余秀才老是不开窍，对这男女之情不甚了解，于是这层窗户纸便糊了这么些年，依旧没被捅破。

香菱姑娘就是看不惯余秀才扭扭捏捏的样子，不像是个男人，说白了就是余秀才拿不住香菱姑娘的脾气。

话说这北省的众兄弟也给余秀才出过主意，让余秀才拿住香菱的脾气，只不过都是些馊主意。众兄弟告诉余秀才，人在睡觉的时候是最胆小的时候，等香菱睡着了，你进去吓唬她一下，就能把她的脾气制住。余秀才信了众兄弟的话，有一回香菱姑娘正在睡觉，余秀才提了一把借来的刀，就要进去吓唬香菱，想趁她睡觉的时候，吓破她的胆子，让她以后规矩点。

余秀才在屋里走了几个来回，就是没胆子走进去，想来想去在屋里念念有词地背起了正气歌，结果这一背不要紧，把香菱姑娘给吵醒了，余秀才提了刀，刚冲进去就看到香菱姑娘坐在床上怒目瞪着他，“老娘正在睡觉，你喊来喊去喊什么，打扰老娘睡觉。”香菱这一瞪眼不要紧，结果吓得余秀才把刀都扔了。

不过还好，余秀才聪明机智，想起了曹操刺董不成反献刀的故事，于是拿起刀走上去说，“这是兄弟们从洋人手里缴获来的刀，据说是日本的刀，你看一下喜欢不喜欢？”这余秀才也是灵机一动胡编乱造，搞得香菱姑娘还以为这日本人也跟中国人一样，也会用咱们的老马刀。

经过这一回，这香菱姑娘的脾气没拿住，反倒是这余秀才的脾气被香菱拿住了不少。

陈四爷听完香菱姑娘的话，觉得这位姑娘真是个烈女子，不愧是老瓢把子的女儿。一个女儿家居然想着怎么超过男人，真是让人刮目相看，不过香菱这股不服输的劲头倒与燕儿有几分相似，这俩人都是很倔犟的女子。

余秀才听完香菱的这些话，只是有些无奈地冲陈四爷笑了笑，这位余秀才在江湖上是出了名的脾气好，对于这些事情是不太在乎的，不过只有燕儿姑娘有些不知所措地笑了笑。旁边的刘瘸子看了看香菱姑娘，也感觉有些惊奇，以为她只是个辣妹子，不曾想却是巾帼不让须眉。

“不知余兄此次前来湘中所为何事，怎么不到云台山去告诉陈某一声，反而独自前来了？”陈四爷对于余秀才的前来还是有些摸不着头脑，这堂堂的北省瓢把子为何单枪匹马地跑到湘中来了。

“陈兄，实不相瞒，余某此次前来是为了北省的一些事情，前些日子，我听到风声，说几个兄弟在湘西出了事情，被官兵抓了，这几个弟兄是北省绿林的骨干，掌握着我北省绿林的命脉，因此，余某此次前来是为了查清楚此事的真伪，然后调集人马想办法营救，如果这几个人叛变投敌了，那我北省绿林就真的朝不保夕了。”余秀才有些担心道。

“会有这样的事情？余兄尽管放心，既然事情出现在我陈某的地盘，那陈某一定鼎力相助，帮助余兄调查这件事。”陈四爷向来是有情有义，又对余秀才早有耳闻，因此十分想要结交这样的英雄豪杰。

“陈兄不必客气，此事余某还是可以摆平的，不过是几个官兵而已，用不着我们南北两地的绿林好汉一起出马。”余秀才不想太麻烦南七省众弟兄，也不想让事情变得太复杂。

“既然如此，那陈某就不多说什么了，余兄如果有用得着陈某的地方尽管开口。在这南七省，众兄弟还是会给陈四一些薄面的。”陈四爷也非常能理解余秀才的思虑。不过，要说在这南七省除了陈四爷，还真是无人能及，这绿林上的事情，如果陈四爷都帮不上忙，那余秀才还真是找不到第二个人了。

“多谢陈兄的好意，他日陈兄如果到北省，一定来找余某。”余秀才说道。

“方才听余爷说，官府的人抓了北省的好汉，不知是哪个官府的人，余爷可知从哪下手？”还是刘瘸子想得周到，如果想要救绿林好汉，就一定得有个方向，连是谁抓了自己的人都不知道，那又如何去救呢，不过余秀才办事一向慎重，既然已经来到了湘西一带，就必然是有些眉目了。

“多谢刘先生提醒，据我北省兄弟的口风得知，抓我北省兄弟的是官府最近招纳的一个人，听闻此人也是江湖之人，是个独眼龙。”余秀才说道。

独眼龙，怎么又是这个独眼龙，这个独眼龙是要干什么呢？抓了北省的绿林好汉，又要来盗掘燕小八的古冢，难不成他与江湖上的人有什么深仇大恨？

陈四爷和刘瘸子一听是独眼龙干的，俩人便有一些惊奇。要知道咱们四爷和刘瘸子来这里，也是为了独眼龙的事情。陈四爷心想，看来这个独眼龙是活得不耐烦了，最近在江湖上兴风作浪，找个机会非得除掉他不可。

“余兄，实不相瞒，此次陈某来湘中一带，也是为了这个独眼龙，在陈某未当上掌眼之时，这个独眼龙乃是我南七省的绿林中人，如今此人已投靠官府，并且要去挖掘我南七省前辈燕小八的古冢。因此陈某才特地赶来此地。我堂堂南七省绿林居然出了这样的败类，实在是令余兄见笑了。想不到此人还给北省的众兄弟添了这么大的麻烦，实在是陈某统领无方啊。”陈四爷说这番话并不是出于客套，而是有些后悔。当日如果在茶楼里不出手相救此人的话，也就不会捅出这么大的篓子。想到这里陈四爷就心痛。堂堂南北两地的绿林竟被一个独眼龙搅得不得安宁，陈四爷恨不得立刻就拧断独眼龙的脖子。

“陈兄不必自责，哪里都会有叛徒，只不过如今这件事是发生在了陈兄身上，现在还是想办法除去了此人，不然的话必成大祸。”余秀才说道。

“余爷说得对，四爷，现在我们应该想办法找到这个独眼龙把他除掉，现在所有的祸根都是出在他身上，我们应该对症下药。”刘瘸子也颇为同意余秀才的话。

这边的三个大男人正说得火热，那边的香菱和燕儿姑娘也是聊得有滋有味，这俩人一改初次见面时的敌视，现在成了一对有说有笑的好姐妹。

“你们三个大男人怎么一点主见都没有，要是想把那个叫独眼龙的弄出来，就得放出一个倒钩把他钩出来，光说是没有用的，你们如果觉得这件事情危险，就让我去当这个倒钩，看我怎么收拾了独眼龙。”香菱姑娘突然凑这么一句，说得四爷等人有些下不来台。

“香菱姑娘此番话虽然有些过激，但毕竟不失为一个好办法，不过这件事还是得要从长计议，不得随便出手，毕竟这官府人多势众。”刘瘸子说道。

“陈兄，现在说这些还有些为时过早，毕竟我北省的兄弟还在他手里，如果到时他以此为人质相要挟，我怕会耽误了陈兄的大事，还是等我和香菱救出了北省的兄弟，咱们再想办法除了这个祸害。”余秀才说道。

“好，到时候，陈某定当调集南七省绿林兄弟，了结了独眼龙，清理门户。余兄，此去救人，陈某有些放心不下，毕竟这事关乎着南北两地绿林好汉，陈某岂能坐视不管，我马上调几个兄弟协助余兄救出众好汉。”陈四爷说道。

“多谢陈兄相助，余某先干为敬。”余秀才说着端起一碗酒敬陈四爷。

“师爷，你马上发信号，告诉钱八带几个兄弟前来此地，协助余兄，金爷眼睛不便，让金爷守住云台山。”陈四爷说道。

刘瘸子一听，这不正好中了钱八的下怀了吗，本来钱八早就想出来了。

湘中距离云台山并不太远。第二天钱八就带着几个兄弟赶到了此地。一番介绍之后，陈四爷告诉钱八待余秀才就如同待他一样，一切听从余秀才的安排。这陈四爷果然是重情重义的好汉，连钱八这样的左膀右臂都借给了余秀才，余秀才见陈四爷如此仗义，心中感激万分。

之后陈四爷和余秀才便分开了，两人各办各的事情，约定十日之后在此相会。

陈四爷与余秀才告别后，忽然想起了还有一事未办，究竟是何事会让陈四爷如此挂心。

这可是“双龙际会定大事，独眼龙朝不保夕”。欲知陈四爷和余秀才后事如何，且听下回分解。

第六章 燕小八古冢

上回书说到，陈四爷和刘瘸子跟余秀才在客店之内喝酒，余秀才摆明了来意，此次前来为了几个北省的兄弟，俩人一交谈发现，这回竟都是冲着独眼龙来的，因此这二人决心除去独眼龙这个祸害，陈四爷调集钱八前来协助余秀才救出北省的绿林好汉。

俩人约定十日之后在此相聚，然后想办法如何除去独眼龙。分开之后，陈四爷便带着刘瘸子和燕儿姑娘直奔祠堂，那里还有一个假的陈四爷没处理完呢。

到了祠堂，燕儿上去给那个假四爷松绑，此人已经昏厥了，再加上一天的时间不吃不喝，所以呼吸有些薄弱。陈四爷端起一碗水泼在他脸上，假四爷顿时就像几天没喘气一样，大口地开始吸气。

假四爷缓过劲后，睁开眼一看是陈四爷站在他面前，吓得哭爹喊娘地叫了出来："陈四爷饶命啊，陈四爷饶命啊，我什么都说，我什么都招，只求四爷放我一条生路。"

这个假四爷被咱们四爷收拾了一番后，见到四爷如同老鼠见了猫一样，跪在地上就开始求饶。

"你是什么人，敢在这里冒犯我陈四的名声，快快讲来。"陈四爷呵斥道。

"我叫龚五，字勿远，是独眼龙的妻弟，一个月前是独眼龙叫我在这里假扮四爷的，这一切都是独眼龙叫我做的，与我无关，还请四爷放我一条生路啊。"龚五一边磕头一边说道。

这龚五遇到了真四爷磕头不止，生怕四爷要了他的性命，磕得头都出血了，就跟四爷要他拿脑门开砖一样。

“龚五，你抬起头来，我问你，独眼龙为什么叫你在这里假扮我，他是什么用意？”陈四爷问道。

“四爷，小的虽然是独眼龙的妻弟，但他做事一向神秘，我只知他是朝廷的人，他叫我做什么我就做什么，小的也不敢问他。”龚五说道。

“龚五，你可知道四爷最大的本事是什么？四爷最大的本事就是处理像你这样的败类，当年有一个人也是跟你一样，不听四爷的安排，结果那人被削成了肉棍，挂在了云台山上。”刘瘸子吓唬他道。

“四爷，别把小的削成肉棍，我什么都说。一个月前，独眼龙跟我说叫我假扮四爷在这里欺骗乡民，并答应我只要我做得好，便会给我一个县官做。”龚五说道。

“就这些吗？还有别的吗？”陈四爷逼问道。

“独眼龙说他放出风去说要盗掘燕小八古冢，是为了引诱四爷上钩，他想把四爷引过来然后活捉四爷。因为粤寇的原因，朝廷想把绿林的人也一并给端了，就叫独眼龙来办此事。其实独眼龙早就已经派人找到了燕小八的古冢，并在那里派重兵把守，他叫我在这里假扮四爷，是为了引起四爷的注意，等四爷到来之时，好叫我带四爷前去，活捉了四爷。不曾想到，小的还没来得及发现四爷，就先被四爷给捉住了。”说完这些，龚五又跪在地上猛磕起了响头。

“这么说，被我先抓住了，你还觉得有些可惜了是吗？独眼龙有没有进入燕小八的古冢？”陈四爷反问道。

“不是的，小的绝没有这个意思，小的原本打算问问独眼龙县官有没有买下来，然后就偷偷溜走，去做县官的，并不想将四爷带到古冢那里。独眼龙说，燕小八的古冢机关重重，不敢进去，想等到把四爷抓了之后再派兵进去，在抓到四爷之前，独眼龙不想因为进入古冢而损兵折将。四爷饶命啊，这一切都是独眼龙让我做的。”龚五说道。

好你个独眼龙啊，心机够深的啊，居然放出这样的风来想引诱我陈四上当，还好我陈四早发现一步，要不然这回就真的回天乏力了，那要是照这个龚五说的，贾掌柜也是官府的人了，他是那个倒钩？不会的，贾掌柜为人忠厚，估计他也是被独眼龙所骗。

“你可知道平州城里的四海钱庄，认识钱庄的贾掌柜吗？”还是刘瘸子先想到了，在四爷前一步问到了这个问题。

“这位爷，小的可不认识什么贾掌柜甄掌柜，独眼龙认识的人那么多，我哪里知道是哪个啊。”龚五的话听起来像是有些打圆腔。

陈四爷抽出一柄短刀架在了龚五的脖子上，说道：“你要是再不说实话，就要被割成肉棍了！”陈四爷威胁道。

“四爷，小的说的全都是实话啊，我若敢骗四爷，我就真的是活得不耐烦了，四爷相信我啊。”龚五跪在地上又磕起了头。

这个龚五的脑袋还真是够硬的啊，就这么一会儿工夫不知道磕了多少头了。看来这人要是到了生死关头还真是感觉不到疼痛了。

“龚五，今天四爷暂且相信你一次，你可知道燕小八的古冢在哪儿？”陈四爷问道。

“知道，这古冢就在前面的一座山上，距离此地不远。”龚五说道。

刘瘸子一听不对劲，难不成这四爷要亲入险境，去燕小八的古冢么？这可不好，照龚五所说的，这独眼龙在那里安排了大量的兵马，要是四爷一去不正中独眼龙的下怀吗？这四爷可是南七省的掌眼，如今独眼龙又想灭了七省绿林，四爷可千万不能出什么事啊。

“四爷，此事万万不可啊，你如果前去燕小八的古冢，不正好中了独眼龙的诡计，四爷关乎着七省绿林，怎么可以以身试险。”刘瘸子说道。

“师爷果然好眼力，不等我把话讲完，就已经知道我的下一步动向了，不错，我正是要前往去看一下燕小八的古冢，既然独眼龙没有把古冢打开，那我们七省绿林的人就去看一下，他官府的人不敢进去，我们就在他的眼皮底下动手，告诉他七省绿林的人不是那么好对付的，我可以不动声色地进入古冢，就可以不动声色地取了他的性命。”陈四爷说道，看来四爷此次是非去不可了，任凭刘瘸子怎么说，四爷都听不进去。

不是刘瘸子胆小，而是刘瘸子早就算出来云台山有一场灾祸，只不过时机未到，还算不到是哪个时候，所以刘瘸子一直十分谨慎，生怕出了什么意外，影响了七省绿林。

“龚五，四爷今天还有一件事情要问你，独眼龙是不是抓了几个北省的绿林好汉？”陈四爷想起了余秀才所说的话，正好借机问他一问，以便余秀才可以方便动手救人。

“四爷，独眼龙的事情，我是真的不知道了，不过在这湘中的府衙大牢里最近关进了几个人，独眼龙叫人好好地看守，而且不要走漏了风声，不知道这是不是四爷所说的人，这件事我也是听最近来报信的官兵说的。四爷，您放我一条生路吧，您的大恩大德，我下辈子做牛做马也要报答您。”龚五说道。

“放了你？放了你我还怎么去燕小八的古冢啊。师爷，看来这就是余兄所说的那几个北省好汉了。”陈四爷说道。

“四爷说得对，得赶快把这个消息告诉余爷和钱八，以免他们中了独眼龙的诡计。”刘瘸子担心地说道，照现在看来，这个独眼龙并不像是当日在茶楼里见到的那样窝囊，而且看起来还很不好对付。

“师爷，这件事情得你跑一趟，燕儿姑娘江湖经验不足，我怕会出什么意外。”陈四爷说道。

“四爷放心，这件事情就交给我来处理，我会即刻通知余爷他们。四爷保重！”刘瘸子说完便出了祠堂去找余秀才和钱八了。

“燕儿，你现在就跟我前去燕小八的古冢，咱们前去看他一看，看看这官府的人到底在玩什么花样。”陈四爷转过身对燕儿姑娘说道。

“好，这回可以活动活动筋骨了，这出来一趟还没好好活动活动呢，我的手都痒痒了。”燕儿姑娘好动，自打出了云台山就想要活动身手，虽然平日里也经常打猎，但是打猎哪有实战过瘾，昨日与香菱姑娘对战，燕儿只觉得是小动身手而已，并不过瘾。

“龚五，现在就带我前去燕小八古冢，你要是敢多一句废话，我即刻把你削成肉棍。”陈四爷怒目以对。

听到这里，龚五只敢点头，不敢说别的，他害怕四爷那股劲上来真的把他削成了肉棍。

说着说着，陈四爷与燕儿姑娘在龚五的带领下，便来到了湘中一带附近的高山上，此时天已经慢慢的黑了，夜幕即将下临，只见前面灯火通明，一片火把。果不其然，独眼龙在这里安排了大量的兵马，要想进去看来不是一件简单的事情。

“龚五，现在你带我们进去，你如果敢玩花样的话，你知道是什么后果。”陈四爷冲龚五说道。

“明白，削成肉棍。四爷放心，我龚五再也不敢玩什么花样了。只要这些人见了我，一定会让我们进去的。”龚五说道。

“你别以为前面的官兵多，就可以靠他们来救你，告诉你，我陈四在这些草包中取你的首级易如反掌，赶快带路。”说着陈四爷抓住龚五，让他走在前面，自己拔出短刀顶在了龚五的腰上。

走近官兵，便听到前面传来声音：“是哪个不知死活的，敢来官府的重地，是不是活腻歪了，赶快滚开，不然就别怪我们不客气了。”

陈四爷心想，好大的口气啊，就你们这些个小鱼小虾的，口气居然如此狂妄。今天要不是四爷有要事在身，非得给你点颜色看看。

“喊什么喊，都他妈给老子闭嘴，喊得我耳朵都嗡嗡叫。”龚五走在最前面喊了一句。

为首的那个人拿着火把走近一看是龚五，脸色立刻就多云转晴了，赔着笑走过来说：“原来是五爷啊，五爷，小的不是有意冒犯，您也知道我们这当差的不容易，上头下来命令叫我们死守，我们可不敢松懈啊！”

“行了行了，知道你们也不容易，今儿个我就是奉大人的命令来看看的，大人从上面派下来两个人，要我带过来监督你们，都给我打起精神来，看仔细了。”龚五说的这些话有声有力，丝毫没有停顿，看来他也是经常在这帮人中间作威作福。

陈四爷心想，这世间怕就怕这种混得不好不坏的人，混得好的大人物一般都是客客气气的，这叫“绵里针”。混得不好的没脾气。脾气最大的往往是那些混得不算太好，但是也不算太坏的那种，就像是龚五这样的人。

“吆，上头派人下来了，我们怎么不知道啊？”为首的官兵听完了龚五说的话，疑惑地问道。

“妈了个巴子的，这种事情还要告诉你啊，要不要我给你打下手啊？”龚五上去就给了那个官兵一个耳光，只扇得那个官兵眼冒金星，在原地转了两个圈。

“给我过来见见两位大人，这位是陈大人，这是陈大人的手下，还不快叫两位大人，一群没教养的东西。”龚五骂骂咧咧地说道。

为首的官兵恭恭敬敬地叫了一声：“陈大人！”陈四爷稍稍地点了点头，看都没看，一副趾高气扬的样子。陈四爷是故意这样的，这是要摆出官架子，朝廷当官的不都是趾高气扬的嘛，看一看龚五就知道了，要是不学得像点，很容易被这些人看穿。

“龚五，你他妈还要让老子在这里站多久啊，是不是叫我来看你教训人啊。”陈四爷假装生气道，同时顶在龚五腰上的短刀使劲捅了一下。

受了这一下，龚五差点叫出来，许是龚五受了这么多气，没处发泄，便把怒气都发泄到了这些官兵身上。龚五上前又扇了那个官兵一巴掌，怒骂道：“妈的，还不快滚开，惹得陈大人不高兴。”其实，这时候不是陈四爷不高兴，而是他自己不高兴，把怒气都撒到他人身上。

“陈大人，请。”说着龚五开出了一条道与陈四爷走了过去。再往前走就看见燕小八的古冢了，你别说这个独眼龙还真是下了工夫，就这么一座不太起眼的小山，竟然足足围了两圈，同样的办法，龚五带着陈四爷过了第二个关卡。

过了关卡，只见前面的燕小八古冢已经被独眼龙打开了，只是没有人进入，官兵都在门口把守。陈四爷心想，这回可是方便多了，连盗洞都省得打了。

过了第二关，三人便进入了古冢，进入古冢后，龚五就跪了下来磕头求饶道：“四爷，我已经带你们进来了，你们就放我走吧，这里面有机关，我还不想死啊。我发誓，出去后绝对不会把你们的行踪说出去。”

“龚五爷，您老人家客气了，这次让你带我们进来，就是为了让你走在最前面，给我们好好带路。再说，我看你在那群官兵中间不是挺威风的嘛，今儿就让你继续威风下去。”陈四爷将刀架在龚五的脖子上，轻轻地拉了一道口子，龚五没敢说话，心想出去独眼龙也不会放过我，在这里说不定避过机关还能躲过一劫，保全一条性命，此次就豁出去了。

说罢龚五就走在了最前面，替四爷和燕儿姑娘探起了路。这真是“陈四爷有勇有谋，燕八爷古冢如何”。欲知四爷后事如何，且听下回分解。

第七章 意外古冢

上回书说到，陈四爷与燕儿姑娘挟持龚五，让他带四爷和燕儿姑娘去燕小八的古冢，刘瘸子则去找余秀才和钱八，准备搭救关押在府衙大牢的北省众好汉。

这三人兵分两路，话说陈四爷与燕儿姑娘已经进入了古冢，陈四爷对于朝廷的这种败类是毫不留情的，四爷让龚五走在最前面，让他打头阵，有什么危险让他挡着，这龚五回头一想，出去遇到独眼龙定是死路一条，眼前虽然危险，但是只要避过了机关，说不定还能有一条活路，是死是活，不如拼一拼。

龚五在心里打起了小算盘，这陈四爷什么眼光啊，能看不出龚五的小九九，既然让你龚五进来了，就没想过让你活着出去。对于这种欺压百姓的狗腿子，陈四爷是不会放过的。

话分两头，刘瘸子自打与陈四爷分开后，就去找寻余秀才和钱八二人，要说这湘中地方虽然不大，但是要找一个人也毕竟是如同大海捞针一般。加上刘瘸子一向谨慎，便不敢太过于招摇，只好放出信鸽，通知钱八。自己则在老地方的那家客店等候。

余秀才与钱八、香菱等人也没有闲着，钱八更是找来湘中一带的绿林兄弟多方打探，好找出北省被捕兄弟的下落，就在这时，三人收到了刘瘸子的信鸽。

接到书信后，三人立即启程前往客店。

“钱八爷，此次多谢你的鼎力相助，我等北省兄弟对湘中一带并不熟悉，如若不是南七省的众兄弟出手相助，我等还不知道要等到何年何月才会打探到消息。”余秀才对于陈四爷和钱八、刘瘸子等人的帮助，心存感激。

“余爷客气了，天下绿林是一家，况且四爷和师爷一向是以结交天下英豪为最大的乐事，等见了师爷咱们再商讨救人大计。”钱八说道。

说话间，三人已经到了客店，刘瘸子见余秀才回来，心里便有了底，此人虽然只是一介书生，但论智谋和谋略，却一点都不输给刘瘸子，恐怕还要在他之上。

“刘先生，让您久等了。”余秀才见了刘瘸子说道。

“余爷，我和四爷已经打探到北省众兄弟的消息了，眼下他们正关在湘中府衙大牢，四爷特派我来告诉余爷，以便行动，救出众好汉。”刘瘸子说道。

“师爷，四爷和燕儿姑娘呢？”钱八未曾见到陈四和燕儿姑娘，颇为担心地问道。

“四爷和燕儿姑娘前往燕小八古冢了。钱八，你不必担心，四爷他吉人自有天相，不会出事的，一个小小的独眼龙还不能把咱们四爷怎么样。”刘瘸子话虽这么说，但其实心里比谁都着急，听龚五的话说，独眼龙早就在那里布了重兵把守，陈四爷和燕儿姑娘只身前往，毕竟是让人有些不放心。不过四爷什么世面没见过，这么点虾兵蟹将还真是难不住他。

“刘先生，既然现在知道了众兄弟的关押之处，咱们下一步应该怎么做？还望先生指点。”余秀才说道。

“余爷过谦了。依在下之见，这湘中府衙定有重兵把守，一定是已经将北省的兄弟围了个水泄不通，我们要想救人，就先要弄到一张湘中府衙大牢的地形图，要不然去了不但救不到人，还会把我们这些兄弟也搭进去。”刘瘸子说道。

“刘先生所言甚是，只是这地形图我们该怎么弄到手呢？”余秀才问道。

“余爷，师爷，这件事情交与我来办理，我找几个熟悉湘中地区的兄弟前去打探一番就知道了。”钱八说道。

虽说这湘中府衙有重兵把守，但凡事一定有漏洞，只要找到这个漏洞一定可以救出北省的好汉。

“香菱，你跟随钱八爷前去打探消息。”余秀才对香菱说道。

这香菱姑娘虽然脾气有些倔，但是到了这关键时刻还是听余秀才的，这余秀才虽然在小事上有些犯糊涂，但是到了大事上，却是显得极为沉着冷静。

“好，钱八爷，现在咱们就去一趟湘中府衙，还望钱八爷带路。”香菱姑娘看上去也英勇无比。

钱八与香菱前去打探消息，刘瘸子与余秀才则留在了客店之内，现在二人最担心的是陈四，也不知道陈四爷近况如何，这龚五毕竟是独眼龙的人，万一他说一句假话，把四爷套进去，那四爷可就危险了。

刘瘸子此时想去帮帮四爷，但无奈自己没什么身手，去了也是帮倒忙，再说了就算是现在去了，只是更会引起官府的注意，让官府的人知道四爷现在身在何处。

刘瘸子在这边担心，但咱们四爷却是毫不在乎，自打进入了燕小八的古冢，就一直兴致勃勃的，燕小八作为明末最后一任掌眼，留下了三处古冢，其中的两处已经被找到了，一个是被宋九一破了，找到了掌眼玉牌，另一个让四爷给破了，找到了燕小八留下的古银。

四爷跟燕儿姑娘一边往前走，一边注意着这个墓道，这墓道看起来很潮湿，像是被雨水冲过一样，一般的地宫都是密不透气的，更是在地下十几米处，过了几百年有雨水渗进来也不稀奇，只是这潮湿的地道看起来不像是雨水那么简单。

龚五胆小如鼠，自打走进地道里就走得极慢，生怕有什么机关会随时要了他的性命，四爷拿着短刀在他的腰上一直使劲顶着，示意他走快点。

“四爷，咱们不要往前走了行吗？这前面黑乎乎的，万一有什么机关怎么办啊？”龚五哆哆嗦嗦地说。

“你怕什么，有四爷在呢，再说就算是有机关，你这脑袋是干什么用的，不知道自己躲开啊。”陈四爷在后面怒骂道。

“燕儿，你跟紧我，不要走丢了，在这地下走丢了容易迷失方向，失了方向就容易进入了机关走不出去。”陈四爷又回头提醒了一下燕儿姑娘。

“四爷放心，我一直跟在你的身后呢。”燕儿姑娘在后面说道。

三人越往前走越觉得冷风不停地往脖子里灌，陈四爷心想，燕八爷，咱们都是掌眼，后生陈四这次是来救您的墓穴的，要不然您老人家的清修就要被官府的人打扰了，您老人家要是在天有灵，就赶紧告诉我您的尸骨在何处，我好将您迎出去重新安葬，再也不被官府的人打扰。

经过四爷这么一念叨，这燕八爷好像是显灵了一般，前面的墓道里出现了光亮，一闪一闪的，好像是鬼火一般，往陈四爷这边照过来。

“啊，鬼火！”龚五见了这光亮吓得竟瘫在了地上，俗话说，不做亏心事，不怕鬼敲门，看来这个龚五也是做尽了坏事，如今见了这么点怪事就吓瘫了。

四爷上去一把将他提了起来，心想这官府的人怎么胆子这么小啊，跟我们七省绿林的人比起来差远了。想当年四爷自己一个人在乱葬岗里睡觉，都没怕成这样。

“站起来，龚五，你要是想活命就继续往前走，要不然我现在就一刀了结了你，或者现在我就把你交出去，让你去见独眼龙。”陈四爷说道。

“四爷，别，别啊，小的遵命，继续往前走就是了。”这龚五站起来，两个腿像是灌了铅一样，提都提不起来，陈四爷一刀在其脖子上拉出一道小口子，龚五立刻就来了精神，往前走了起来。

三人越往前走，光亮就越明显，陈四爷的兴致越来越浓，恨不得现在就走到前面去一探究竟。走到最前面，只看见前面有一间主墓室，里面灯火通明，四周的墙壁上点满了蜡烛。

难道这里有人进来过，要不然怎么会有蜡烛灯火通明，这都隔了几百年，难不成这蜡烛几百年都未曾灭过。

陈四爷走上前去看了看这蜡烛，原来这蜡烛是用鲸鱼油做的，这鲸鱼油是一类极易凝固的油，既使是点着了也不容易灭，熔化了自己又会再凝固，因此这蜡烛可以千年不灭。就在陈四爷仔细看着蜡烛时，龚五那破嗓子里喊出来一声惨叫。

陈四爷走到前面一看，前面端坐着一个身着盔甲的死尸，陈四爷看了看盔甲，上面赫然地写着一个“郑”字，死尸已经腐烂，只剩下白骨。

这副盔甲明显是明朝的盔甲，这清军的盔甲与明朝的盔甲很是不同，这八旗兵勇的盔甲是分颜色的，要不然怎么叫八旗兵勇。

陈四爷心想，这就是燕小八的遗体了，陈四爷又看了看这副盔甲，看来这就是燕八爷的战甲了，果真是名不虚传啊。只是传闻这燕小八的古冢里机关重重，今日怎么无惊无险地就走了进来，而且这么快就找了燕八爷的遗体，陈四爷心中有些疑惑，白鹤道人曾经说过，要用紫檀木才可以化解这里面的机关，今日怎么什么机关都没见到？

“燕儿，你仔细观察一下四周，小心有机关。咱们无惊无险地进来了，这不符合传言中说的那样。”陈四爷对燕儿姑娘说道。

“四爷不必担心，这就是燕八爷的墓穴了，这里面没什么机关的。”说着燕儿姑娘跪了下来对着死尸磕起了头。

这燕儿姑娘为什么会这么说，难不成她知道这里面的东西，或者说她与燕小八有什么渊源？

这真是“事由明末起，万事皆有因”。欲知陈四爷后事如何，且听下回分解。

第八章 燕氏后人

上回书说到陈四爷与燕儿姑娘进了燕小八的古冢，却意外地发现这古冢里面并无他物，只有燕小八的尸体，这令四爷十分吃惊。这个古冢看起来与外面所传言的完全不一样。

就在这时，燕儿姑娘却语出惊人，并对这燕小八的遗体磕起了头。陈四爷大吃一惊，这燕儿姑娘今日为何如此反常，竟会对燕小八磕头。

“燕儿，你这是为何？”陈四爷感到十分惊奇。

燕儿站起来过去将龚五打晕，然后慢慢地说道：“四爷，我就是燕小八的后人。”

陈四爷听完这句话，简直不敢相信自己的耳朵，在自己身边的燕儿姑娘竟然是燕小八的后人，这到底是怎么一回事？

“燕儿，这到底是怎么回事？我怎么越听越糊涂呢？”陈四爷问道。

“四爷，你可知道燕小八是如何当上南七省的掌眼的吗？”燕儿姑娘问道。

“在下不知，还请姑娘指点。”陈四爷只觉得现在眼前的这个燕儿姑娘已不是从前那个调皮可爱的燕儿了，只觉得她有些深不可测。

“当年燕小八只是一个通天大盗，身手极好，身上有着八门绝技，因此江湖上的人都叫他‘燕小八’。明末的时候，燕小八的上一任掌眼即将死去，在临死之前想找一个合适的总瓢把子，只是那时候清军入关，如若不慎，令牌入了贪生怕死之人的手里，那南七省的好汉就要变成清军的鹰犬了。因此，老掌眼在死之前，将这自大隋年间便传下来的玉牌藏了起来，并与天下的好汉约定，谁如果找到了掌眼玉牌，那他便是南七省的新任总瓢把子。当然这件事也会被燕小八知道，只是那时候的燕小八无心贪恋掌眼的位置，只是想靠着一身的绝技去凑凑热闹。”燕儿说道。

“江湖上的众好汉为了得到令牌，都开始发疯一般地寻找令牌，只是天下之大，要找一个令牌就如同大海捞针一般，哪有那么容易就找到了令牌？更有甚者为了找到令牌，竟然将老掌眼的墓穴都挖开了。燕小八聪明过人，他并不着急去寻找令牌，而是向江湖上的朋友打听令牌的模样。在多次打探之后，他画出了令牌的图形，燕小八身怀绝技，照着图纸自己用玉做出了一个假的令牌，燕小八技艺高超，整个南七省的好汉竟无一人可以看出这令牌的真伪。凭借着这块假令牌，燕小八重新整合了南七省的好汉。”燕儿姑娘说道。

“莫非陈某手上的令牌也是假的？真的已经失传了？”陈四爷听完燕儿的话，顿生疑问。

“不是，四爷手中所持的令牌是真的，当年燕小八在整合了南七省的绿林后，便秘密地开始寻找真的令牌，毕竟这是南七省绿林的至宝，既然燕小八坐在了这个位置上，就应该找回真的令牌。燕小八通过秘密找寻，最终找到了令牌，谁也没有想到这令牌竟然就在老掌眼的墓穴里。只不过不是那些绿林中人所挖掘的墓穴。老掌眼在死之前做了两个疑冢，将令牌放在了其中一个墓穴里。所以后来燕小八也效法老掌眼的做法，给自己设了三个墓穴，将令牌放在了其中一个里面，只等有缘人得到令牌重新整合南七省绿林。”燕儿姑娘继续说道。

“燕儿姑娘，听闻燕八爷曾经追随过国姓爷郑国公，海上抗清，不知所言是真是假？”陈四爷问道。

“不错，燕小八是曾追随过郑国公海上抗清。当年燕小八坐上了南七省掌眼之位后，开始时并没有想过与清廷相对峙，绿林中人就是绿林中人，江湖上的事情不要与朝廷扯在一起。只是后来，南七省的绿林好汉不断地被清廷抓捕，更有甚者被清廷追杀。燕小八忍无可忍，便带着南七省的好汉，与清廷对峙，投靠了国姓爷。”燕儿姑娘说道。

“燕儿姑娘，既然燕八爷海上抗清，为何又会将自己葬在此处？”陈四爷问道，燕小八既然已追随国姓爷，怎么又会回到了湘西呢？

“当年国姓爷率兵北伐，带领部队一直打到福建，燕小八带领七省绿林助阵，只是后来国姓爷中了清廷的缓兵之计，因此北伐面临失败，燕小八站出来提议，由自己进入城内，靠着自己的通天大盗的本事，将清廷官员的大印偷出来，然后伪造告示，说城内的清兵已经投降，扰乱他们的军心，趁势反击。当夜，燕小八带着几个兄弟进入城内，想要进入府衙偷出官印，只可惜，他低估了清兵的实力，不但没有偷出官印，反而因此受了伤。国姓爷北伐失败后返回了台湾，燕小八与部队走散。后来清廷严加搜查七省绿林的动向，燕八爷就再也没有找到国姓爷，燕八爷在湘西郁郁而终，临死之前，便效法老掌眼的做法，将古银、玉牌与自己的真身分别葬在了三处，等有缘人再来找到令牌，整合七省绿林。想不到，令牌竟被四爷得到，真是命运的安排。”燕儿姑娘说道。

“燕儿姑娘，这令牌不是陈某找到的，是在下的养父宋九一先生找到的，他老人家在临终之前将此物交给了在下。”陈四爷说道。

“看来四爷的养父定是非同凡人，燕八爷找这三个地方可是煞费了苦心，想不到竟让宋翁得到了。”燕儿姑娘说道。

“燕儿姑娘，在下还有一事不明，在金爷老家时，陈某听白鹤道人说，这燕八爷的墓穴里有机关需要紫檀木来解除，不知这紫檀木有何作用，怎么来解除这机关？”陈四爷问道。

“不错，燕八爷是在墓穴里设下了机关，不过却不是对付盗墓者的机关，而是找到燕八爷真身的机关。由于当年燕八爷身边没有几个弟兄，所以这三个墓穴都设计得十分简单，只有对燕八爷的真身是下过一番工夫的，紫檀木是一般在皇家里才会有的，所以燕八爷就用紫檀木作为机关的开口。而我们眼前的这个尸骨并不是燕八爷的真身，真身是在这个尸骨下面。在这下面有一个缺口，要将紫檀木削成缺口的形状放进去才可以打开地下的通道，找到八爷的真身。”燕儿姑娘说道。

“原来是这样啊，燕儿姑娘，陈某身上就有一块紫檀木，燕儿姑娘要不要打开地道，带出燕八爷的遗体。陈某怕官兵知道了这个秘密，会来破坏燕八爷的清修。”陈四爷说道。

“燕八爷的绝技无人可破，当年燕八爷所做的假令牌就无一人可以看破，所以燕八爷所造的机关缺口，除了燕氏后人，任凭天下的能工巧匠也无人能打得开。”燕儿姑娘说道。

“既然这样，陈某就放心了，不过燕儿姑娘既然知道燕八爷的清修不会被官兵打扰，为何不与陈某说，反而跟随陈某前来此地一趟。陈某此次出来也是为了燕八爷的墓穴而来的。”陈四爷心想，这丫头既然知道那么多，为何还要跟着我走着一趟，难不成还有其他的事情？

“四爷，燕儿是无心的，我从小跟随爷爷，这些事情都是爷爷告诉我的，爷爷一生的梦想就是要找到燕八爷的墓穴所在，免得他老人家在死后的几百年还被人打扰。在山上时，四爷说要来找寻燕八爷的墓穴，所以燕儿才跟随而来。燕儿做的这一切，都只是为了达成爷爷的遗愿，看看燕八爷的墓穴是否被盗，今日见到墓穴，跟爷爷所说的一样，那燕儿就放心了。等回到山里后，燕儿任凭四爷处置。”燕儿姑娘说道。

“燕儿，你既然有这样的苦衷，为何不与陈四说，陈某是顶天立地的大丈夫，怎么会怕这种事，只是如果当日我不强迫龚五带我们来墓穴，你该怎么办呢？”陈四爷问道。

“四爷一定会来墓穴的，燕儿是在赌一把，如果四爷不来，那我也会要挟龚五带我来的。”燕儿姑娘说道。

陈四爷心想，自己身边有燕八爷的后人，这让四爷着实吃了一惊，不过好在这燕儿姑娘心地善良，没有恶意，不然的话这燕儿姑娘拿出燕氏后人的名号，要抢夺回令牌也不是难事啊！

话分两头，那边的刘瘸子和余秀才也正准备展开行动。只等钱八与香菱姑娘得到了府衙大牢的地形图，便要夜入府衙救出北省的兄弟。

这边的刘瘸子与余秀才都是智谋之士，要说动刀动枪肯定不行，但是要论起出主意，想点子，那天底下还真找不到能与这俩人匹敌之人了。这刘瘸子号称“判官”，在湘军大营的时候就兼是曾国藩大人的心腹，这余秀才更是了不得，敢在天子脚下的天津城带领众弟兄夜袭洋人，江湖上对这些人早就是传得出神入化了。

话说这钱八和香菱姑娘，要去拿到这湘中府衙大牢的地形图，绝非易事。这湘中府衙有重兵把守，独眼龙现在更是不知道在何处，这个独眼龙自打放出风声来要盗掘燕小八的古冢，便一直见不到人，就连龚五这样的亲信都见不到他。敌人在暗处，这是陈四爷现在最大的困难。

话说到钱八爷这里，咱们再来说说这位钱八爷的近况，钱八爷带着香菱姑娘偷偷地潜入了湘中府衙，钱八的身手自是无话可说，这香菱的九节鞭更不是吃素的。因此，潜入府衙对于两位行走江湖的人来说并非难事。

二人第一次进入府衙没有发现什么新情况，不是说咱们钱八爷和香菱姑娘没什么能耐，而是余秀才给这俩人下的命令。临走前余秀才告诉这俩人，千万不可以跟官府的人动手，更不能打伤打死官兵，如果被官府的人发觉有人来探府衙地形，那么官府的人很有可能将关押的弟兄换个地方或者将弟兄们斩杀。因此，余秀才告诉这二人不要打草惊蛇，要一步一步行动。

钱八得到这个命令之后，就不敢放开手脚，看见了官兵是不敢打也不敢摔，一个手指头都没碰，拿他们当鸡蛋一样，轻拿轻放。

话说回来，这边的陈四爷和燕儿姑娘，正在燕小八的墓穴里交谈着。龚五被打晕了，关于燕小八的种种事情也就只有咱们陈四爷知道了。

“四爷，在这里坐着的这个人是燕八爷的心腹手下，为了八爷的尸体免遭官府的迫害，他自己甘愿成为八爷的替代品，在这里吸引官府的注意，他身上穿的盔甲也是八爷当年的战衣，这件战衣可不是普通的战衣，是当年国姓爷赐给燕八爷的，燕八爷弥留之际将这件战衣给了这位兄弟。”燕儿姑娘说道。

陈四爷走近看了看坐在那里的这位兄弟，心中肃然起敬，顶着自己死后不得安宁的份，为八爷看守墓穴，这样的大情大义的确是值得后人敬佩。

陈四爷仔细看了看那位老兄，只见这尸体的手上还握着一张皮纸一样的东西，四爷走过去，从尸骨的手上拿起了那张纸卷……

这真是“八爷疑冢有奇遇，秀才妙计欲救人”。欲知陈四爷和刘瘸子、余秀才后事如何，且听下回分解。

第九章　旧人相识

上回书说到，陈四爷与燕儿姑娘在燕小八的古冢里，发现那个盔甲人手里，拿着一张皮纸一样的东西，陈四爷心想这燕八爷生前难道还有什么未了的心愿，写在了这张纸上？

这边的刘瘸子与余秀才正在想办法夜入府衙救出北省的众兄弟。话说这钱八爷和香菱姑娘正在湘中府衙探测地形，却无从下手。就在这时候，湘中府衙里有了动静，俩人在这里待了两天，府衙一直毫无动静，今天这府衙里突然出来了一个八抬的大轿子，一看便知里面坐着的是一位大官了。

这八抬的大轿子得是个知府吧，今儿怎么突然出来了，难不成这里面的人就是独眼龙？

钱八毕竟是没见过独眼龙，这独眼龙只有四爷和刘瘸子当日在茶楼里见过，轿子一直是蒙着的，钱八也没看清楚里面的那个人是不是盲了一只眼，要不然还可以断定一下。

“钱八爷，我看咱们想进入府衙，画出地形图是太难了，不如咱们抓个活的过来审问审问，然后套出地形图。”香菱姑娘说道。

“香菱姑娘的意思是抓住那个轿子里的人，从他嘴里套出地形图？”这钱八爷虽然有的时候做事有些冲动，不过到了关键时刻还是有些智慧的，毕竟以前常跟刘瘸子混在一起，自从跟了陈四爷后，又曾自己镇守过云台山，还是有独当一面的本事的。

“不错，香菱对此地带不熟悉，这件事情还是希望由钱八爷来办，而且咱们得留下一个人在此处看守，不能让官府的人钻了空子，要不然他们将众兄弟换了关押的地方，咱们做的一切就白费了。”香菱姑娘不愧是北省的当家的老总瓢把子的女儿，这论起临场的指挥能力也不一般，考虑的事情也比较全面。

“香菱姑娘放心，这件事情就交给钱某来处理，你就在此等候我的好消息吧。”钱八说道。

话分两头，这边的陈四爷正和燕儿姑娘在燕小八的古冢里，面前的盔甲人手里有一份皮纸似的东西，陈四爷上前拿出皮纸想要一探究竟，只见这皮纸上面写着燕八爷的诗词。

“湖秋八月，满江红，映雪残阳。举杯盏，停箸拔剑，挥泪战场，壮志凌云不曾没，白衣青鸟击长空。鬓已霜，此恨何时偿，唯叹息！贼未灭，奸未除，霸业偏，何时还。箪壶浆，踏破九道羊肠，不教许昌称洛阳，不削魏首军不还，待出师，定叫王业不偏安，临表涕！”陈四爷看完皮纸后念道。

“看来这是燕八爷临终前的遗作，燕八爷把自己比做千古名相诸葛孔明，自己追随国姓爷北伐，可惜未成功，内心里无比的悲痛。燕儿姑娘，燕八爷不愧是我七省绿林的总瓢把子，真是让陈某佩服。”陈四爷继续说道。

“燕八爷生前的最大心愿，就是跟随国姓爷，然后出师北伐，收复中原，可惜壮志未酬。”燕儿姑娘说道。

“燕八爷，后生陈四是七省绿林的新瓢把子，今日得见八爷的遗作真是令陈某大开眼界，晚辈一定不辜负八爷的遗愿，尽心尽力统领好七省好汉，愿八爷在天之灵可以保佑我七省绿林势力壮大。”其实，此时陈四最担心的，还是刘瘸子所说的云台山的劫难，这件事情成了四爷的一块心病，就像一个定时炸弹一样，不知道什么时候就会爆炸，搅得四爷最近一直心神不宁。

跟香菱分开后，钱八跟随轿子来到了一处荒野，这里四处僻静，一个人也没有，钱八认为是动手的时候了，带着几个弟兄就冲了上去，受惊的官兵拔出刀来保护轿子里的人，看来果然不出所料，这里面的人一定是个大官，从这些官兵的架势就能看出来，这些官兵一个个像是打了兴奋剂一样，挥着刀拼命地保护轿子。

这天下大乱的年月，哪有几个真正敢去拼命的官兵，八旗兵一个个都是爷，要他们打仗那是不行，但是论起欺压百姓，提笼驾鸟，那一个个的本事是很大的。

这钱八虽然没有读过多少书，但也听人说过一些将领的事迹，清朝的将领中最让钱八佩服的就是蒙古的僧王爷，京城保卫战里，只有僧王爷的部队还像军队，跟洋人真刀真枪地干。

话说回来，眼前这些官兵就是再厉害，也抵不住钱八爷的拳脚啊，这钱八爷什么身手啊。上去三拳两脚就给那些官兵给打趴下了。打开轿子一看，里面正有一个哆哆嗦嗦的官员，钱八爷二话不说，带起那个人就走。先带回香菱姑娘那里再说，这里有些偏僻，还是等回去再说，要不晚了等天黑了，这里的路可就难走了。

钱八爷不负香菱姑娘所托带回了一个舌头，二人带着俘虏就去见刘瘸子和余秀才。这审问的事还是由刘瘸子和余秀才这两个老江湖来办的好，再说这次审问的是官员，这些当官的，对付洋人没什么办法，但是对付自己人是一套一套的，刘瘸子在湘军大营的时候常跟这些人打交道，对他们的伎俩是再熟悉不过了。

“师爷，余爷，我和香菱姑娘没有得到地形图，但是我们抓了个舌头，此人乘坐八抬大轿，看来不是简单之人，特地带回来交由师爷和余爷审问。”钱八带着那个官员回来说道。

“八抬大轿？这个独眼龙到底是什么人啊，就连八抬大轿的道台大人都得听他的，他只不过是投降朝廷的绿林之人，能做官升得这么快吗？”这刘瘸子有些不解地说道。

“刘先生不必疑惑，将此人带上来问个清楚就知道了。”余秀才在一旁说道。

“余爷说得对，钱八，将那人带上来。”刘瘸子对钱八说道。

方才钱八只顾着抓人了，并没仔细看这个人，这回带上来才看清楚了。此人看起来年龄与刘瘸子相仿，像是一个读书人。看到这里，钱八的本性又有些犯了，心想怎么又是一个读书人，看起来斯斯文文的，真他娘的不知道读了这么多的书有什么用，还不被我钱八轻松地就给擒住了啊。还不如我这个不识字的人呢。

刘瘸子正准备打量一下此人，便听到此人叫了一声：“刘瘸子！”

刘瘸子打眼一瞧，今儿竟碰见了熟人。此人是刘瘸子在湘军大营的朋友，人称“张六算”。这个张六算当年也是湘军的谋士，与刘瘸子私交甚好。只是后来，刘瘸子与大军走散，没有找到湘军的队伍才跟随了四爷，这个前面讲过。

“这不是张兄吗？想不到今日咱们在这里相见了。”刘瘸子说道。

这张六算看了看刘瘸子就没说什么了，他的心里着实有些难受。这张六算年龄比刘瘸子大些，要知道以前刘瘸子和张六算见面的时候，这刘瘸子一直是坐在他的下首，如今却成了刘瘸子坐着，张六算跪着，这的确是一场人间喜剧。

“张兄，快快请起，你我之间还有什么客气的，如果不是你的引荐，当日我刘某就不可能进湘军大营。”刘瘸子上前欲扶起张六算。

“刘瘸子，你不用假慈悲，当日是当日，现在咱们已经不是一条道上的人了，如今的刘瘸子早已不是湘军的刘瘸子，如今的张六算也不是当日的张六算了。”张六算推开刘瘸子自己站起来。

刘瘸子看了看张六算，心想当日以六指算遍天下的张六算，脾气还是那么古怪。要知道张六算虽然与刘瘸子年龄相仿，但是如同刘瘸子所言，这个张六算是刘瘸子的引荐人，如同刘瘸子的半个恩师一般。

“张兄，你不是在湘军大营吗？为何今日又成了这道台大人？”刘瘸子疑惑地问道。

“刘瘸子，你是知道我的脾气的，废话你就不要再问了，既然被你们抓了，要杀要剐随你们便。”张六算毫不念及与刘瘸子的旧情，毕竟现在已经不是从前，俩人已经是各为其主了。

“你个不识抬举的家伙，师爷问你话还敢顶嘴，我看你是皮痒了。”钱八上前揪住了张六算的领口就要开打，这钱八是个直性子，最不喜欢这些个文人讲起话来总是装模作样，仗着自己读了几天书，说话酸里酸气的。

“钱八，不得无礼，你先出去。”刘瘸子对钱八呵斥道。

“师爷，这个人如此无礼，你让我教训教训他。”钱八说道。

“余爷，麻烦你和香菱姑娘也先出去，我有话对张兄说。”刘瘸子没有理会钱八，转头对余秀才说道。

余秀才是识大体之人，不像钱八那样粗狂，听了刘瘸子的话，便给香菱使了个眼色，俩人出去了，这钱八见余秀才和香菱都出去了，自己也就识趣地出去了。

“张兄，现在就只剩下你我了，咱们不妨打开天窗说亮话，虽然你我是各为其主，但是愚弟还是想跟张兄像以前那样谈天说地，纵说天下大势，兄台请。”刘瘸子让张六算坐了下来。

张六算见已经没了别人，也就坐了下来。

“刘瘸子，你不必多问，也不必想要劝服我，从我这里得到什么情报，我也知道你们是为了几个北省的土匪来的，作为旧交，我提醒你一句，这件事情你们不要再做下去了，还是赶快离开此地吧，你们不是独眼龙的对手。”张六算说道。

“张兄何出此言？既然想要告诉刘某，为何却又不说透，这可不像是张兄的性格啊！”刘瘸子说道。

“想当初，我张六算也是湘军大营的军师，奉命剿灭粤寇，如今却变成了这个傀儡道台，来剿灭什么七省的盗匪，真是造化弄人啊。”张六算说道。

“张兄，既然你已经知道了朝廷无道，为何还要留在朝廷里，如今天下大乱，洋人入侵，朝廷不联合力量去对付外敌，反而来打自己人。张兄，这样的朝廷还有什么值得你为它卖命的？”刘瘸子说道。

“咱们两个有三年不见了吧？三年了，想不到再见面竟是这样的结果。你们要想进府衙救人，就必须要得到府衙的地形图。刘瘸子，咱们是旧相识，我只能跟你说这么多了。”说到这里，张六算的嘴开始有些松了。

这刘瘸子心想，你这不是说了一堆废话吗？我们就是为了这地形图才把你给抓来的，你卖什么关子啊。

“张兄既然不愿意说，那刘某也不会强迫张兄，一会儿待张兄吃过饭后，我便让手下的人送张兄回府衙。”刘瘸子说道。

张六算听完这番话，心中猛然一惊，这个刘瘸子到底打的什么算盘，要把我送回去，眼下我已经知道他们的住所了，再把我送回去，就不怕我带人来端了他们的老巢吗？

“你这是什么意思？”张六算问道。

刘瘸子一言不发便走了，头都没有回，只剩下心里糊里糊涂的张六算。

这可真是“刘瘸子妙计在胸，夜袭府衙靠秀才”。欲知后事如何，且听下回分解。

第十章 夜袭府衙（上）

上回书说到钱八与香菱前去探测府衙的地形图，二人正在想办法之时，却意外地看到府衙里出来了一个八抬大轿的官员，香菱姑娘决定二人兵分两路，钱八前去抓那个官员，自己则留守府衙看有什么变动。

钱八抓住了那个官员，带回去见刘瘸子与余秀才，却不曾想到此人竟是刘瘸子的旧相识，竟是刘瘸子在湘军大营的旧交张六算，此人当年靠着六指神算曾是湘军大营里的谋士。不曾想这次竟让钱八抓了个正着，见到了多年未见的刘瘸子。

此时的刘瘸子十分想知道这府衙的地形图，但是刘瘸子深知张六算是个吃软不吃硬的人，如果对其硬来，想要得到地形图是不可能的，因此刘瘸子决定要用缓兵之计。

这张六算一时也没明白刘瘸子到底葫芦里卖的是什么药，因此有些惊讶。

待刘瘸子出去之后，张六算便在客店内开始踱步，到底该如何是好？

“师爷，那个人说出地形图了吗？”钱八焦急地问道。

“没有，钱八，一会儿你吩咐人给他送点酒菜，等他吃饱喝足了，就把他送回去。”刘瘸子说道。

“送回去，送到哪儿啊？”钱八心想这师爷是怎么了，今儿怎么老是干这种糊涂事，对一个朝廷的狗官手下留情不说，还要我把他送回去，这钱八就差上去摸摸刘瘸子的脑袋，然后问他一句，“你发烧了吧？”

“他从哪儿来，你就把他送到哪儿去。”刘瘸子说道。

“师爷，这样做恐怕不妥吧，要不要跟余爷商量一下啊，毕竟这件事关乎着北省被捕的兄弟啊。”钱八还是有些不甘心地问道。

“余爷那边我自有分寸，你照做就是了。”刘瘸子说道。其实这刘瘸子心里早就有十成的把握，这个张六算一定会拿出府衙地形图的，就凭着刘瘸子对他的了解。

钱八不解地按刘瘸子的吩咐去做了。这余秀才听闻了刘瘸子的做法后，并没有即刻赶来质问，而是静静地等着刘瘸子的好消息。刘瘸子智慧过人，不会做出这么蠢的事情，只要是刘瘸子肯做的事情，一定是有十成的把握。刘瘸子生性如此谨慎的一个人，绝不会冒这个险的。

钱八按照刘瘸子的吩咐，准备了酒菜送到了张六算的房间，好吃好喝地伺候着。这钱八一身的力气只能这么憋着，都快憋死了。要是照他的脾气，早就拿起刀直奔府衙了。这师爷和余秀才一个让他们打探官府消息的时候不能伤害那些官兵，一个对待官府的人更是犹如对待自己人一样，真是让钱八爷伤尽了脑筋。

“张六算，赶快吃吧，师爷有令，命我一会儿将你送回去，你从哪儿来，我就把你送到哪儿去。这顿酒菜也是师爷安排的，你别以为是钱某安排的，我对你们这样的官员恨不得见一个杀一个。”钱八爷说完就出去了。

“等等，这位兄台，麻烦你把你们家师爷叫进来，我有话对他说。”张六算说道。

钱八回头看了看张六算，心想你们文人就是吞吞吐吐的，有什么话干吗不一次说清楚了，还非得等到下一次。有话不直说，真是一帮穷酸秀才。

钱八心里骂的是眼前的这个张六算，不是北省的余秀才。这钱八还是非常敬重余秀才的。认为天底下的文人除了师爷和余秀才还真就找不出第三个这样的人了。

刘瘸子听钱八说，张六算叫他进去有话跟他说，心里已经明白，这是张六算要跟他透露消息了。虽然已经明白张六算的内心，但是刘瘸子还是装作镇定自若地走了进去。这就是干大事的人必备素质，无论是天大的喜事还是天大的坏事，都要表现得沉着镇定。刘瘸子就深知这一点，要是一语点破就不好了，张六算是个文人，自尊很强，本来打算要说也会不说了。

“张兄，不知你有什么话要对刘某说？”刘瘸子问道。

“刘兄，承蒙你的抬爱，不计较张某刚才的恶言，不过我还是奉劝你一句，不要去打探府衙的情况，独眼龙深不可测，这府衙大牢我也只是知道一点，而不是全部，这个独眼龙连他自己的亲信都不会相信，更别说我一个从湘军调过来的人了。”张六算说道。

“张兄，多谢提醒，不过此事关系我南北两地绿林的大事，刘某不得不前去一探。”刘瘸子说道。

“刘兄，这是方才我画出的所知道的地形图，我只能帮你们这么多了。”张六算说道并将地形图交到了刘瘸子的手上。

“张兄，眼下天下大乱，朝廷腐败，不如你留下来，陈四爷乃是一代英豪，张兄身怀绝技……”

“刘兄不必多言，事已至此，张某已无心再出世，只想回到老家守着几亩良田安度余生，刘兄保重。”张六算说完便要离开。

刘瘸子见张六算心意已决便没有再留他，刘瘸子深知张六算的秉性，要知道这个张六算要是打算要走，那是谁都拦不住的，除非把他给杀了。

“张兄，刘某还有一事要请教，不知张兄可否告知在下？”刘瘸子问道。

“请讲。”张六算说道。

“不知张兄可否知道独眼龙的下落，此人关系重大，一切事情的缘由都是他引起，所以刘某斗胆请教。”刘瘸子说道。此话不假，这一切都是独眼龙做的，刘瘸子觉得这些事情，有些蹊跷，独眼龙放出风来说要挖掘燕小八的古冢，如今就连北省的兄弟都来了，怎么感觉这像是一个阴谋一样。

“刘兄不必再问了，至于独眼龙，我也不知道他在哪儿，此人身份极其特殊，自从来到湘中，只见过他一面，听闻现在独眼龙现在就在湘西，只是不知道他藏身何处，又会有什么诡计，望刘兄一切小心为上。”张六算没再多说，说完这些就走了。

看着张六算离开的身影，刘瘸子感慨道，如此奇才之人，可惜了。只是这一次分别，不知又到何时才能再见面。

“师爷，你怎么能让他走呢？他万一回了官府，我们不就全完了？”钱八进来焦急地问道。

“我让你派几个弟兄保护他，你派了吗？”刘瘸子问道。

“已经派人跟上了，放心吧，师爷。可是……”钱八欲言又止。

“叫余爷和香菱姑娘来，图纸已经到手了，我们今晚就要夜入府衙救人。”刘瘸子拿着图纸对钱八说道。

没一盏茶的工夫，余秀才和香菱姑娘就来了。得知刘瘸子得到了府衙的地形图，余秀才非常高兴，只是想赶快弄清楚府衙的地形，然后想办法救出被抓的北省兄弟。

刘瘸子和余秀才仔细看了一遍地形图，这府衙有两个门，有一个前门，也就是正门，后面还有一个小门，府衙四处有重兵把守，在府衙的正中心位置，张六算特地做了一个特殊的符号，这个符号刘瘸子认得，这是张六算常用的标记，表明这里很有可能就是关押绿林好汉的地方。府衙里一共有两处大牢，正中位置这个大牢应该是关押重犯的地方，另外一个大牢就是关押普通囚犯的地方。

这府衙的地势坐北向南，里外有两层重兵把守，其中不得不说的是这府衙的大牢都是在地底下，不知道独眼龙这样做是什么用意，得到了这些情况，就该想办法怎么救人了。

余秀才看完了地形图，心中就打算怎么救人了。就在刘瘸子和余秀才想办法的时候，钱八有些着急了。

“师爷，余爷，这有什么难办的，不用考虑了，我和香菱姑娘带人从小门杀进去，小门的看守一定松懈，我们趁机杀进去，然后师爷派人在门口接应我们，我们救出人就走。”钱八说道。

“钱八，不要急躁，此事需要从长计议。我们先要看一下小门附近的守兵如何，从图上来看，这小门有重兵把守，实际上不过是障眼法，这小门地势又窄又矮，易攻难守，谁都不会在这里放上重兵，这一定是官府的虚设，大门看起来易守难攻，颇有一夫当关万夫莫开之势，独眼龙却也在这放上重兵，这才是重中之重。”刘瘸子说道。

“刘先生说得对，现在张兄弟已经走了，如果咱们再不行动，很快就会引起官府的注意了，所以今晚必须救出众兄弟。”余秀才审时度势地说道。

“刘先生，余某有一计策，不知道可不可行？”余秀才继续说道。

“余爷请讲，在下愿洗耳恭听。”刘瘸子道。

“今天晚上，咱们四更时分动手，须当如此这般，这般如此……”余秀才对众人说道，究竟余秀才有什么计策呢，江湖上说余秀才智谋过人，不知他这次又会有什么高招，咱们后话再说。

话说回陈四爷这边，这边的四爷和燕儿姑娘正在燕小八的古冢里，燕八爷生前郁郁而终，一生壮志未酬。

得知了燕八爷的秘密后，咱们四爷应该和燕儿姑娘离开此地了，还是老办法，要想离开此地就得把龚五叫醒，由他带路将他们带出官兵的包围圈。

“龚五，给老子起来。”陈四爷过去一巴掌就把龚五给扇醒了。

“四爷饶命啊。”龚五趴在地上又磕起了头，不知道这哥们刚才是不是做梦了，估计做梦也是梦见咱们四爷正拿大手抽他嘴巴子呢，要不然怎么醒过来就是这句话。

“龚五，带我们出去。”燕儿姑娘开口说道。

“出去？不行，我一带你们出去，我不就得要去见阎王爷了吗？四爷，只要我把你们带出去，我不就没了利用价值了吗？到时候你不得杀了我啊。”龚五这小子这一点倒是很明白，知道只要一出去自己没了利用价值，自己的小命就玩完了。

陈四爷一听，好小子居然跟四爷讲起了条件。你算什么东西，四爷要想要你的命还要等到出去吗，现在就能了结了你。四爷上去就要揪住龚五。

这龚五本能地一躲，躲开了四爷这一下子，只是后背猛地撞到了一面墙壁上。这墙壁轰然就倒塌了，整个地洞里传来“轰隆隆”的响声。

陈四爷心想难不成这地洞里还有机关，说着就过去拉开了燕儿姑娘，生怕她受到什么伤害。

陈四爷扭头一看哪是什么机关，这面墙壁轰隆地倒塌了，露出了一条通道。

“燕儿，燕八爷的古冢里还有什么通道吗？”陈四爷向燕儿问道。

“据爷爷所说，这燕八爷的地洞里没有什么通道了，只有一个藏真身的地方，不过也不是在此，那个地洞是要紫檀木作为机关的开口的。”燕儿姑娘说道。

“既然如此，这又是什么地洞呢，燕儿姑娘，事已至此，不如我们去看看如何？”陈四爷说道。

“愿听四爷吩咐。”燕儿姑娘说道。

这龚五一听陈四爷又要下地洞，这回真是要哭爹喊娘了，刚从阎王殿里走了一遭，没有死在这燕小八的古冢里，这回又要下地洞。

“龚五爷，麻烦您在前面带个路。”陈四爷坏笑着对龚五说道。

这真是“四爷入洞探究竟，秀才欲夜袭府衙”。欲知四爷和余秀才后事如何，且听下回分解。

第十一章 夜袭府衙（下）

上回书说到，刘瘸子与余秀才想办法要救出被抓的北省的兄弟，余秀才刚刚想出了一条妙计。余秀才究竟想到了什么办法呢？各位看官，且听分解。

当天晚上，刘瘸子与余秀才召集湘中的兄弟们，正准备夜袭府衙，四人按照余秀才的计划，准备晚上就把北省的弟兄们救出来。

按照余秀才的计划，这府衙的大门是易守难攻，小门是易攻难守，独眼龙在一个易攻难守的地方还安排了重兵，这一定是诡计。因此，余秀才决定反其道而行之，既然独眼龙敢这么部署兵力，那么余秀才就有办法破了他的府衙。

半夜三更时分，四人来到了府衙门口，只等四更时分就动手，为什么要选在四更时分呢？按照余秀才的话来说，人在三更的时候开始犯困，体力不支，昏昏欲睡，到了四更的时候基本是没有几个人还是站着看门的了，所以，余秀才让大家在等官府的人在最不防备的时候动手。

就在刚到四更的时候，只见一个黑影手持一把大刀身手利索地干掉了几个守在门口的几个官兵，接着府衙的小门起了大火，钱八爷立刻带着人离开了府衙门口，在远处看着火势，只见府衙里立刻出来了一小股官兵在救火。

果然不出余秀才所料，这府衙的人是不会派人到小门来救火的，生怕有人趁势从大门进入。而且从表面上看，这府衙的小门有大量的官兵，其实这不过是虚兵，实际上并没有多少人看守，从出来救火的人就可以看出来，看守小门的官兵应该都集合在通往大牢的道路上，而这也是一个死穴。张六算所画的地形图不全面，所以，余秀才猜测，从小门通往大牢的路一定是易守难攻的，看起来小门是易攻难守，相当于一个缺口，实际上是一个诱饵，要想进入府衙还是要从大门进入。

只要进了大门，根据张六算的地形图，进了大门，里面就没什么抵抗了，可以直通入大牢的入口，所以，刚才钱八等人前去放火只是去试探一下官府的兵力，结果这一试不要紧，果然是让余秀才猜中了。

余秀才这一招探敌之策，连一旁的刘瘸子都十分佩服，既然已经知道了这府衙的大门才是进入地牢的最好路径，那余秀才又有什么妙招呢？各位看官，这余秀才能靠着一个书生的身份，统领北省的绿林好汉，能让众人拜服，不得不说这个余秀才的确是有两下子。

就在官府的人赶到小门救火的时候，同时也有大量的兵力到了大门附近守候，果然，官府的人一点也不在乎小门，看来这个小门一定是有玄机的。

钱八爷带人冲到小门，还不等官府的人扑灭火，就上去往火上扔了一层柴火，这火势是越来越大，钱八便到火里杀了几个官兵，活动了一下筋骨，这钱八爷可是好久都没有动身手了。自从四爷走后，钱八一直想与金烟杆比试一下，只是金烟杆眼睛已盲，因此，钱八不想仗势欺人。这次夜袭府衙可以让他好好地活动活动筋骨了。

眼看着火势越来越大，这府衙里的人也不得不多派了一些官兵赶来救火，余秀才一直在前面看着大门的守兵，想着随着火势越来越大，大门的看守官兵就会被抽调过去，然后趁着大门的守备空虚，就可以带人攻入大门。只是到了现在这府衙的大门看守官兵还是没有减少。余秀才也有些纳闷了，这个独眼龙葫芦里卖的到底是什么药？

不过你独眼龙有张良计，这余秀才也不是吃素的。就在府衙的人前去小门救火的时候，香菱姑娘带人佯攻大门，接着钱八爷带人袭击小门，在小门接着放火，就这样香菱姑娘和钱八爷两人来回进攻，一个打前面，一个打后面，本来这官兵就是昏昏欲睡的人，经过这几次的折腾之后，这官兵完全没了气力，一个个歪脖子倒头的，就像是霜打了的茄子一样，本来是用来打仗的长枪现在都成了拐棍，抱在了手里，上气不接下气地使劲喘着气。

余秀才见时机已到，趁势令钱八和香菱姑娘带着人一鼓作气，只往大门冲杀过去。官府的大部分兵马还在小门附近救火，加上又是半夜的四更天，人昏昏欲睡的，所以钱八爷和香菱姑娘带着人马没有费多大劲就冲杀了进去。

门口的几个守兵还在睡梦中就被钱八解决了，香菱姑娘也是几鞭子下去就放倒了几个官兵，七省绿林的好汉们本来就对官府的人十分痛恨，这下子可以放开手脚使劲地干他一回了。只见绿林好汉们手中的刀挥舞得是刀光剑影，一刀下去便有一个官兵倒地，府衙之内传来官兵的惨叫声。

余秀才和刘瘸子在钱八和香菱姑娘的保护下，一路直冲杀到府衙的大牢附近。钱八心想，这个余秀才果然是了不得，智谋过人，这一招声东击西，乱敌之策果然奏效，搅得官府的人不知所措。以前只知道刘瘸子厉害，能掐会算，想不到这天底下还有可以与刘瘸子齐名的人。

这几人到了府衙的大牢才看清楚，原来这府衙的大牢不只是地形图上所画的那么简单，这大牢沿着府衙的小路直通入地下，正好坐在衙门的正中下面。

一扇大铁门关着地牢，一看便知里面关的不是简单的囚犯，铁门上面有一把金钢大锁，钱八爷手持大刀，双手一用力一刀将铁锁砍断。

四人进入府衙的大牢，通过长长的通道才来到这府衙的关押人的地方。这地牢下面灯火通明，四周都是空空的牢房，看来这里是专门建造的一个牢房，用来关押重刑犯的，所以很多牢房都是空空如也。

“师爷，这地牢怎么都是空的？难不成这里没有关押北省的众兄弟？”钱八一边往前走，一边跟刘瘸子问道。

“钱八，这牢房看起来有些空旷，应该是官府刚刚建立起来的，看来这个独眼龙是花费了不少工夫啊！”刘瘸子说道。

“不错，刘先生说得对，以余某看来这个牢房的墙壁还有四周都不像是一个旧的牢房，看起来应该只是新建了没多久。”余秀才在一旁说道。

“我说你们三个大男人有完没完了，不就这么一个新的牢房吗，有必要说这么久吗？还是赶快找到兄弟们就撤出去，可别忘了我们这次来的目的。”香菱姑娘听到这三个人不顾及找人，反而在这里评论起了这间牢房，便有些不耐烦地说道。

三人在通道里走到了尽头，也没有看见被关的兄弟，只是到了尽头前面便出现了一个拐角，难不成独眼龙将那些兄弟们藏了起来，这前面根本就没有关押北省的兄弟？

事到如今，已经走到这里了，这几个人只好硬着头皮走进了拐角，哪怕前面是龙潭虎穴也要进去闯一闯了。

只见三人走进了拐角处，便见前面有一扇铁门，铁门紧锁。铁门上赫然写着“禁地”两个字。

“他奶奶的还禁地，这禁地如今你钱八爷也进来了，我倒要看看你这禁地后面有什么东西？”钱八骂骂咧咧地走上前去。

刘瘸子走到前面一看，这扇铁门是反锁的，门锁是在里面的，这下子可怎么打开进去呢？

不过这个可难不倒咱们的香菱姑娘。别看香菱姑娘只是一介女流，可这开锁的本事却是一流的，是跟着老瓢把子学来的。北省的老瓢把子以前是个溜门入室的大盗，不管是什么锁只要到了他的手里就如废铁。

只见香菱姑娘借来了钱八的刀，竖着将刀片放进了大门的门缝里，轻轻用刀开始挑门插，这古人的门反锁一般都是门上面有一个门插，横着插住大门，只要将这条横木打开，就可以进入里面。香菱姑娘就是用刀片进去砍在门插上，轻轻地将门插左右移动。

没一会儿工夫，香菱姑娘就将这扇门的门插打开了，钱八爷上前使劲一推便推开了这扇大门。

“香菱姑娘好本事啊。这北省的人果然都是英雄好汉，在下佩服。”钱八说道。

“这点本事不算什么，这在我们北省的好汉里连个皮毛都算不上。”香菱姑娘说道。

钱八心想，好你个香菱啊，看你平时那么张扬，今天你又显露了一手，本想夸夸你，想不到这时候你倒又谦虚起来了，真是叫我钱八爷下不了台啊！

想到这里，钱八不得不佩服起余秀才了，不光是佩服余秀才才智过人，关键是身边有一个脾气这么捉摸不定的女人，他还能应付得来。要是我钱八有这样的女人，早就两耳光扇出去了，敢在钱爷面前显摆，这不是找打吗？

推开了铁门，只见前面是一堆堆的尸骨，这哪是什么牢狱啊，简直就像是地狱啊。这里应该是屠杀囚犯的地方，这里面摆满了刑具，腰斩的，砍头的，凌迟的等等。这个独眼龙到底想要干什么？

四人仔细观察了起来。这里面是五脏俱全，简直就像是十八层地狱。看着这地上的尸骨和部分还未腐烂的尸体，钱八爷狠狠地咬了咬牙。这个独眼龙真是该千刀万剐了，真是七省绿林的败类！

有句话说得好，好人恶起来比坏人还坏。刘瘸子想起了当日在茶楼遇到独眼龙的时候，他只是个无名小卒，被金爷的手下拿刀顶着脑袋，要不是四爷出手相救，就已经见阎王了，想不到时至今日，当日懦弱的独眼龙，竟然变得如此心狠手辣。

“三哥，怎么会变成这样？”就在三人在里面仔细地看的时候，只听见那边的香菱姑娘喊了起来。

三人闻声赶了过去，余秀才过去一看，只见地上有一具尸体，尸体还未完全腐烂，尸体的右手上带着一个戒指，戒指上写着一个“叁”字，这是北省的信物，此人是北省好汉的三当家的，前些日子正是三当家的带人来湘西，前来联络各地的义军，结果出来一个多月没有任何风声，余秀才猜想出了事情，便叫手下的人前来打探，结果得知是独眼龙抓了三当家的。余秀才一时气愤，便带着香菱姑娘前来救人，接下来就是遇到了陈四爷。

想不到北省的一代好汉，竟然死得如此惨烈。

“三当家的是被人用利器刺穿心脏，再接着以铁棍打断了全身的骨骼而死。”钱八看了看尸体说道。

“独眼龙，我余秀才若是不杀了你，誓不为人。”余秀才愤愤地说道。想不到这个余秀才也会发脾气，连咱们刘瘸子都会发脾气拿起石头砸人，更何况是余秀才。再说死的是余秀才的三当家，这好比是陈四爷手下的金烟杆一样，如果金烟杆死了，那咱们四爷还不得发了疯一样地找官府报仇啊。

余秀才拿下了三当家的手上的戒指，好好地收起来。过去对香菱说道：“香菱，等出去之后，联络北省的各地兵马，我要灭了这个独眼龙。”

还没等余秀才把这话说完，就听见从外面传来吵吵嚷嚷的声音，看来是官府的人已经追了进来。钱八拔出刀准备保护师爷和余秀才。香菱心想，来得正好，我正要去找你们呢，既然送上了门，就别怪本姑奶奶手下无情。

“钱八，把刀收起来，现在不是跟他们硬拼的时候。余爷，咱们还是找其他出路吧，官府人马众多，硬拼咱们肯定不是对手。”刘瘸子说道。

“刘先生所言极是。”余秀才颇为同意。

三人管不了那么多，只能硬拼似的往前走，看看前面有没有出路，要不然只能困死在这里，官府人多势众，要想从前面冲出去，只能是玉石俱焚。

这可真是“四英豪夜袭府衙，陈四爷下落不明”。欲知陈四爷身在何处，余秀才等人后事如何，且听下回分解。

第五卷　南陈北余

第一章　南陈北余

上回书说到余秀才与刘瘸子夜袭府衙，几人在府衙的大牢里发现了北省的兄弟，并见北省的三当家的已经被独眼龙害死。余秀才愤愤之至，发誓要将独眼龙除掉，为三当家的报仇。就在这时，几人听到声音，官府的追兵已到。事已至此，退路已经被封死了，三人只好沿着大牢的通道往前走，看是否有其他的出路可以离开此地。

就在这时，陈四爷也带着燕儿姑娘，在燕小八的古冢里，逼着龚五在前面探路。三人沿着墙壁上破开的通道往里走，龚五本以为，在燕小八的古冢里没有死掉，这回可以死里逃生了，却不曾想到自己一不小心又撞出来一条通道，自己的一只脚又踩在了棺材里。

咱们四爷本来就是好奇心重，现在碰出了这么一条通道，能不进去看看吗。

“四爷，小的求您了，咱们不往里走了行吗？您是本事通天的总瓢把子，我只不过是一个小喽啰，今儿您就放了我吧，我保证不会把您二位的行踪泄漏出去，您老人家的大恩大德，我龚五记一辈子。”龚五一边走着一边说道。

“少他娘的废话，四爷让你往前走，你就往前走，你要再敢多一句废话，我就要你变成肉棍。”陈四爷在后面怒骂道。你个龚五，屁话是越来越多了。

燕儿姑娘跟在四爷后面一言不发，整个云台山，都知道四爷的脾气，他认定的事情是绝不会放手，要是不进去探个究竟，咱们四爷就不是四爷了，就成了谨慎有余、魄力不足的刘瘸子了。

话说回来，这龚五不管是怎么样，今天也算是跟着咱们四爷走了一遭，这外面有多少人，想结识咱们四爷这样的人物，都巴结不上呢，你一个官府的走狗今儿倒是运气不错。可惜了，龚五要是南七省的绿林好汉的话，咱们四爷倒是对他还有几分欣赏，别的不说，就凭这为四爷探路，挡机关，就绝对是大功一件啊。

话说，这三个人进入了地洞，就像是进了十八层地狱一样，里面很是阴森，冷清清的，两旁就像是有无数双眼睛在盯着你看一样。两边的墙上镶嵌着铁链，一看便知这铁链是有人镶嵌上去的，这世间可没有自然形成的铁链。

三人一边往前走，陈四爷一边仔细注意周围的动向，这个地洞已经超出了燕小八的古冢范围。就连燕儿姑娘都不知道这个地洞是怎么回事，不过可以肯定的是，这一定是哪个人打通出来的，只是不知道此人是谁。

就在陈四爷看着两边的时候，忽然从前面“噌噌噌”地射出几只箭，直刺向了陈四爷三人。说时迟那时快，只见陈四爷一个鹞子翻身翻到燕儿姑娘身边，并将她扑到一边，躲开了攻击。不过前面的龚五可就没那么好的身手了，龚五就如同他名字里的数字一般，身中五箭，当场就断气了。

这位龚五爷，刚才还在庆幸自己，福大命大造化大。被四爷抓了没死，进了燕小八的古冢也没死，还痴人说梦地认为自己是文曲星下凡，怎么都死不了，这不还没想完自己就被弓箭射死了。

四爷扶着燕儿姑娘站起来，“燕儿姑娘，你没事吧？”四爷紧张地问道。

“多谢四爷相救，燕儿没事。”燕儿姑娘说道。

陈四爷上前看了看龚五，摸了摸喉管，已经停止了跳动，看来龚五已经死了。四爷心想，这样的狗官本就该死，只是死得这么痛快，真是便宜他了。本来就算是龚五活着出去，四爷也要把他带回云台山处死的，想不到这个龚五真是不经收拾。龚五死了，现在没有人在前面带路了，如果有什么危险只能是四爷自己上了，真是可惜了，这么好的挡箭牌。

陈四爷抽出短刀，走在前面，燕儿姑娘跟在身后，一边走，四爷一边骂道：“这个龚五死得真不是时候，还没走到尽头，你他娘的就挂了，这前面的路还得四爷自己探！”

走到最前面，四爷才看到了发出弓箭的机关，这是一个镶嵌在墙壁上的机关，看来是刚才走在最前面的龚五，一脚踩上了连接弓箭发射的机关了，所以才发射出了弓箭。

上前一瞧，在这弓弩机关的地方有一个拐口。打眼看了看，四爷想都不想就走了进去，走进拐口，四爷和燕儿姑娘看到了一座建筑。

不，不是建筑，应该说是一座高塔，是地下的一座高塔，如果不是亲眼所见，四爷简直不敢相信自己的眼睛，这地底下居然有一座高塔。这座高塔看起来是新建造的，大约有五人那么高，塔面的质地应该是金钢的，看起来非常坚固，塔基就镶嵌在地底深处，顶端有一个佛珠似的圆形物体。佛塔有四人长宽，这里面完全可以容纳得下七八个人。

四爷心想，是谁在这里建造了这么一座佛塔，难不成是独眼龙？莫非独眼龙觉得四爷当了土匪，他心里不爽了，所以偷偷摸摸地在地下建座塔，想给四爷念经，净化慧根不成，不带这么玩的啊！

陈四爷一边看着佛塔，一边疑惑地在想着所发生过的事情。转头一看，燕儿姑娘也是目不转睛地看着佛塔，心想，爷爷从来没有说过燕八爷的古冢里会有这种东西，难不成这里面有什么机关？

四爷看了看高塔，管他的呢，既然到了这里就要进去看看，不进去看看这里面的东西，都对不起四爷前来走一遭。

四爷虽然不是信佛的人，但是既然有佛塔，哪怕四爷进去拜他一拜，为咱们云台山求个平安签也好啊，想着想着连四爷自己都笑了，地底下居然有座佛塔，一看就知道不是什么好东西，这塔是佛教的圣地，哪有建在地底下的，就算是建在地底下，那也是黑塔。

“燕儿，咱们里面走一遭吧。”陈四爷说道。

“四爷，咱们还是不要进去了，我看这座塔，像佛塔又不像佛塔，不知道里面又会有什么东西，咱们还是不要进去了，况且师爷和余爷那边还不知道情况如何，咱们还是先出去等找到师爷他们再做打算吧。”燕儿姑娘见这座塔有些古怪，提醒着四爷。

“燕儿姑娘怎么畏首畏尾的了？师爷他们一定不会有问题的，有香菱姑娘和钱八两个人在，我想他们应该从府衙里出来了吧。再说既然已经到了这里，为什么不进去看它一看呢？”说罢陈四爷短刀在手便走进了高塔。

燕儿姑娘看陈四爷进去了，也没办法，只好跟了进去，如果陈四爷出了什么事情，等见了刘瘸子和钱八可怎么跟他们交代啊。

两人进去之后，只见里面有微弱的火光，难不成这里面有什么东西作恶，被困了起来不成？陈四爷从里面看了看高塔，心想，这到底是什么塔啊，既然是佛塔，那么里面应该有菩萨或佛像之类的，怎么连一尊佛像都没有。

这座塔也没有分出层来，抬起头来就可以见到上面的塔顶。塔里面四周都是壁画，陈四爷走上前一瞧，这些壁画倒是说的佛教的事情，尽是画得在地狱里的情形，人生前作恶，死后进入受苦受难的炼狱，进入无间地狱或者阿鼻地狱里面，每天都要受尽炼狱的折磨。

这明明是说佛教里面地狱中的事情，却连一座佛像都没有。不过，在这座长宽四人的塔里面倒有一面墙壁，只是不知道后面是什么东西，四爷走了过去，只听见后面有人在隐隐约约地说话。

四爷警惕性极高，听到后面有人在说话，便放轻了脚步，准备上前一看，并示意燕儿姑娘不要出声，免得惊动了那些人。

四爷走了过去，瞧瞧绕到墙后面，只见刀光一闪，一把刀向陈四爷砍来，陈四爷及时闪躲，转手一刀向那人刺去，只见那人的身手也不赖，避开了四爷这一击，连忙往后一跳。

燕儿姑娘听到声音，立即赶过来给四爷助阵。

“四爷，我来帮你。”燕儿姑娘喊出了这一声。四爷听到这一句只顾转身看身后的燕儿姑娘，还没有来得及看前面，前面的人便一刀向四爷砍来。

对方听到这一句，刀没有砍在四爷身上，而是贴着四爷的耳边划了过去。顿时，四爷觉得自己的耳边一股凉风“嗖嗖”地吹过。

这真是“八爷古冢有玄机，玄机却非八爷设”。究竟是何人会出现在这座塔里面，欲知四爷后事如何，且听下回分解。

第二章 相遇

上回书说到，陈四爷在古冢里面，走进了由龚五不小心撞开的一个通道，陈四爷发现内有玄机，便带着燕儿姑娘走了进去。

刚走进地道里，龚五便被里面的机关弓弩给射死了，陈四爷艺高人胆大，凭着这一身的本事，继续往里走了进去，走着走着，只见这地道里面竟然有一座高塔，面对这座来历不明的高塔，陈四爷饶有兴致地准备进去瞧它一瞧。

谁知进去后才发现，这塔里面竟然没有一物，只有几幅壁画，还有一面墙壁。陈四爷发觉墙壁后面有人，便打算过去一探究竟，谁料想这后面的人身手不错，与四爷打了起来，就在四爷一不留神的时候，那人的刀砍向了四爷。

燕儿姑娘一句“四爷，我来帮你”，竟然使那人的刀转了方向，顺着四爷的耳边划过，四爷躲过一劫。

就在四爷心想这人是谁时，只听墙壁后面传来了一句：“是陈四爷吗？”

陈四爷心想，这人是谁啊，难道凭着刀法，就能辨认出我是谁。四爷心想既然刀下对我留情，那就不会害我。于是四爷带着燕儿姑娘走到了墙壁后面。

打眼一看，这帮人不认识四爷才怪，这不就是刘瘸子和余秀才吗？刚才与四爷动手的不就是钱八吗？也就是咱们钱八爷身手好，这放出去的刀能转刀向，这要是搁在别人那里，一刀出去，恐怕这回咱们陈四爷就得身首异处了。

“师爷，余兄，你们怎么会在这里，你们不是去府衙救人了吗？”陈四爷惊奇地问道。这刘瘸子不是去给余秀才报信，告诉他去府衙救人了吗，怎么这俩人又跑到这燕小八的古冢里来了？

“四爷，你们怎么在这里啊？”刘瘸子同样惊奇地问道。

“我和燕儿姑娘一直在这燕八爷的古冢里啊，你们不是去府衙救人了吗，怎么会在这里啊？”陈四爷问道。

“陈兄，你说这里是燕八爷的古冢？”旁边的余秀才抢先刘瘸子问了起来。

刘瘸子把在府衙里的事情和四爷说了一遍，陈四爷则把在燕八爷古冢里的事情说了一遍，这时候四爷才明白，原来这府衙和燕八爷的古冢是相连着的，从燕八爷的古冢可以直通到府衙的大牢，这个独眼龙真是设计巧妙啊，看来他是早有准备啊。

“师爷，眼下从府衙已经逃不出去了，咱们还是按原路，从古冢里逃出去，等回了云台山，咱们再从长计议。”陈四爷说道。

“四爷说得对，眼下咱们也只能这么做了。”刘瘸子说道。

“余兄，经过这么一闹，官府一定会派重兵搜查，你和香菱姑娘还是先到我云台山避一避吧，等过一阵子，风声小了，你们再回北省。”陈四爷对余秀才建议道。

虽然这次夜袭府衙余秀才没有救到人，但此次夜袭府衙的事情，想必已经透出风了，官府的人一定会严加搜查，抓捕余秀才的。

“四爷说得对，余爷，你们还是先不要回北省，等过一阵子，风声过了，我们会派人将余爷和香菱姑娘送回去的。”刘瘸子也说道。

“那就多谢陈兄和刘先生了，余某在此要给你们添麻烦了。”余秀才一介书生，骨子里透着文人气，不愿意受人恩惠，如今还要到云台山去避开官府，自然是领了四爷一个人情。

“余爷客气了，等到了云台山，您有什么吩咐，尽管跟钱某说，夜袭府衙，钱某对余爷的智谋十分钦佩。想不到除了师爷之外，还有人会有这么大的本事，真是教钱八敬佩。”钱八说道。这钱八爷是个粗人，平生最敬重有智谋的人，但前提是，这个人不是那种酸里酸气的人，眼下的这个余秀才就不是这样的人。因此，钱八爷算是对余秀才钦佩到家了。

客套的话说到这里也就该到此为止了，要是继续下去，恐怕咱们这位香菱姑娘又要大发雷霆了，几个大男人怎么婆婆妈妈的，客气起来没完没了。

“当家的，你看这里是什么？”香菱姑娘指了指前面一个发光的东西说道。

余秀才走过去一看，只见前面一座小石碑，四周闪着蜡烛的微弱灯光。余秀才走近一看，只见这石壁上刻着一句话“来此者死”。余秀才大惊失色，赶忙抬头看起了四周，只见这四周没有什么机关或者按钮之类的。

钱八爷看见了这一句话，怒火中烧，心想居然敢咒我钱八爷死，天王老子都收不了我的命，就凭你个独眼龙，建了这么一座破塔就想要我的命，简直是做梦。

钱八爷上去一脚踹倒了那个石碑，然后又不解气地拔出刀将石碑砍成了两半。

就在钱八爷将石碑砍成两段的时候，高塔开始晃动起来，塔顶也开始往下掉尘土。

“糟了，中计了，这个石碑是机关，不能碰这个石碑。”刘瘸子说道。但是这个时候，已经为时已晚，高塔的晃动也越来越激烈。

钱八爷一听，差点后悔得肠子都青了。还是咱们四爷反应快，陈四爷赶忙带着大家就往外冲。

这时候，忽然有一块石头掉了下来，往刘瘸子身上砸去。陈四爷眼看着石头向刘瘸子砸去，自己却无法抽身相救。

就在这时，一个身影冒着危险，冲向刘瘸子，说时迟那时快，那个身影一把推开了刘瘸子，将刘瘸子推向了陈四爷那边，陈四爷过去接住刘瘸子，石头轰然砸了下来，砸在了那个人身上，这时候陈四爷才看清，救刘瘸子的人是钱八。

那块石头压住了钱八的半边身子，腰以下的部分都被压住了，钱八爷只留出了脑袋和胸部。陈四爷过去发疯似的想要推开石块，只是那块石块实在是太大了，要不然凭钱八的力气，不会推开刘瘸子，而是直接把石块推开了。

“四爷，你们快走啊，这里快塌了，不要管我，钱某一时无心触动了机关，险些让师爷丧命，还望四爷宽恕。”钱八用微弱的声音对陈四爷说道。

四爷听到这些话是泣不成声，看到被压在石块下面的钱八，心中万分悲痛，只恨自己没有神力可以推开巨石救出钱八。

刘瘸子见到钱八压在大石下面，只想冲过去。这钱八与刘瘸子的关系可不仅是七省绿林的拜把兄弟这么简单，当年刘瘸子打粤寇的时候被冲散了，后来没找到湘军大营，流落湘西，是钱八收留了他。这俩人虽说相差很多，钱八是大字不识一个的莽夫，刘瘸子是文人，但是，刘瘸子拿钱八当做亲兄弟一般，如今见钱八被压在巨石下面，心中万分悲痛，恨不得被压在下面的是自己。

燕儿姑娘使劲拉住刘瘸子不让他过去。

“四爷，快走，这塔要塌下来了，再不走的话咱们就都要丧命了。”在一旁的燕儿姑娘直冲陈四爷喊道。

“香菱，快过去拉开四爷，大家赶快离开这里。”余秀才冲香菱姑娘喊道。

香菱冲过去一把拉开了陈四爷，五个人往外面跑出去。就在几人刚跑到安全地带时，高塔“轰隆”一声塌了。

五人逃出古冢的时候，天已经快要亮了，刚一出洞口，就见外面有大旗飘动。

这真是“钱八爷力救刘瘸子，古冢外面有乾坤”。欲知陈四爷等人后事如何，且听下回分解。

第三章　独眼龙

上回书说到，陈四爷在燕八爷的古冢里见到了刘瘸子与余秀才等人，钱八爷踹倒了高塔里的一座石碑，导致机关发动，高塔轰然倒塌，钱八爷为了救刘瘸子自己被巨石压死。

就在陈四爷等人刚逃出古冢的时候，却见外面有旗帜飘动，仔细一看，这是官府的旗帜，大旗上面赫然地写着一个“杜”字。

陈四爷心想，一定是官府的追兵到了，这府衙连着古冢，看来是一个阴谋，恐怕这个独眼龙早就设计好了一切，就等我们跳进来。陈四爷咬了咬牙，恨不得现在就把独眼龙碎尸万段。

“陈四爷，刘师爷，好久不见，最近可好？”这时候官兵中间闪出一个人，骑着高头大马，身着官服，头上带着顶戴花翎。

陈四爷一看此人，有几分面熟，尤其是眼睛还瞎了一只。陈四爷忽然想起来，这不就是当日在茶楼里的独眼龙吗？今儿摇身一变，居然打扮得人模狗样了，看来这官府是挺会打扮人的，能把一个市井的小混混打扮得这么体面，真是不容易啊。

“独眼龙，你个混蛋，亏我当日还救过你一命，你居然恩将仇报，还害死了我的三当家的钱八，今日我如果不杀了你，就誓不为人。”陈四爷怒骂道。

刘瘸子看见独眼龙，又想起死去的钱八，差点失去了理智，幸亏燕儿姑娘在一旁将他拉住，要不然刘瘸子又得搬起石头砸人了。

“陈四爷，看来你的确是福大命大啊，连高塔压下来，都没有把你压死，你可真是让本官刮目相看啊！”独眼龙说道。

“独眼龙，你害死我北省的三当家，我余某如果不除了你，就对不起北省绿林的招牌。”余秀才见到独眼龙也是气愤地说道。

“连余秀才也来了，看来今日我要立大功了，听手下的人说，昨晚夜袭府衙的是刘瘸子，想不到连北省绿林的瓢把子也来了。本来想除了陈四，再想办法以你的三当家的为诱饵除了你，想不到你今日居然送上门来，那正好今日我把你们俩一块都干掉，省得我日后还得去北省再找你。”独眼龙见到了余秀才狂妄地说道。

“你好大的口气，我南北两地的绿林好汉，就凭你一个独眼龙也想把我们都端了，到地府里去做你的春秋大梦吧。”香菱姑娘是个女中豪杰，见到有人敢不把北省的好汉放在眼里，便对独眼龙骂道。

“好个巾帼女子啊，看你姿色不错，我还差个像样的夫人，等灭了这些碍手碍脚的人，娘子，你就跟我回衙门，我包你一生荣华富贵。”独眼龙见到这些绿林好汉里面还有女人，便调戏着对香菱说道。

“独眼龙，你到底是什么人？就凭你设计不出这么好的计谋，一定是有人在背后指点你。是谁在背后给你出主意的？”刘瘸子冷静下来之后心想，你独眼龙不过是一个草野莽夫，凭你的智商，绝对想不出这等妙计。

“刘先生不愧是人称‘判官’啊，洞察力果然不一般，不过今日这个判官得由我来当了。既然你这么问，那我就让你们死得明白，免得到了下面阎王爷问你们，你们都答不上来是死在谁的手里。我姓杜，叫杜龙，本是两广提督，后来特奉朝廷的旨意，来湘西灭了你们这群乱党。眼下粤寇作乱，朝廷对你们这帮绿林中人放心不下，怕你们与粤寇勾结，因此，命我前来先把你们灭了，免得日后酿成大祸。”独眼龙说道。

陈四爷心想，我南七省的好汉还没有跟粤寇的人在一起，这朝廷就打过来了，看来这官府真是蛮不讲理啊，对于这些“莫须有”的事情，倒是挺在乎的。这本来我们不打算与粤寇结盟的，经过这么一闹，我们都会与他们结盟了。

“独眼龙，你别太嚣张了，鹿死谁手还不一定呢，就凭你们这些虾兵蟹将，还想灭了我陈四，真是不自量力。”陈四爷说道。

“哈哈，陈四，你说我自不量力了？不妨实话告诉你，你真以为那日在茶楼里是你救了我吗？当日在茶楼里早就有我的兵马安排在那里，只要我一声令下就会把金烟杆的人干掉。只是我不知道金烟杆在哪里，想要他的手下带我去，然后借机把他灭了，想不到你竟然出手相救。本想以掌眼令牌为诱饵，招出各地的绿林中人一起灭了，不曾想只要金烟杆出来，其他人就不敢插手。当日，见你在茶楼里说自己身上有令牌，想利用你，跟金烟杆拼个鱼死网破，两败俱伤的，想不到你陈四爷好本领，居然说服了金烟杆，你们两个联合了起来，并整合了七省绿林。为了这件事情我还受到了朝廷的责罚。”独眼龙说道。

“什么，你不是绿林中人，难道你不是为了荣华富贵才投靠了朝廷？”余秀才问道。

“方才我已经说过了，我本是两广提督，原本就不是你们绿林中人，后来为了将你们这些人歼灭，我便混入绿林中来，又将自己的眼睛戳瞎一只，想不到陈四爷竟然如此大的能耐，真的聚合起了七省的绿林，这倒出乎了我的意料。”独眼龙说道。

说到这儿，陈四爷背后起了一层冷汗，想不到这个独眼龙早就钻进了七省绿林，转念一想，幸亏这个独眼龙只是进了七省绿林，如果他卧底进了云台山，那云台山还了得啊。这独眼龙的做法，搁到现在来说，就是早就跟七省的绿林好汉玩起无间道了。只是这七省的绿林好汉还蒙在鼓里。

各位看官，说到这里，大家可能会想起贾掌柜，这独眼龙的一切行动，都是贾掌柜跟陈四爷说的，那这个贾掌柜也是独眼龙的人吗？这里先留个悬念，咱们以后再说。

“陈四，刘瘸子，余秀才，废话不跟你们多说了，受死吧。”只见独眼龙一声令下，周围的官兵便杀了上来。

“燕儿姑娘，保护师爷，我去杀出一条血路，咱们冲出去。”陈四爷对燕儿姑娘说道。

“香菱，你去帮四爷的忙。”余秀才见官兵众多，便对香菱姑娘说道。

“当家的，假如今天能够活着离开这里，我就嫁给你。”香菱姑娘边说边抽出九节鞭，跟四爷冲了上去。

这香菱姑娘对余秀才果然是动了心，只是到了这生死关头，才说出了藏在心里的话，可是咱们四爷虽然喜欢燕儿姑娘，但是到了这时候还是没有把话说出来。

听完这句话，余秀才的心里倒有些舍不得香菱冲上去了，早知道这样，当初就应该强行娶了香菱，只怕到了这关头，恐怕俩人没有将来了。

陈四爷拔出短刀一马当先，上去就先杀了三个小头目，这个时候，就是要先震慑这些官兵的气势，香菱姑娘的九节鞭也不是吃素的，上去几鞭子下去便有几个官兵倒地。

这陈四爷和香菱姑娘在前面杀得不亦乐乎，可燕儿姑娘就不是那么轻松了，要一边保护刘瘸子和余秀才，一边杀敌，这可有些难度了，要是咱们钱八爷没死的话，这件事就好办多了，就这些个小喽啰，咱们钱八爷一手就能捏死一个，更能保护好师爷和余秀才。

打了半天这官兵也是看出来了，这五个人里面就是余秀才和刘瘸子不能打，大群的官兵向刘瘸子和余秀才围了过来。这燕儿姑娘是且战且退，一边保护刘瘸子和余秀才一边对付官兵，很快燕儿姑娘三人就被逼到了一处小土丘上，燕儿姑娘无暇他顾，几个官兵同时围了上来，将燕儿姑娘围在了中间，分开了燕儿姑娘和刘瘸子、余秀才。

刘瘸子和余秀才手无缚鸡之力，只好往一边跑。忽然，余秀才的脚下被一块石头绊倒，余秀才心想，这下子连老天都不帮我了，本来就手无缚鸡之力，还失去了燕儿姑娘的保护，这下子又被石头绊倒了，真是命当绝于此处啊，刘瘸子见余秀才绊倒了赶忙回去扶他。

刘瘸子刚转过身想要回去扶余秀才一把，就看见一把大刀向他砍来，刘瘸子下意识地躲开了这一刀，余秀才就惨了，还没站起来，就看见几把刀同时向他砍来。余秀才倒在地上瞪着眼睛，看着刀向他砍来。

香菱姑娘看着余秀才被几个官兵围着，同时挑刀向他砍去，便急忙想抽身过去救余秀才，香菱姑娘一鞭子下去，甩开几个官兵，但距离太远，香菱姑娘根本来不及上前。

“当家的。”只听见香菱姑娘声嘶力竭地喊了出来。

就在余秀才马上命丧黄泉之时，突然一把腰刀出现在了余秀才的脸旁，一刀接住了同时砍过来的几把刀。接着腰刀一闪，几个官兵便横尸倒地。

来人是谁啊，此人手拿一把腰刀，腰间别着一根纯金打造的烟杆。来人正是金烟杆，就在这时，从四面八方，杀出了南七省的绿林众好汉，众好汉一起杀出，杀了官兵一个措手不及。

“四爷，金某来了。独眼龙，当日我可是派手下找了你好久，可惜那天没杀了你，你倒成了气候了，真是山中无老虎，猴子当大王了。”金烟杆说道。

陈四爷一看是金烟杆带人来了，心中是大喜啊，本以为陈四爷今日就要在这里交代了，看来四爷是命不该绝，不过这下子就要轮到独眼龙倒霉了。

“你又是什么人，七省绿林里可有你的名号？”独眼龙问道金烟杆。

“独眼龙，你听着，记住你爷爷的字号，我是你的金烟杆爷爷，免得到了地府里阎王爷问你，你答不上来是谁杀的你。”金烟杆说道。

独眼龙一看这金烟杆怎么成了瞎子了，当日混进七省绿林的时候，金烟杆可是绿林好汉中的美男子啊。

“金爷，来得正是时候。陈某正想要除了这个独眼龙，为钱八报仇呢。”陈四爷咬牙愤怒地说道。

“什么？钱八爷死了？”金烟杆惊奇地问道。如同钱八见到金烟杆的眼睛瞎了一样吃惊，毕竟金烟杆和钱八是惺惺相惜的好汉，唯一让金烟杆觉得可惜的是，与钱八认识这么久还没有正式与他比试一场，看到底是谁更技高一筹。

“好你个独眼龙。竟然连你金爷的兄弟钱八爷都敢害，今天我要是杀不了你，就不是好汉。”金烟杆腰刀一闪，直冲向独眼龙。

“想不到当年在江湖上人称是‘美男子’的金烟杆，今日竟然跟我杜某一样，成了独眼龙。陈四，你们云台山，一个瞎子（金烟杆），一个瘸子（刘瘸子），我看你们云台山得改叫‘瘸瞎子山’了。”独眼龙狂妄地笑着。

“金爷，你去保护师爷，独眼龙就交给我了，我要亲手杀了他。”陈四爷一边往前面冲杀，一边对金烟杆说道。

“四爷，还是让金某来吧。这等小事，何须劳烦四爷出手。再说，钱八爷与我生死与共，金某要为钱八爷报仇。”金烟杆说道。

“金爷，这云台山兄弟的仇，必须由我陈四来报，你去保护师爷。香菱姑娘，请你掩护我。”陈四爷说道。

金烟杆见到陈四爷执意要去，也就退了回来，只是一直没有退到刘瘸子旁边，而是跟在了陈四爷身后，刘瘸子现在有众兄弟们保护，根本用不着金烟杆在身边。香菱姑娘和金烟杆，一个在左，一个在右，俩人跟在陈四爷身后，三人成三角阵势往独眼龙那边杀去。

“四爷，金爷，小心。这个独眼龙身后一定有高人指点。”刘瘸子觉得不对劲。凭着四爷和金爷杀过去，这个独眼龙竟然一点都不害怕，也不躲闪，难道这个独眼龙不要命了啊，刘瘸子想来想去，觉得独眼龙背后一定有高人指点，凭着独眼龙想不出这等计谋，也设计不出高塔这种阴损的机关。

这时候的陈四爷已经杀红了眼了，哪顾得上刘瘸子的话啊，再加上有金烟杆和香菱姑娘在他的左右两旁，陈四爷觉得已经是所向无敌了，谁人能抵挡得了啊。

陈四爷干掉了独眼龙身旁的两个侍卫，一刀便向独眼龙刺去，陈四爷把刀一握，双臂用力，眼看着这一刀就要刺中独眼龙了。忽然这时候从半空中杀出一人，以铁臂挡住了陈四爷的这一刀。

是谁人敢挡住陈四爷这一刀，难道真如刘瘸子所言，独眼龙背后有高人指点？

这真是“四爷欲擒独眼龙，背后高人现真身”。欲知是何人挡住陈四爷这一刀，且听下回分解。

第四章　鹅头和尚

上回书说到，陈四爷与刘瘸子、余秀才等人，被独眼龙带人围困在了燕小八的古冢之外，就在余秀才将要丧命的时候，金烟杆带人杀了出来，救了他一命。

金烟杆见陈四爷出去的时日已经不短了，仍不见踪影，心中有些着急，便派人到山下打听。这一打听不要紧，听闻江湖上最近有人夜袭府衙，与官府的人在湘中一带杀了起来，金烟杆一猜便知是陈四爷和刘瘸子，因此便赶忙带人前来助阵。

得知金烟杆带人前来相助的陈四爷，趁势想要杀掉独眼龙，陈四爷在金烟杆和香菱姑娘的掩护之下，一路直冲杀到独眼龙的旁边，就在陈四爷这一刀要刺中独眼龙的时候，忽然半路杀出一人，以铁臂挡住了陈四爷的这一刀。

这人是谁啊，竟然敢挡陈四爷的这一刀，陈四爷退了回来才看清了此人，只见此人身着一身和尚袍，右臂上铸着一层金钢，面目凶煞，头颅看起来像是鹅头。

陈四爷破口大骂，“你是哪家的秃驴和尚，不好好在寺庙里念经，竟然出来破坏四爷的好事。赶快滚开，不然四爷要了你的小命。”

刘瘸子一看，果然不出我所料，这独眼龙背后果然是有人指点，只是想不到背后的这人竟然是鹅头和尚。

这鹅头和尚是出了名的酒肉和尚，当年曾在寺庙里出家，并在寺里练就了满身的本事，后因犯了寺里的戒律，被赶出了寺庙，因为这事，鹅头和尚怀恨在心，半夜里又跑回去，杀了寺庙的住持，并破了武僧阵，逃了出来。后来，鹅头和尚做尽恶事，江湖上的人对他无不是欲诛之而后快，只是这几年一直没有这个鹅头和尚的消息，江湖传言鹅头和尚已经死了，想不到今日又在这里看到他了。

“四爷小心，赶快退回来，此人不简单，他是江湖上的鹅头和尚，快退回来。”刘瘸子对着陈四爷喊道。

金烟杆一听是鹅头和尚，便要上前想拉住陈四爷，只是陈四爷早就杀红了眼，哪顾得上这么多啊，一把甩开金烟杆冲上去与那鹅头和尚厮杀起来。

“金爷，保护四爷。”刘瘸子见四爷冲了上去，冲金烟杆喊道。

金烟杆提起腰刀，上前为陈四爷助阵，香菱姑娘见状，也提起九节鞭上去助阵陈四爷和金烟杆。顿时，四个人厮杀起来。

陈四爷三人攻守兼备，是边打边进，鹅头和尚也不示弱，一只铁臂运用得是出神入化，凭着金烟杆和陈四爷的刀法，竟然刀刀都被鹅头和尚的铁臂接住。

香菱姑娘一甩九节鞭直往鹅头和尚的头颅甩去，这一鞭子下去，香菱姑娘是想要缠住鹅头和尚的脑袋，借机将他一招封喉，鹅头和尚一只铁臂接住了陈四爷和金烟杆的两把刀，自己的脑袋一闪，躲开了这一击。

四人在那边打得是风生水起，在场的人无不被这场战斗吸引，一个个看得是叹为观止。只见这四个人各自将手上的兵器都是运用得出神入化。如果香菱姑娘是个男人的话，那陈四爷三人，真是有当年刘关张三英战吕布之势啊。

这三人打得正起劲，但刘瘸子在一旁却看得是心急如焚啊，这个鹅头和尚可不是善茬，要论起身手，可能这个鹅头和尚不是四爷和金烟杆的对手，但是这个鹅头和尚常使阴招，用暗器伤人，江湖上有不少的英雄豪杰，就是这么死在了他的手上。

就在鹅头和尚快要招架不住的时候，忽然从他的铁臂里射出一只飞镖，刺中了香菱姑娘，香菱姑娘中镖倒地，余秀才见香菱姑娘倒地，便要扑过去，刘瘸子在旁拉住了余秀才。

“余爷，别冲过去，你现在过去只能给他们添乱，放心，四爷会保护好香菱姑娘的。”刘瘸子说道。

陈四爷抽身扶起香菱姑娘，见暗器并没有射中要害部位，只是射中了右臂的关节。

陈四爷抬头一看，金烟杆还在与鹅头和尚交手，金烟杆好身手，自己一个人独战鹅头和尚都没有落了下风。

陈四爷抱起香菱姑娘，然后对还在与鹅头和尚交手的金烟杆喊道："金爷，快撤。"

金烟杆双臂一用力，一刀震开了鹅头和尚的铁臂，掩护着抱起香菱姑娘的陈四爷，三人一路冲杀到了刘瘸子附近。

陈四爷心想，余兄，不好意思了，恕我陈四对嫂子不敬，眼下如果我陈某不这样，恐怕香菱姑娘就要死在这里了。

"弟兄们，大家随我杀出去。"陈四爷一声怒吼，只见七省的众兄弟个个手持刀枪又激战了起来。

"别让他们跑了，把他们给我抓住。"独眼龙骑在高头大马上喊道。

这陈四爷是谁啊，你独眼龙说抓住就抓住啊，再说了这刀山火海都拦不住陈四爷，就凭你一个独眼龙能抓住吗？

陈四爷带领众兄弟左突右击，终于杀出一条血路，一路直奔回了云台山。

这独眼龙见陈四爷冲了出去，便一路跟着陈四爷直往云台山杀来。到了云台山底下，独眼龙是望山兴叹，这云台山易守难攻，当初曾有不少官兵死在这里啊。

"混蛋，我不是让你们抓住陈四吗，怎么让他又逃回山里了？"独眼龙见陈四爷进了云台山，便大发雷霆。

"大人，为何不带人杀入此山，而在外面徘徊？"鹅头和尚问独眼龙道。

"大师有所不知啊，云台山是陈四的老巢，此山地势险要，易守难攻，以前我曾多次派兵来攻打，但都没有成功。一旦陈四进了这云台山，再想抓住他就难了。"独眼龙叹了口气说道。

"既然这样，大人为何不智取，而非要强行攻打呢，只要将陈四引出来不就可以抓住他了吗？"鹅头和尚一脸阴险的样子。

"不知大师有何高招？"独眼龙立刻转忧为喜，高兴地问道。

"这有何难，大人不妨如此这般，这般如此……"鹅头和尚在独眼龙的耳边轻声说了几句。

独眼龙点了点头，心中暗叹果然是条好计谋。听完此计后，独眼龙便叫手下人到了云台山下，安营扎寨。

话说陈四爷回了云台山，便关闭寨门，死守云台山，这云台山俨如铁桶一般牢固，就凭独眼龙那点本事，是打不进来的。陈四爷心想，这大概就是刘瘸子早日所说的云台山的一场劫难，只是刘瘸子却算不出如何破解此次劫难。

顾不上那么多，陈四爷即刻派人为香菱姑娘治伤，幸好香菱姑娘只是皮外伤，并没有伤到要害，要不然死的就不止是钱八，还有香菱了。

“四爷，现在独眼龙已经派人围住了云台山，依在下看来，咱们不要轻易出动，要以静制动。这云台山易守难攻，只要我们不出战，独眼龙也别想打进来。”刘瘸子对陈四爷说道。

“不错，独眼龙派人围攻，我们不可以轻易出动，虽说他在山下安营扎寨，但只要我们跟他耗，就不怕他不撤军。一旦他的军粮供应不上，便会撤军。”余秀才也说道。

“余兄，眼下独眼龙带人而来，我倒不怕他攻打，我云台山众兄弟个个都是好汉，他想打进来简直是痴人说梦。我只是怕他独眼龙知道了我山背面的小道，这是云台山的死角，如果那里被攻破了，我云台山必有危险。”陈四爷说道。

“四爷放心，这条小道，只有我知道，其他人是不知道的。”燕儿姑娘说道。

云台山背面的小道，是燕儿姑娘的爷爷开辟的，知道这条小路的除了燕儿姑娘和在坐的还真没有人知道。

现在最让刘瘸子担心的不是独眼龙，而是他身边的鹅头和尚，此人诡计多端。单凭一个独眼龙的话，云台山的众兄弟可以不费工夫就将他灭了，只是这个鹅头和尚不是个善茬，得想个办法除了他。刘瘸子估计这个鹅头和尚肯定又在想什么诡计了。

就在这时，山下的弟兄上来报道，说官兵有人送了一封信上来，要陈四爷过目。

刘瘸子担心的来了，只怕这封信不是独眼龙写的，而是鹅头和尚写的，不知道这个鹅头和尚又想出了什么诡计。

陈四爷接过信，当着众人的面打开。

“四爷如晤，杜某初来此地，见云台山巍峨耸立，杜某深感佩服，四爷选此巍峨之山为穴，实在是高。在下十分仰慕四爷之名，只是各为其主，吾等不得不尊奉朝廷旨意，今日你我就要决战沙场，只是在决战之前，杜某想结交四爷这样的英雄豪杰，想与四爷把酒言欢一次，则不负此生。另外，余秀才才智过人，敢与洋人为敌，实在是令在下钦佩，如今朝廷的兵马都不敢取洋人一分一毫，余爷竟能夜袭天津，令杜某佩服之至。今杜某已在山下设下酒宴，还望四爷和余爷赏脸，能来此共聚一番。杜龙至上。”

“四爷，这是鸿门宴啊，千万不能去啊。此去必是危险啊！”刘瘸子看完信后，对陈四爷说道。

这个鹅头和尚真是阴毒，知道绿林中人最怕的就是丢面子，还偏偏就使出这招鸿门宴，这真是刺中了四爷的要害之处啊。

“余兄，你有什么看法?”陈四爷没有回答刘瘸子，而是转身去问余秀才。

“陈兄，刘先生所言不假，这独眼龙摆明是设的鸿门宴，但是余某初来湘西，还没吃过这湘西的特产，今日倒想尝尝。我倒想要看看这个独眼龙到底想干什么，咱们二人不妨跟他过过招。”余秀才说道。

“哈哈，余兄所言正中陈某下怀。我倒想去会会这个独眼龙，上次既然我陈某能在茶楼里救了他，这次也就能要了他的命。”陈四爷说道。

“四爷，余爷，这可不是闹着玩的，这独眼龙我倒不怕，凭着四爷和余爷，可以随时除了他，只是这个鹅头和尚可不是好对付的。”刘瘸子说道。

“那就更好了，正好可以借机一起会会他。我倒要看看这俩人要玩什么花样。”陈四爷说道。

“当家的，我跟你一起去。”香菱姑娘听到余秀才要去独眼龙那里赴宴，便站起来说道。

“你伤势未愈，还是留在这里养伤吧。放心，就凭他独眼龙还要不了我的性命。一条官府的小狗，牙口还没长好呢，就想来咬人，当心我把他的牙拔了。”余秀才对香菱说道。

陈四爷听后哈哈大笑，心想，还是余秀才口才好，一语就道破了独眼龙的那点本事。

刘瘸子见已经拦不住陈四爷，便对金烟杆说道：“金爷，劳烦你跟四爷走一趟。鹅头和尚诡计多端，我怕他会耍诈，你要保护好四爷和余爷。”

“师爷放心，只要有我金烟杆在，就不会让四爷伤到一根汗毛。”金烟杆说道。这话刘瘸子倒是相信，当日在苗人的树林，如果不是金烟杆，咱们四爷早就丧命了。

“燕儿姑娘，你带人在山下随时接应四爷，香菱姑娘你带人在山背后的小道守着。”刘瘸子部署地说道。

“师爷，云台山还望师爷看守，陈某去去便回。”陈四爷对刘瘸子说道。

“四爷放心，云台山就交给刘某了，四爷此去万事小心。”刘瘸子说道。

这真是“四爷好比关二爷，单刀赴宴独眼龙”。欲知陈四爷后事如何，且听下回分解。

第五章 贾掌柜真相（上）

上回书说到，陈四爷与金烟杆合力突出了独眼龙的包围，就在四爷刚回到云台山的时候，独眼龙派人送来一封信，邀请陈四爷和余秀才前去赴宴。

刘瘸子认为这是鸿门宴，主张不让四爷前去，但是四爷和余秀才却想去会会这个独眼龙和鹅头和尚，看看这俩人到底要什么花招。

刘瘸子拦不住四爷，便派金烟杆前去保护陈四爷和余秀才，又派燕儿姑娘在山下随时接应四爷，派香菱守住山后的小道。

陈四爷带着余秀才和金烟杆，三人下山直奔独眼龙的大营，前去赴宴。

到了大营，余秀才见独眼龙的大营排兵整齐，心中不免赞叹，看来这个独眼龙对于排兵布阵还是有一套的。

到了中军大营，只见独眼龙早已在此等候。

“四爷，余爷，大驾光临，杜某有失远迎，两位里面请。”独眼龙一副小人得志的样子，以为奸计得逞了，把四爷和余秀才给骗了过来，今日就要在这里除去了这俩人，殊不知咱们四爷可不是那么容易对付的。

“独眼龙，你今日叫我们二人前来，不知有何贵干啊？”陈四爷说道。

“四爷，杜某此次叫两位前来，只是想跟二位把酒言欢。杜某从老家带回了几壶好酒，想与二位品尝。”独眼龙说道。

话说间四人便来到了帐中，只见酒菜已经备好，可是却未见鹅头和尚。金烟杆在旁握紧了腰刀，以便随时应付。

“二位请上座。”独眼龙说道。

陈四和余秀才坐了下来，但金烟杆并没有坐下来，而是站在了陈四爷的身旁，这个架势就如同刘备赴宴周瑜，身旁站着一个关云长一般。

“金爷为何不入座啊？莫不是看不起我杜某？”独眼龙见到金烟杆没有入座，便问道。

“金某此次是陪同四爷前来，至于酒菜嘛，就免了。我吃不惯官府的肉，喝不惯官府的酒。”金烟杆厉声说道。

“呵呵，金爷果真是快人快语啊！”这话令独眼龙十分生气，但独眼龙却强忍了怒气赔笑地说道。独眼龙心想，还嘴硬，一会儿把你们都抓起来，看你们吃不吃得惯官府的饭菜。

“四爷，我这大营里有一个说书先生，是我从京城里找来的，说书那是一绝，我想请他来说一段，为咱们喝酒助兴，不知二位意下如何？”独眼龙看着陈四爷和余秀才说道。

“杜大人不必客气，既然酒宴已经备好，那么祝酒之事就由大人来安排了。”余秀才说道。

咱们四爷最喜欢听说书了，不知道今儿独眼龙说的是哪一出。

只见独眼龙一拍手掌，里面大帐里拉开了一个帷幕，出来一个说书先生，站在一个桌子旁边。只见这桌子上只有一纸扇，一醒木。

“今日能够请到南陈北余两位豪杰，实在是在下的荣幸，杜某先干为敬。”独眼龙喝了一杯酒说道。

只见陈四爷刚端起酒还没喝，就被金烟杆把酒杯抢了过去。

“四爷，这第一杯酒就请金某为你吃了吧。”金烟杆一饮而尽，过了一盏茶的工夫，金烟杆对四爷说道：“四爷，好酒啊，没有带色，四爷放心饮用。”金烟杆刚才说的是暗语，这酒里没有带色，就是说这酒里没有下毒，四爷可以放心地喝。

这独眼龙可是把这一切都看在眼里，气在心里，这个金烟杆自打来了，就不断地挑衅。独眼龙只是一直在压着怒火，心里早就想把金烟杆剁成八块了。

“金爷这么做，难不成害怕我杜某在酒里下毒不成？”独眼龙问道。

“方才金某闻到酒气，感觉香气扑人，情不自禁就抢了四爷的酒，还望大人见谅。”金烟杆说道。

“既然金爷觉得酒香，何不坐下来一起品尝？我这酒今儿就是专门为你们备的。”独眼龙说道。

“呵呵，金某喝酒，只喝一杯，不多饮，我怕喝醉闹事，会扫了大人的雅兴。况且今日杜大人请的是四爷和余爷，金某就不必坐下了。”金烟杆连眼皮都不抬，就回了独眼龙的话。

陈四爷和余秀才端起酒杯，也喝了一杯。就在这时，只听上面的醒木一拍，说书人便开始说书了。

只听上面的人说：“今日，陈四爷与余爷和杜大人在此共饮，在下不才为几位说一段，咱们来说一段楚霸王宴请刘邦的故事，话说当日，楚霸王项羽在鸿门，宴请刘邦……”

陈四爷一听，好你个独眼龙，来个鸿门宴也就罢了，居然连说书都是说鸿门宴，真是狂妄到家了，我陈四今日要是不给你点颜色看看，你就不知道马王爷有几只眼。

“听闻余爷是秀才出身，学识渊博，不知余爷可否听出这是说的哪一段啊？”独眼龙明知故问。

“哈哈，余某不才，这听着像是鸿门宴。不知在下说得对不对？”余秀才说道。

“难道大人今日所摆的就是鸿门宴，难不成今日陈某倒成了刘邦？”陈四爷补充一句说道。

“四爷想多了，杜某今日怎么会摆鸿门宴呢，再说了这鸿门宴上有项庄舞剑，今日这大帐里就我杜某一人，哪里来的项庄啊！”独眼龙说道。

“呵呵，就算是鸿门宴，我余某今日倒要看看，杜大人这个项羽是怎么当的。难到杜大人不知道，这鸿门宴之后，项羽兵败自刎乌江，刘邦做了皇帝。”余秀才一针见血，意思是虽说今日你独眼龙请的是鸿门宴，但是你早晚玩完，当年一个刘邦就把项羽弄死了，再说今日这里可是坐着两个刘邦。

“余爷此话过重了，杜某哪比得上当年的西楚霸王呢，况且这鸿门宴的结局是刘邦用龌龊的手段，说上茅厕而离开了。堂堂一代枭雄竟用这么卑劣的手段，这楚霸王真是可怜啊。”独眼龙这话是明着骂刘邦是个小人，暗着是在说陈四爷和余秀才这俩人是手段卑鄙之人，今日你们两个想要脱险，可不要用如厕这种下流的手段。

“呵呵，成大事者不拘小节，刘邦用的手段并不卑劣，要想成就大事，就得什么手法都得用，只是做事的手法一定要光明磊落，不要藏藏掖掖的，像楚霸王这样，明摆着想要杀刘邦，可是硬要用鸿门宴这种手法，这才是叫陈某所不齿的。”陈四爷说完端起一杯酒喝了下去。

陈四爷听出了独眼龙的话，用项羽是个更卑鄙的小人回了独眼龙，意思是刘邦虽然是个小人，但是你独眼龙效仿楚霸王设下鸿门宴，就更卑鄙。

“呵呵，四爷说得对，成大事者不拘小节。今日听了四爷的一番话，真是胜读十年书啊，二位请。”独眼龙端起一杯酒敬陈四爷和余秀才。

这独眼龙早就在中军大帐里安排了官兵，伏兵就在大帐的两旁。只要独眼龙摔杯子就冲出来，杀死陈四爷和余秀才。金烟杆刚一进来就感觉到这大帐里的杀气了，只是在等一个机会灭一灭独眼龙的威风。

“四爷，其实这次杜某并不只是请了二位，还有一个人没有来，在下已经派鹅头和尚前去请了，二位在此稍候片刻。”独眼龙说道。

“不知杜大人除了宴请我二人之外，还请哪位来赴宴？”陈四爷问道。

“是四海钱庄的贾掌柜，他马上就来了，二位稍后片刻。”独眼龙说道。

贾掌柜？独眼龙要请贾掌柜前来做什么，这贾掌柜一直是陈四爷的好朋友，只是最近都没有见过他，最后一次见他是在云台山，不过话说回来，这个贾掌柜是有些可疑，他每次都是给陈四爷报信，可是每次报信都是与独眼龙有关，难不成这贾掌柜是独眼龙的眼线？

不会的，贾掌柜看起来仁义厚道，又怎么会是独眼龙的眼线，陈四爷一边想一边喝下了一杯酒。只有旁边的余秀才有些疑惑地看着陈四爷。

“余爷不必多疑，这位贾掌柜是我们平州城内四海钱庄的掌柜，跟我和四爷是老相识了，所以这次既然四爷来了，那我就顺便把贾掌柜也给请来了。我有一些事情还是要贾掌柜来做一下说明。”独眼龙说道。

这真是“独眼龙暗藏祸心，贾掌柜真相几何”。欲知贾掌柜究竟是何人，独眼龙葫芦里卖的是什么药，且听下回分解。

第六章 贾掌柜真相（下）

上回书说到，陈四爷与余秀才前去赴独眼龙的鸿门宴，席间独眼龙说请来了贾掌柜，并说有一些事情还要贾掌柜来解释一下。陈四爷觉得纳闷，究竟这个贾掌柜是什么人？独眼龙所说的话是什么意思，咱们马上分解。

就在陈四爷怀疑这个独眼龙到底要干什么的时候，忽然上面的说书人醒木一拍，接着说起了第二段："话说，刘邦在席间与项羽二人斗智斗勇，就在这时，项羽的亚父范增站起来说，单是喝酒缺乏乐趣，请项庄起来舞剑助兴，这真是'项庄舞剑，意在沛公'……"

就在这时，自打进了中军大帐，一直没有露面的鹅头和尚出现了。陈四爷心想说曹操曹操就到啊，这刚说到"项庄舞剑，意在沛公"，这不"项庄"就来了，看来这个独眼龙是要使出狠招了。

陈四爷端起酒杯对余秀才使了个眼色，示意余秀才小心为上。

"大人，您要的人，贫僧给带来了。"鹅头和尚进来对独眼龙说道。

只见鹅头和尚捆绑着一个人进了中军大帐，鹅头和尚手上所捆绑的正是贾掌柜，贾掌柜面色惨白，看来是受了不少苦，这个可恶的鹅头和尚，正如刘瘸子所言，连一个花甲老人都不放过，要是被四爷抓住了，真是该拖出去砍头一炷香。

"好，陈四爷，此人你可识得啊？"独眼龙问道陈四爷。

"这不是四海钱庄的老掌柜吗？您又是怎么得罪了咱们杜爷了，要说我陈某得罪了杜爷，那是因为我上山落了草，不愿意受他的盘剥，您老人家跟他这么好，怎么也让他给抓来了？"陈四爷故意这么说，看着老掌柜这么被独眼龙折腾，陈四爷心里着实不好受。

老掌柜跪在地上，头都快要耷拉到地上了，老掌柜看起来浑身无力，就像任人随便捏的一块面一样。老掌柜喘着粗气，一句话也说不上来。

“四爷，这您就甭问了，您问他，他也说不出口啊，他那是觉得对不起您，还是由杜某来说吧。”独眼龙装作客气地说道。

“嗯，愿听杜爷之言。”陈四爷说道。

“四爷，你可知道，你从一开始知道掌眼令牌的秘密，一直到后来去打探燕小八的古冢，这一切是谁安排的啊？”独眼龙问道陈四爷。

“是何人啊？”陈四爷明知故问地说道。

“是我杜某。”独眼龙看着陈四爷说道，并晃起了脑袋。

“还有眼前的这位贾掌柜，这位贾掌柜真是人如其名啊，贾掌柜，他所说的一切都是假的，但是又都是真的。”独眼龙补充着说道，并在四爷面前卖起了关子。

“杜爷此话何意啊？”陈四爷瞪着眼睛看着独眼龙。陈四爷盯着独眼龙，心想你喝多了吧，在四爷面前晃来晃去，晃得我头都晕了，你要把四爷的脑袋晃成鹅头和尚啊。

毕竟是四爷有两个眼睛，独眼龙的一只眼睛确实是对不过四爷，独眼龙头一甩，避开了四爷的目光。

余秀才在一旁喝着酒，看着这个独眼龙像是一个疯子一样，在四爷面前晃来晃去，不知道的还以为他是在唱戏呢。这独眼龙一晃，搅得上面的说书的也有些不知所措，差点把鸿门宴说成是贵妃醉酒。

“四爷，刚开始的时候，我杜某混入七省绿林，接着以独眼龙的身份带了几个官兵，假扮成小头目。我这么做完全是为了让我杜某变得有势力啊，只有变得有势力了，我说句话江湖上的好汉们才会听我的。”独眼龙说道。

“那你最后也没变得有势力啊，怎么就说自己有了令牌呢？”陈四爷皱了皱眉头，故意问独眼龙。

“四爷问得好，就是因为杜某没有势力，所以才说自己得到了令牌啊，自打陈四爷的养父宋九一先生去世后，七省绿林就四分五裂，四爷沉寂了几年，七省绿林就分裂了几年。杜某不才啊，没有得到令牌，因此只有散布谣言说杜某得到了令牌。”独眼龙说道。

“这样你就可以趁着各省英雄前来找你的时候，将他们逐一歼灭。”陈四爷说道。

“四爷果然是聪明过人，我本就是这么打算的。后来，想不到七省绿林中出了英雄人物，只要他放出话来就没人敢动手，那人正是陈四爷身后的金烟杆，金爷啊。”独眼龙说道。

“这平州城里，唯一一处经常有绿林人物出没的地方，便是四海钱庄了，贾掌柜为人厚道，经常帮绿林中的好汉看信物。后来杜某得知后，就找到贾掌柜，告诉他，这绿林中有一个掌眼令牌，只要得到了就可以整合七省绿林，因此，我让贾掌柜帮忙，只要有绿林中人前来，就告诉他我独眼龙得到了掌眼令牌，让他们来附近的茶楼找我，我好借机一个个地除去他们。可惜，金烟杆得知后放出风来要得到令牌，绿林中人因为害怕金烟杆的实力，所以都不敢来找我了。”独眼龙补充说道。

“是吗？据你所说贾掌柜为人厚道，对我绿林中人甚好，又怎么会帮助你呢？”陈四爷问道。

说到这里，贾掌柜抬起头来看着陈四爷，眼睛里面满是感激之情。心想，还是四爷了解我啊！

“呵呵，贾掌柜在外地有几个亲人，我看贾掌柜常年在外做生意，他的家人一定会很孤单，所以就把他的家人接了过来。贾掌柜太忙了，哪有时间照看家人，是不是？所以，我杜某就帮了贾掌柜这个忙，将他的家人安排在了府衙，好吃好喝地伺候着。毕竟是父母官嘛，杜某不帮忙，谁帮忙啊！”独眼龙说道。

陈四爷心想，好你个独眼龙，明明是你把人家贾掌柜的家人挟持过来，要挟贾掌柜为你做这么多事情，现在倒好，你却说是帮别人照顾家人，你这张嘴真是比那孙寡妇还会说啊。

“看来杜爷也是挺忙的啊，天天要为这么多的事情而烦心啊。陈某一直以为杜爷是个官老爷，天天坐在家里喝茶呢，想不到杜爷还真是为咱们百姓考虑啊，真是个好官啊！”陈四爷讥讽地对独眼龙说道。

“难为陈四爷能为我们做官的考虑啊，等四爷坐在了这个位子上才会知道，做一个父母官是多么的不容易啊，我要操多少心啊，这些年劳心劳力我要减寿啊。”独眼龙装模作样地说道。

独眼龙，你个王八蛋，做尽坏事，拿别人的家人为人质，要挟别人做坏事，真是丧尽天良，你要不会折寿才怪。

“刚才我说到哪儿了？对，四爷咱们还没说完令牌的事呢。绿林中人都害怕金烟杆，不敢来找我，只有四爷一个人够胆量敢来找我，杜某佩服。那日在茶楼，我已安排好了兵马，只等金烟杆来找我，但是金爷果真聪明，没有亲自来，只是派手下人来跟我要令牌，我本想他的手下会带我去见金烟杆，结果却要杀我，本来安排好的手下，就要冲进来救我了，不曾想到四爷出手相救，真是令在下感激万分啊。”独眼龙说道。可能是说了半天口渴了，独眼龙举起一杯酒一饮而下。

独眼龙说了半天话，恐怕比上面的说书人说得都要多了，能不口渴吗？陈四爷心想，你个独眼龙还真是啰唆啊。恨不得现在一刀杀了你，只是你还没说完，陈某想听听你到底还隐藏了多少秘密。

“那为何杜爷当日不跟踪陈某前去，等见到了金爷，一起将我们二人除了啊？”陈四爷问道。

“当日我见四爷也是身手不凡，便暗地里一直观察四爷，想着你去见了金烟杆，定是你们二人拼个鱼死网破，毕竟你陈四爷看起来也不是好惹的。所以，既然你们二人可以相拼，那就不用我再出手了，坐收渔人之利岂不更好？”独眼龙看着金烟杆说道。

“只是没有想到，你陈四爷的本事竟然这么大，可以把金烟杆拉拢过来，这可真是我杜某没有想到的。”独眼龙补充地说道。

这时候，台上的说书人一拍醒木，说道：“这时候有一人冲了进来，此人是谁啊，此人乃是刘邦的帐下大将，樊哙。樊哙在席间以盾为案板，切开骨头吃起了生肉，楚霸王赞叹道，将军乃是真英雄也……”

“对，如同楚霸王所言，在下佩服四爷，四爷乃是真英雄。我本以为四爷一定会被金烟杆杀了，想不到数日后，四爷竟然整合了七省的绿林好汉，重新树立起了大旗。”独眼龙说道。

“哈哈，此等小事何足挂齿，杜爷过谦了，陈某再厉害，还不是被杜爷给套了进来，差点死在了燕八爷的古冢里吗？”陈四爷心想，独眼龙果然是心狠手辣，城府极深。

独眼龙能不心狠手辣吗？为了剿灭七省绿林的人，居然连自己的眼睛都弄瞎了，这天底下有几人能做到这一点啊。

“唉，四爷过谦了，说来说去还是这个贾掌柜害了四爷，给四爷情报，告诉四爷杜某要去挖掘燕小八的古冢。就算是我以前一直上盯着四爷，知道四爷陪同金爷前去了老家，并且见了白鹤道人，得到了燕小八古冢的秘密，他也不应当就认为我要去盗掘燕八爷的古冢啊。四爷，要不今日我就替您除了这个祸害？”独眼龙说道。

怪不得独眼龙知道燕小八古冢的秘密，原来他还知道白鹤道人，看来白鹤道人已经遭遇不测了。

“这件事情就不劳杜爷出手了，方才杜爷说到了白鹤道人，那敢问杜爷可知道白鹤道人身在何处啊？”陈四爷并不想贾掌柜死，钱八已经死了，陈四爷不想再有人死了，虽然这一切都是贾掌柜通风报信造成的，但是他也是逼不得已啊！

“四爷是说那个牛鼻子老道吧，那个臭道士，真是不识抬举，当日在湘西还打了我一顿。其实，我早就想请四爷过来了，请四爷跟我一起去找燕八爷的古冢，只是他一直不肯说出燕八爷的古冢位置，结果惹得鹅头大师不高兴了，没办法只好让他去见佛祖了。四爷，像这种不识相的人还是不要再结识了，免得坏了你英雄的名号。”独眼龙拍了拍四爷的肩膀说道。

陈四爷一听白鹤道人死了，使劲地攥住了杯子，怒目瞪着独眼龙，这白鹤道人虽说与陈四爷没什么交情，但毕竟是宋九一的师弟，也就是陈四爷的师叔，况且在苗区白鹤道人还救过陈四爷的命，想不到竟然被独眼龙害死了。

余秀才在一旁拉了拉陈四爷的衣角，示意四爷先不要发作，等独眼龙把话说完。

四爷忍了忍，轻轻将杯子放下，没有发作出来。这时候，独眼龙已经狂得没边了，看到他这副德行，四爷真想上去拿鞋底子抽他的脸，看你再嘴硬。

就在这时，忽然金烟杆一把刀甩了出去，只听见中军大帐内一声惨叫，大帐的帷幕里一片鲜红的血便染透了白布。

这真是“独眼龙揭开秘密，陈四爷怒气冲天”。欲知金烟杆杀死的是何人，陈四爷等人后事如何，且听下回分解。

第七章　北省盗众

上回书说到，独眼龙气焰嚣张地在鸿门宴上说出了以往的事情，并且说已杀死了白鹤道人，陈四爷怒气冲天，想要发作，却被余秀才拦住了。就在这时，金烟杆一刀杀死了帷幕里的一个人，引起了全场的震动。

独眼龙还在看着陈四爷，却不曾想到金烟杆突然杀出了一刀。

“杜爷，你请四爷和余爷前来，竟然会有手下的人在此偷听军事机密，我金某看不下去了，便出手替你清理门户，还望杜爷见谅。”金烟杆说道。

听完金烟杆的话，独眼龙的冷汗都出来了，想不到金烟杆居然连这些都看出来了，刚才藏在帷幕里的士兵也许是等的时间太长了，身体抖了一下，金爷抓住机会，一把腰刀便刺了过去，这一下子正好刺中了那个士兵的胸口。

“杜爷，想不到你治军严明，也会有这样的军士出现啊，不过我等都是守口如瓶的人，不会将这件事说出去，要不然这事传了出去，还不得坏了杜爷的名声。”余秀才说道。

“余爷不愧是北省的瓢把子，气量过人，金爷果然好身手，来人，把这个败类给我拉出去，真是丢我们官兵的脸。”独眼龙愤愤地说道。

好你个金烟杆，差点着了你的道，要不是我反应快，这埋伏在帷幕里的士兵，恐怕现在就让我摔杯子摔出来了。

“听闻余爷早年是个秀才，为何现在又成了北省的瓢把子啊，像余爷这样的人才，假如能为我朝廷效力，将来必定是荣华富贵啊。”独眼龙有点想要挑拨余秀才和陈四爷的关系。

“呵呵，余某一向不喜欢和洋人打交道，我泱泱中华，为何屈服于洋人。再者余某一向是来往自如惯了，假如到了朝廷做官，一不小心得罪了洋人，那不给朝廷添麻烦啊。”余秀才此话不假，这余秀才一向不喜欢洋人，尤其是看到洋人在中华大地上肆虐妄为，更是十分痛恨，所以，余秀才才会带人夜袭天津，痛击洋人。

“余爷此言差矣，如今朝廷正大力举办洋务运动，不准备跟洋人的关系弄僵了。况且朝廷现在正是用人之际，像余爷和四爷这样的英雄人物，如果投靠朝廷必然会得到重用，将来荣华富贵享之不尽。”独眼龙一计不成又换一计，想要招安陈四爷和余秀才。

可惜，这个独眼龙真是不了解四爷啊，当年四爷和刘瘸子曾去投军，也想投靠朝廷，为国家立功，可是几次去投军都被轰了出来，自那以后四爷就再也没有投军的想法了，要是能投靠朝廷，还用得着你说啊，咱们四爷八百年前就去做了。

余秀才就更不用说了，当年更是一身的志气想要考取功名，但是几次考试都被官场黑幕给打了回来，余秀才最后一次参加科举的时候，竟然见到有人公开卖官，那些买官之人更是放出狂言，所谓的考试只不过是考察考生的拍马屁的能力，如果一个官员在写奏章的时候，连马屁都不会拍，那这样的官员又怎会得到重用呢？

最后一次参加科举，余秀才只是在考卷上留了区区几个字便愤然离去。之后余秀才就再也没有参加过科举考试，一次巧合进入了北省的绿林当中，成为了绿林中第一个当家的秀才。

“杜爷，您的好意，陈某心领了，只是陈某乃是一介草莽，只怕去了朝廷不太合适，况且陈某从未见过洋人，假如一不小心得罪了洋人，那不是给朝廷惹麻烦吗？”陈四爷用余秀才的话回了金烟杆。

“陈兄说得对啊，余某也不过是一个穷酸秀才，对于官场之事真是不了解，况且以余某的文笔也不会拍马屁，只会揭人短，所以，还是不要去朝廷得罪各位大人好了。”余秀才说道。

“二位过谦了，适才金爷替杜某除去了一个官兵的败类，替杜某清理门户，杜某感激不尽啊，今日再下也要为四爷做一点小小的事情，四爷对杜某有这么大的误解，说来说去还是这个贾掌柜的过错，这个老不死的，老是挑拨我跟四爷的关系。今日，这件事情就交给杜某来办理了，来人，将这个人拉下去，斩首。”独眼龙跟四爷说完后，又对身边的侍卫说道。独眼龙见拉拢四爷和余秀才不成，又把话题转到了贾掌柜身上，想要把气都撒到贾掌柜身上。

斩首，陈四爷听完这句话后，为贾掌柜捏了一把汗。各位不要以为斩首就是拉到校场，刽子手一刀下去，然后脑袋掉下来，脖子上碗大个疤，那可不是这么简单的。

这古人的斩首之刑，是分级别的，对于官位等级越低的，那斩首的时候死得就越痛快，一刀下去，犯人当即死亡。还有一种死得极为痛苦，那是对官位高的人和死囚，这两种人在刑场的时候，连死都是一种痛苦，刽子手往往一刀下去，不直接砍断脖子，而是一刀砍在脖子上，刀卡在脖子里，但人还喘着气，接着刽子手就用最残忍的手段，慢慢地将犯人的脑袋一点一点地锯下来。

当犯人的脑袋被锯下来的时候，面目非常狰狞，而且往往嘴里留出了一地的口水，口眼歪斜，连死都不痛快，面目表情充满了对世道的憎恨。

所以，往往在执行斩首之刑之前，被斩首之人的家属，通常先要买通刽子手，给他些银两，只求他动手的时候，一刀下去，给亲人一个痛快的死法，免得临死还受一场罪。

你想想看，老掌柜年近花甲，鬓角已霜，又怎么能受这样的痛苦呢。听到这里，陈四爷自然是捏了一把汗。

“杜爷，这件事情既然是四爷的事情，我想还轮不到你来插手，况且这贾掌柜该怎么处理，还是要听从四爷的安排。”余秀才见到四爷紧张的表情中透着一股杀气，便知道四爷已经快要到爆发的极限了。

“余兄，既然杜爷想要帮这个忙，那也未尝不可啊，不过陈某以为这斩首也实在是太轻了，对于这样害死我七省绿林的人，又怎么能这么简单地就让他死了呢，不知杜爷这里可有凌迟的刑具，在下想看这个老掌柜被千刀万剐。”陈四爷想，看来要拉住独眼龙，不让他对贾掌柜斩首已经是不可能的，便又进一步地说话，陈四爷想要以进为退，用这招凌迟代替斩首逼退独眼龙。

“四爷所说的凌迟刑具，在下这里还真没有，这里是军营，哪里有这样的专业人士。”独眼龙说道。

“既然杜爷这里没有，那就不劳烦杜爷了，正好陈某的云台山里有这样的刑具，如若杜爷不介意，可以陪在下回一趟云台山，在下可以让杜爷开开眼界，不知杜爷意下如何？”陈四爷话锋一转直刺向独眼龙。

“那就不必劳烦四爷了，既然四爷想看这个老掌柜凌迟处死，那杜某就……”

“大人不妨跟随陈掌眼前去一看。”独眼龙这句话还没讲完，鹅头和尚便插话道。见到独眼龙抵挡不住四爷和余秀才的轮番上阵，鹅头和尚终于站了出来。

余秀才心想，这个鹅头和尚终于站出来了，刚才此人在一旁一言不发，既然这会儿站了出来，必然是想到办法来对付我和四爷了。

“难不成鹅头大师也想开开眼界，想要见识一下这凌迟之刑？”陈四爷见鹅头和尚开口说话，便将话题转到了鹅头和尚的身上。

“在下的确是想要见识一下这凌迟之刑，只是怕二位没有机会再回到云台山了。”鹅头和尚说完这句话，便拿起一个酒杯想要往地上摔去。

话分两头，这边的陈四爷和余秀才与独眼龙正在斗智斗勇，那边的刘瘸子在云台山上，急得像热锅上的蚂蚁一般，生怕四爷出了意外。刘瘸子每隔一炷香的时间便派人下山打探，前去问燕儿姑娘，陈四爷可否从独眼龙的中军大帐里出来。

后来刘瘸子干脆自己下山，亲自到了燕儿姑娘那里，前去观望。

“师爷，四爷和余爷去了这么久都没回来，会不会出了什么意外，要不要我们带人去救四爷和余爷？”燕儿姑娘问道刘瘸子。

“燕儿姑娘，刘某也想带人去救四爷，只是如今云台山人手不够，如果我们贸然前去，就会让官兵钻了空子，那时候，官兵强行攻打，必会将云台山攻下来。所以，这时候我们不要贸然前进，最好是以静制动。”刘瘸子虽然嘴上这么说，但心里其实是最着急的，但是作为山寨的二当家的，刘瘸子也最不能这么做，假如一不小心丢了山寨，那才是做了最对不起陈四爷的事情。

“师爷，难不成咱们就在这里干等着？万一四爷出了意外，那咱们怎么向云台山的众兄弟交代啊？”燕儿姑娘说道。

“燕儿姑娘，四爷吉人自有天相，不会有事的，咱们就在这里等四爷回来吧。”刘瘸子对燕儿姑娘安慰道。

就在这时，忽然山下出现了大队人马，这队人马自山后的小道而来，刘瘸子听说人马从山后的小道而来，立即前去观看。难不成四爷已经遇害，独眼龙知道山后的小道，已经派兵前来攻打？

刘瘸子赶忙派人封锁山中的要道，并派人紧闭山寨的大门。

这时山下的人马冲山上喊道：“不知四爷可否在山里，我们是北省余总瓢把子的手下，今日是前来助阵的。”

刘瘸子一听是北省的众好汉，心中大喜，但是为了谨慎起见，还是把香菱姑娘叫了过来。

“刘先生不必担心，是我发信号，叫来了北省的兄弟，我叫他们沿着山后的小道进来，以免惊动了官府。”香菱姑娘说道。

刘瘸子听完香菱姑娘的话，立刻打开寨门，欢迎北省的众好汉进山。

这可真是“南北英雄齐聚，官军弹指可灭”。欲知陈四爷等人后事如何，且听下回分解。

第八章 逃出鸿门宴

上回书说到，陈四爷与余秀才前往独眼龙大营赴宴，就在这时，鹅头和尚却拿起了一个酒杯想要摔碎它，招出帷幕后安排的伏兵。

而这个时候，云台山也出现了大量的兵马，后来刘瘸子得知是香菱姑娘发信招来的北省的众好汉，心中甚是高兴。

“香菱姑娘，现在当家的身在何处，为何不见当家的身影？”北省好汉中为首的一人问道。

“当家的前去官兵大营赴宴了，现在还没回来。”香菱姑娘说道。

“什么，当家的跑到官兵大营了，那怎么还不派人去救啊？香菱姑娘不必着急，在下立刻带着兄弟前去营救。”为首的北省好汉说道。

“这位好汉，请听刘某一言，眼下云台山正是缺少人手的时候，如果好汉带人前去，必定会削弱云台山的实力，给官军可乘之机。所以在下建议，众位好汉还是到山下去，以便随时接应四爷和余爷。”刘瘸子说道。

众位好汉一起看向了刘瘸子，对于一个陌生人，这些人就像是在看一个稀有动物一样。

“各位，这是南七省的二当家的，是陈掌眼的帐下谋士——刘爷，人称‘判官’。”香菱姑娘对各位介绍道。

“原来这位就是江湖上人称‘判官’的刘先生啊，失敬失敬。在下愿意听从刘师爷的调遣。”为首的好汉说道。

“这位好汉客气了，承蒙各位好汉前来云台山，在下未能远迎，还望各位见谅，等陈四爷回来，云台山定当为各位接风洗尘。”刘瘸子说道。

说完，刘瘸子便带着众位兄弟来到了山下，准备接应四爷和余秀才。

话说鹅头和尚准备摔杯子，将帷幕内的伏兵叫出来，好一举灭了陈四爷和余秀才。

说时迟那时快，只见一旁的金烟杆打翻了酒桌，冲过去一把抓住了独眼龙，将独眼龙的咽喉掐住。

就在杯子落地时，金烟杆刚好卡住了独眼龙的咽喉，时间是不差一分一毫。

“独眼龙，当日就该杀了你，你跳来跳去还是落到了我金烟杆的手里。叫你的手下让开，不然我就要了你的命。”说完金烟杆在独眼龙的咽喉上使了使劲。

“还不快退下。”独眼龙声嘶力竭地喊道。

鹅头和尚做了一个手势，让伏兵们退下。陈四爷心想，当初龚五落到我陈某的手里，也是跟你一个德行，真不愧是亲戚啊，这被人抓住了都是一个模样。

“金爷，干得好。”陈四爷在一旁说道。

这时候上面的说书先生一拍醒木说道：“这时候，刘邦起身假装如厕，离开了鸿门宴，楚霸王失去了杀死刘邦的好机会，此后刘邦大破项羽，项羽乌江自刎，鸿门宴至此完。”

余秀才心想，你个说书先生真是称职啊，到了这份儿上还不忘把鸿门宴说完，不过话说到这里，这场鸿门宴的确是应该结束了。吃好了也喝好了，是该离开此地了。

“金烟杆，你好大的胆子，连朝廷命官你都敢绑架，我看你是活腻歪了。”鹅头和尚对金烟杆说道。

“鹅头秃驴，你不好好在和尚庙里念经，却到这里来助纣为虐，你的人头金某早晚要将它取下来。”金烟杆说道。

“独眼龙，现在你该知道到底四爷是什么人了吧。鹅头和尚，马上让大营的人马让出一条路，不然要了他的命。”陈四爷对鹅头和尚说道。

“独眼龙，到了这份儿上，陈某也不妨告诉你，你的妻弟龚五就是死在陈某的手上，今日连你也要死在我的手上，正好你们俩在下面可以做个伴，免得他一个人寂寞。”陈四爷继续说道。

“什么？龚五是你杀的？我说最近怎么没有他的消息。陈四，你居然连我的妻弟都敢杀，今日如果你要不了我的命，他日我一定取你的项上人头。”这个独眼龙还真是嘴硬，都到了这份儿上了，还在跟咱们四爷叫板。

没听上面的说书先生说吗？这鸿门宴上项羽没有杀死刘邦，刘邦逃脱了，那接下来倒霉的就该是项羽了。只是这项羽是乌江自刎，但咱们四爷这里可没有乌江，只有一座云台山。

陈四爷三人把持着独眼龙，一步一步往中军大帐外面走去，陈四爷过去解开了贾掌柜的绳索，带上了贾掌柜，贾掌柜虽然帮助过独眼龙，骗四爷上钩，让云台山死了不少兄弟，但是贾掌柜毕竟是被逼无奈的，谁人的亲人被绑架了，都会被逼无奈地做出一些错事，因此，陈四爷并没有恨贾掌柜，只想一刀结果了独眼龙，但是现在只能拿他当人质，然后离开此地，还不能杀了他。

就在这边的陈四爷挟持独眼龙的时候，刘瘸子也在云台山底下安排好人手，准备随时接应陈四爷与余秀才。从金烟杆老家回来时，刘瘸子早已算定云台山会有一场劫难，只是那时候阴阳未成，卦不成卦，所以刘瘸子并没有算出有什么办法可以解救此次劫难。

就在众兄弟在山底下等待的时候，忽然天空一闪，一个流星划过天空，白天出流星，这是千年难遇啊，刘瘸子掐指一算，心中暗叫，“有救了！”

刘瘸子算到：“乾坤已现，阴阳为贾。流星划过，岁在庚钱”。刘瘸子算到，在所认识的人中，与贾和钱有关的就只有一个人，钱乃是指四海钱庄，贾是指贾掌柜，看来云台山此次劫难的救星是贾掌柜。

这个刘瘸子算得还真是准，陈四爷在脱离险境的时候，不忘带上贾掌柜，看来这俩人是相生相克啊。那到底贾掌柜怎么解救云台山呢，这里暂且不表，咱们后话再说。

陈四爷与余秀才押着独眼龙，四人出了中军大帐，便见这帐外有许多官兵手持刀枪，正虎视眈眈地看着他们。

“独眼龙，叫这帮狗给我滚开。”说着金烟杆使劲掐了一下独眼龙的脖子。

“退下。”可能是咱们金爷使劲太大了，独眼龙使了使劲，才喊出了这两个字。

四爷以独眼龙为人质，慢慢地逃出了官军大营。

“陈四，这次算你走运。就算这次你离开了大营，但下次就没那么走运了，快快将杜大人还来。”鹅头和尚害怕陈四爷他们伤害独眼龙，便对着陈四爷喊道。

“鹅头秃驴，你吓唬我啊，告诉你，就这么一个废物（独眼龙）留给我，我都不要，我要想杀他随时随地都可以。独眼龙，你听着，今日陈某能够挟持你，以后就能随时要你的命，这颗人头先在你的脖子上寄存两天，不出两日，陈某就要将它取回。”陈四爷说道。

“金爷，把这个废物还给他，免得把他带到云台山，脏了我七省绿林的地方。”陈四爷继续说道。

金烟杆用力一甩，将独眼龙放了回去，还给了鹅头和尚。这时候，刘瘸子正在山底下，见到四爷和余爷出了独眼龙的大营，便赶忙让众兄弟下去接应。

独眼龙大发雷霆，本来想要派官兵上去绞杀陈四爷，但见从山上冲下来无数的绿林好汉，也就作罢了，没有再派人前去抓捕，与鹅头和尚灰溜溜地回了大营。

刘瘸子见陈四爷安然无恙地回来了，心中的一块大石头总算是落地了。

“当家的，你总算是回来了，兄弟们都快担心死了。”北省的好汉们上来围住了余秀才说道。

“余某这次能够平安脱险，多亏了陈四爷和金爷。”余秀才把陈四爷和金烟杆引荐给北省的众位好汉。

“多谢四爷和金爷的大恩，我们北省的众兄弟没齿难忘。”北省的好汉说道。

陈四爷见到北省的好汉都来了，心中大喜，心想这次南北两地的好汉都聚齐了，看来他独眼龙是死定了。

“多谢众位好汉给陈某薄面，这次咱们南北两地的众好汉能够齐聚一堂，共商大事，真是陈某的荣幸，各位里面请。”陈四爷对北省的兄弟说道。

陈四爷回到山里大摆筵席，设宴招待北省的众兄弟。

“诸位，承蒙各位给陈某薄面，能够来我云台山共商大事，真是陈某的荣幸，陈某在这里先干为敬。”说罢陈四爷痛饮一杯酒。

“陈兄，余某能够结识陈兄这样的当世豪杰，真是余某的荣幸，我敬陈兄一杯。”说着余秀才也喝了一杯酒。

当日，刘瘸子便下达命令，云台山四处封锁，更建议众好汉不要喝多了，免得官府的人趁势偷袭。

“陈四爷，以前贾某多有得罪，陈四爷不计前嫌，在自己危难之时，还不忘记救贾某，贾某感激不尽。”贾掌柜对陈四爷十分感激，老泪纵横，扑通便跪下了。

这是贾掌柜第二次给陈四爷下跪了，不过贾掌柜第一次给陈四爷跪下，是为了应付独眼龙，而这次却是真心实意的，这救命之恩，对于任何人来说都是大恩，何况四爷还是不计前嫌地救了他。

“贾掌柜不必客气，你我都是被独眼龙陷害的人，而且贾掌柜的家人还在独眼龙的手里，不过贾掌柜不必担心，只要有陈某在，就一定会想方设法救出老掌柜的家眷。”陈四爷一向是宅心仁厚，嫉恶如仇，对于贾掌柜不但没有憎恨，反而多了怜悯之情。要说陈四爷最憎恨的就是独眼龙，如果不是这个家伙，哪里会出了这么大的事情。

“老掌柜，你先下去休息吧，我跟四爷有些事情要谈。”刘瘸子对贾掌柜说道。

贾掌柜站起来被燕儿姑娘扶着出了宴席。

“四爷，方才在下已经算过，此次云台山的劫难，会有一个救星出现，而此人现在就在山里。”刘瘸子有些故弄玄虚地说道。

“师爷，此人是谁？身在何处，陈某要去见他。”陈四爷着急地问道。

“四爷，此人你刚才已经见过了，远在天边，近在眼前。”刘瘸子说道。

“莫非师爷所说的是贾掌柜？”陈四爷如梦初醒。

“不错，今日在下见天空中有流星划过，便掐指一算，不曾想算出救星就是贾掌柜，陈四爷在大营里不计前嫌，救出了贾掌柜，因果循环，四爷救贾掌柜一命，贾掌柜反过来却成了云台山的救星。”刘瘸子说道。

“师爷，这贾掌柜如何才能救我云台山啊？”陈四爷焦急地问道。

“四爷，这个就要去问贾掌柜了。”刘瘸子说道。

这真是“四爷力救贾掌柜，掌柜变身成救星”。欲知贾掌柜如何救云台山，且听下回分解。

第九章 瘸子献计

上回书说到，陈四爷与余秀才、金烟杆三人挟持独眼龙，逃出鸿门宴，刘瘸子早已在山下部署好，随时接应三人，独眼龙见到七省绿林的人来接应，也只好作罢，与鹅头和尚回了大营。

陈四爷回到云台山，见到北省的众兄弟，十分开心，当天便大摆筵席，宴请北省的众好汉。席间，刘瘸子告诉陈四爷，这次云台山劫难，会有一个救星来化解，刘瘸子告诉陈四爷，这个救星就是贾掌柜。

听完后，陈四爷大为吃惊。“陈四爷在鸿门宴上不忘了救贾掌柜，因果循环，贾掌柜就成了云台山的救星。”刘瘸子说道。

得知此消息后，陈四爷赶忙带着刘瘸子前去见贾掌柜，陈四爷心急如焚，想要看看贾掌柜到底如何解救云台山。

“贾掌柜，陈某前来探望。”陈四爷跟刘瘸子进了贾掌柜的屋。

贾掌柜见到是陈四爷来了，立刻站了起来，陈四爷见状，立即将贾掌柜扶住了。

“老掌柜有伤在身，就不必起身了。”陈四爷上前说道。

“四爷，方才贾某正要去见你呢，我有一事想要对四爷讲。”贾掌柜见到四爷有些激动地说道。

“老掌柜有什么话，尽管直说。”陈四爷说道。

“四爷，这独眼龙虽然现在有重兵驻扎在云台山下，但是四爷殊不知独眼龙有一个死穴。”贾掌柜说道。

陈四爷一听，这不就是刘瘸子所说的贾掌柜会救云台山吗？看来这个贾掌柜真的是云台山的救星，可以搭救我众兄弟，避过此劫。

“不知老掌柜所说的死穴是什么，可否对陈某说来？”陈四爷问道。

“这个独眼龙，在排兵的时候有一习惯，常常把官兵的粮草放在大营的正中间，鹅头和尚已经多次跟他说过，这是兵家大忌，但独眼龙却从未听过，贾某不知兵法，但觉得鹅头和尚所说一定是对的，所以就把此话告与四爷。”贾掌柜说道。

陈四爷思索片刻后说道：“多谢老掌柜提醒，只是老掌柜把此话告诉陈某，就不怕独眼龙会伤害老掌柜的家人吗？”

“贾某的性命早就是四爷的了，四爷不计前嫌，贾某感激不尽，恐怕我的家人现在就已经遭遇不测了，依独眼龙的性格，现在就已经将贾某的家人斩尽杀绝了。”贾掌柜说着说着眼神里透露出一丝悲伤。

“那老掌柜就先休息一下，陈某还有事情办理，燕儿，贾掌柜就拜托你了，你好好地照顾贾掌柜。”陈四爷对燕儿姑娘说道。

说完，陈四爷与刘瘸子二人退了出来，听完了贾掌柜一言，陈四爷立刻找来了余秀才和金烟杆，几人准备商量如何对付独眼龙。

“陈兄，既然独眼龙的粮草在大军中间，我们不如烧了他的粮草，兵法云‘兵马未动，粮草先行’。只要烧了他的粮草，独眼龙就没辙了，我们就可以趁势灭了独眼龙。”余秀才说道。

“余爷说得对，独眼龙既然暴露了他的缺点，那我们就应该抓住这个死穴，给他致命的一击。”刘瘸子说道。

“四爷，我带人去烧了他的粮草，你们随后杀进来，咱们里应外合，破了独眼龙的大军。”金烟杆一马当先地说道。

陈四爷考虑片刻，说道：“此事需要从长计议，咱们要慢慢来，况且要出奇兵，必须选出几个敢于一马当先的兄弟。”

陈四爷这话说得好，前去烧了独眼龙的粮草这是一定的了，但是要派个合适的人选，这就好比是行军打仗的先锋大将一样，作为元帅要选出一个得力的开路将军。

如今这云台山里，能够担当先锋大将的，看起来是非金烟杆莫属，但是要想去烧了独眼龙的粮草也不是简单的事情，必须有个智谋之士跟随，以便应付突来的变化，毕竟前去突袭大营是九死一生的事情，陈四爷可不想金烟杆有去无回。

刘瘸子在一旁看透了陈四爷的心事，刘瘸子上来说道：“四爷，还是在下去烧了独眼龙的粮草吧，四爷和余爷见到火光便攻进来。”

众人听后都大惊失色，刘瘸子怎么会有这种想法，自己一个文弱书生，竟然想去担当敢死队员。

陈四爷极力反对，不可。这刘瘸子是云台山的二当家的，是陈四爷的智囊，怎么能让刘瘸子深入险境。

按刘瘸子的意思是，自己随金烟杆前去烧了独眼龙的粮草，由四爷和余秀才垫后，见到独眼龙的中军大营起了火，便带着众位兄弟前去破敌。

余秀才从正面攻击，燕儿姑娘和香菱姑娘各带一队人马，从左右突击，陈四爷则带着北省的兄弟绕到后方，切断独眼龙的退路。

这一计策看起来是万无一失，实则是一条险计，十分冒险，关键在于能否烧了独眼龙的粮草，扰乱其军心，如果这里出了篓子，那就会导致各路人马的溃败。

刘瘸子正是看到了这一点，所以才会想到自己前去烧粮草，他也是深怕这里出了乱子。作为整条计策的策划者，刘瘸子想要顺利地完成这一步，所以才会想要亲身去冒险。

“师爷，你是整个云台山的智囊，陈某怎么能让你去冒这个险，绝对不行。”陈四爷极力反对。

“四爷，刘某早年在湘军大营呆过，这期间也曾经杀过咱们七省的好汉，承蒙七省绿林的好汉们不计前嫌，让刘某做了云台山的二当家的，如今也应该是刘某该为七省绿林做点事情的时候了。”刘瘸子不顾四爷的反对，执意要去。

陈四爷转身不答，也不看刘瘸子，只是一个人默默地在沉思，心中也是十分徘徊，如果不让刘瘸子去，金烟杆一个人未必能应付得来，如果让刘瘸子去了，万一出了什么闪失，那怎么跟众兄弟交代。

“陈兄，此次去攻打独眼龙的大军，如若没有一个合适的军师指挥，恐怕未必能成，只是眼下咱们中间除了刘先生之外，别无他人能担此大任，也只好让刘先生前往了。”余秀才说道。

余秀才不是要把刘瘸子推向火坑，而是觉得除了刘瘸子，恐怕再也没有人可以担此大任了。

“金爷，今晚三更时分，你带领兄弟们前去大营的中间，烧了独眼龙的粮草。”陈四爷对金烟杆说道。

“师爷，你随金爷前往。金爷，你一定保护好师爷的安全，出了问题，我拿你是问。”陈四爷轻声地说道。说完这两句话，陈四爷没有转身地就走了出去。

“四爷放心，有我金烟杆在，就有师爷在。”金烟杆豪言说道。

“余爷，今晚三更时分，咱们依计行事。”刘瘸子对余秀才说道。

这真是“刘瘸子巧献计策，金烟杆决战沙场”。欲知后事如何，且听下回分解。

第十章 玉石俱焚

上回书说到，刘瘸子献出计策，准备跟随金烟杆前去偷袭独眼龙的粮草大营。遭到陈四爷极力反对，后来在余秀才的建议下，陈四爷才同意让刘瘸子前去，并吩咐金烟杆一定要保护好刘瘸子的安全。

当晚一更时分，云台山做饭。二更时分，陈四爷命人摆上酒，预祝此次破官军能大获成功。

三更时分，刘瘸子和金烟杆带着云台山的弟兄，便前往独眼龙的大营。金烟杆带人悄悄杀掉几个官兵，命所有的人换上官兵的衣服，就这样金烟杆与刘瘸子混入了独眼龙的大营。

“师爷，粮草大营在正中间，恐怕就算我们换上了官兵的衣服，也难以靠近，独眼龙一定是派重兵把守粮草大营的。”金烟杆边走边说。

“金爷，等到了粮草大营，就说是奉独眼龙的命令，前来检查粮草的，要是官兵敢不听话，金爷只管放开拳脚收拾他们，这些官兵都是欺软怕硬的，遇到脾气硬的就会畏首畏尾的。”刘瘸子此言不假，刘瘸子早年在湘军大营呆过，他深知这一点，这些官兵只要遇到脾气硬的，就像泄了气的皮球，一点脾气都没了。

到了粮草大营，果如刘瘸子预料的一样，这些官兵上来就很横地问，“你们是来干什么的，粮草重地，不要靠近，赶紧滚开。”

金烟杆想起刘瘸子的话，不管三七二十一，上去就给了那个官兵一脚，一脚把他踹倒在地上。

“妈的，不认识我啊，老子是奉杜大人的命令，前来检查粮草的，不知死活的东西。”金烟杆装作生气地怒骂道。

“这件事小的没听杜大人说过，要不还是让小的派人去问一下杜大人吧。”那人站起来小心翼翼地说道。果然如刘瘸子所说的，这些官兵见到横的就软了。

“什么，不相信我，你他妈活腻歪了。”接着金烟杆上去又是一脚，直踹得那个官兵在地上捂起了肚子。

见为首的官兵倒下，剩下的官兵连头都不敢抬起来。

“都给我听好了，我是奉杜大人的命令前来视察粮草的，都给我打起精神来，粮草要是出了意外，老子剁了你们。还不出来个人带我去视察。”金烟杆怒气冲冲地说道。

刘瘸子在心里暗暗赞叹金烟杆，金烟杆真是学得惟妙惟肖啊，这旁人看起来还真像个官爷。

“你，给我过来，带我去视察一下粮草，老子要清点一下，看你们有没有私藏粮草。”金烟杆指着一个士兵说道。

那个士兵只是低着头，没敢走过来。

“还愣着干什么，还想看大人发火啊，还不快过来。”这时候刘瘸子也学起了金烟杆，冲那个官兵说道。

那个官兵看了看倒在地上的人，只好乖乖地走了过来。

那个官兵见“上面”下来的人不好惹，便只好带着金烟杆他们前去看粮草了。

“不错，不错，你们看守得不错，等我回去见到大人，给你们记功。”金烟杆说道。

“多谢大人提拔，只是小的已在大营里待了许久，怎么从未见过大人啊，不知大人的姓名？”那个官兵问道。

“哈哈，你当然没见过我，记住我是谁，到了阎王殿里别报错了名字，老子是南七省绿林的金烟杆，你金爷。”说着金烟杆一刀捅进了那人的心脏。

“金爷，赶快让弟兄们点火，一定要把这些粮草都烧光了。此地离云台山较远，四爷他们想要看见火光，得等到粮草大大地烧起来才行。金爷，你带人去烧粮草，我在这里把风。”刘瘸子说道。

“师爷，还是我留下来吧。”金烟杆怕刘瘸子出了意外，便想留下来把风。

“金爷，现在不是推让的时候，快去啊，晚了让官兵发现了，咱们都得死。”刘瘸子焦急地说道。

金烟杆一跺脚，带着人前去放火烧粮草。果然如刘瘸子所言，这里的火已经烧开了，那边的陈四爷他们还没有看见火光。

中军大帐里，独眼龙与鹅头和尚俩人正在想办法，怎么抓住陈四爷，上次的鸿门宴上让陈四和余秀才跑了，独眼龙一计不成又想再使一计，只是陈四爷这么难对付，身边又有刘瘸子、金烟杆这样的虎将谋士。这俩人一时想不出办法来。

“大师，你说陈四什么时候会来攻打我的大营？”独眼龙问道。

“陈四一向是谨慎，加上这次虽然大人没要了他的性命，但是打击了他的锐气，我想三日之内，他是不会有大的动作了。”鹅头和尚说道。

鹅头和尚聪明反被聪明误，他以为四爷受了打击，就会窝在云台山里不出来，那就大错特错了。

“可陈四说两日之内，定当取我人头。”独眼龙说道。

“哈哈哈，粤寇还说要打到北京城呢，他们打到了吗？大人不必担心，谅他一个小小的陈四，也蹦不了多久了。”鹅头和尚狂笑地说道。

就在独眼龙刚舒了一口气的时候，便听到外面的官兵大呼，“着火了，着火了！”

接着一个士兵前来报道：“大人，我军粮草大营被偷袭，粮草全部被烧光，正面、东面和西面都受到盗匪的攻击。”

独眼龙呵斥了那个士兵，“你他娘的还在这里干什么，还不去守住大营。”独眼龙冲着那个报信的官兵大骂道。

“你不是说这两天陈四不会来攻打我的大营吗，这半天的时间还没到呢，他怎么就来了？”独眼龙怒气冲冲地对鹅头和尚骂道。

“大人，刚才也只是我的猜测，我哪能说得那么准啊，我又不是神仙，说他不来，他就不来啊。”鹅头和尚说道。

“好了，快说现在该怎么办？”独眼龙说道。

“大人，眼下只有先撤出云台山，来日再做打算，既然正面、东面和西面都有敌人，那咱们就从后面撤军。”鹅头和尚说道。

看来这鹅头和尚也不怎么样，老是给独眼龙出馊主意，头一回设鸿门宴，结果独眼龙成了人质。第二回主张从后面撤军，他想不到咱们四爷正带着人马在那里守着呢。

独眼龙刚走出中军大帐，就被来烧粮草的刘瘸子和金烟杆看见了。

“金爷，是独眼龙。”刘瘸子对金烟杆说道。

“你们保护师爷。”说罢金烟杆提起腰刀便杀向了独眼龙。只是鹅头和尚在他身边，金烟杆没能靠近独眼龙。

金烟杆手持一把腰刀与鹅头和尚打了起来，就在这时候一只冷箭射向了金烟杆，刘瘸子见状大呼：“金爷，小心背后。”

金烟杆一个鹞子翻身躲过了这一冷箭，接着转身一个回马刀杀死了放冷箭的小兵。

刚才刘瘸子这一喊，引来了鹅头和尚的注意，原来连刘瘸子都来了。就在金烟杆一个回马刀的时候，忽然鹅头和尚放出一只飞镖刺中了刘瘸子的心脏，刘瘸子应声倒地。

“师爷。”金烟杆大喊一声，一把推开鹅头和尚往刘瘸子那边跑去。

鹅头和尚见金烟杆退了回去，便翻身上马想要逃离。这时候独眼龙早就在众人的保护下，逃之夭夭了，只剩下了一个鹅头和尚还在力战。

这鹅头和尚冤死了，他也不想恋战，也想逃命。只是刚甩开了金烟杆，不曾想面前又出现了燕儿姑娘和香菱姑娘。鹅头和尚只顾着脚下了，还没看仔细眼前的二人是谁，就已经被燕儿姑娘一鞭子缠住脖子，从马上摔了下来。香菱姑娘一甩九节鞭，缠住了鹅头和尚的双脚，这时候的鹅头和尚就像是麻花一样，被拧住了。

金烟杆大吼一声，跑过去捡起腰刀，跳起来刀尖向下，一刀捅进了鹅头和尚的肚子里，鹅头和尚惨叫一声便咽气了。

金烟杆抱起刘瘸子，见刘瘸子已经断了气，金烟杆失声痛哭，钱八爷刚刚死去，如今刘瘸子又死了。

金烟杆提起腰刀，骑上马便去追独眼龙，燕儿姑娘和香菱姑娘也上马跟随金烟杆而去。

独眼龙带着人从大营后面逃出来，想要离开云台山，这一路上连官袍都扔了。

这时候陈四爷突然杀出，独眼龙看到陈四爷，心都凉了一半。这刚逃出金烟杆的手心，又遭到了陈四爷的埋伏。

金烟杆追了上来，大声喊道："独眼龙，哪里跑，还我师爷命来。"

陈四爷一听便知刘瘸子已经死了，陈四爷怒目地盯着独眼龙。

"独眼龙，我说过两日内必取你的项上人头。"陈四爷说道。

这独眼龙还没来得及说话，便见一把刀向他砍来。独眼龙瞳孔放大，想起了当日在茶楼里陈四爷救他的事情。

陈四爷掏出了怀里装的掌眼令牌，将它扔向了天空。

这时候，公鸡叫了起来，陈四爷抬头望望天，天破晓了。

这可真是"令牌缘起独眼龙，四爷痛失刘判官"。陈四爷虽斩杀了独眼龙，云台山却失去了钱八和刘瘸子，故事到此完结！